현대무림

현대무림 8

초판 1쇄 인쇄일 2018년 7월 12일 ┃ **초판 1쇄 발행일** 2018년 7월 17일

지은이 조휘 ┃ **펴낸이** 곽동현 ┃ **담당편집 팀장** 이범수
편집부 홍현주 정요한

펴낸곳 (주) 조은세상 ┃ **출판등록** 제 2002-23호
주소 경기도 연천군 미산면 청정로 1355
TEL 편집부 02)587-2966 ┃ FAX 02)587-2922
e-mail bukdu@comics21c.co.kr

조휘 ⓒ 2018
ISBN 979-11-6171-986-3 ┃ ISBN 979-11-6171-609-1(set) ┃ 값 8,000원

현대무림

조휘 현대판타지 장편소설 **8**

NEO MODERN FANTASY STORY

북두
(주)좋은세상

조휘 현대판타지 장편소설

NEO MODERN FANTASY STORY

CONTENTS

1장. 살인검법(殺人劍法)

　우건은 전력으로 유성추월을 펼쳐 갔다.

　부웅!

　청성검이 발출한 푸른색 검광이 빗살처럼 황도진의 정수리에 내리꽂혔다. 황도진은 피하지 않았다. 오히려 날렵한 보법으로 거리를 좁힌 황도진은 도를 번개같이 휘둘렀다. 전뢰십삼도법(電雷十三刀法)이란 이름에 걸맞은 속도였다.

　캉캉캉캉캉!

　황도진은 다섯 번의 칼질로 우건의 유성추월을 완벽히 막아 냈다. 아니, 완벽히 막아 내는 수준을 넘어 반격까지 시도했다.

황도진이 도를 휘두를 때마다 회색빛 도광이 뇌전(雷電)이 작렬하듯 우건의 요혈을 베어 왔다. 한데 문제는 갈수록 도를 휘두르는 속도가 점점 빨라진다는 점이었다. 보기 드문 쾌도법(快刀法)이었다. 마치 한 번에 열세 번의 칼질을 하는 것 같은 속도여서 눈으로 따라잡기가 거의 불가능했다.

중원 무림에는 쾌도법을 성명절기로 하는 고수가 극히 드물다.

이는 검과 도의 태생적인 차이에서 기인한다.

검은 말 그대로 찌르는 무기였다. 반면, 도는 휘두르는 무기였다. 찌르는 동작과 휘두르는 동작을 실제로 해 본 사람은 알겠지만 찌르는 동작이 휘두르는 동작보다 훨씬 빠르기 마련이었다. 이는 무공을 수련한 무인들 역시 마찬가지였다.

그들 또한 신체가 지닌 구조적인 특징을 벗어날 수단이 없는 탓에 찌르는 방식의 쾌검(快劍)이 휘두르는 방식의 쾌도보다 훨씬 빠르기 마련이었다. 구조적인 문제 탓에 검보다 느릴 수밖에 없는 도로 쾌(快)의 길을 걷는 것은 1등으로 가는 길을 스스로 포기한 채 2등의 길을 가는 행동과 같았다.

물론, 기인이사가 넘쳐나는 무림에는 사람들이 가진 그런 통념(通念)에 저항하려는 무인들이 일부 존재했다. 그들은 신체가 지닌 구조적인 문제를 극복해 쾌검보다 빠른 쾌도를 연성하려 시도했다. 그리고 가끔, 정말 아주 가끔 쾌검보다 빠른 쾌도를 연성하는 데 거의 성공한 천재가 등장했다.

황도진이 익힌 전뢰십삽도법은 그런 천재가 만들어 낸 도법이었다. 우건은 최욱, 당혜란, 진이연의 입을 통해 특무대 제로팀 고수들의 정보를 상당수 파악한 상태였다. 그중에는 당연히 황도진에 관한 정보 역시 있어 그가 전뢰십삼도법이라는 쾌도를 익혔단 사실을 싸우기 전에 이미 파악했다.

수집한 정보를 이용하지 않는다면 정보를 수집할 이유가 없었다. 우건은 이미 그와 붙기 전에 머릿속으로 전체적인 그림을 그려 둔 상태였다. 황도진의 도가 예상보다 훨씬 빠르긴 했지만 실전은 언제나 예상을 빗나가기 마련이었다.

우건이 지닌 가장 빠른 초식은 천지검법 중에 쾌를 담당하는 생역광음이었다. 그러나 생역광음은 내력 소비가 큰 탓에 황도진이 펼치는 전뢰십삼도법을 일일이 요격할 수 없었다. 일일이 요격하다가는 내력이 먼저 말라 버릴 것이다.

우건이 고른 대처 방법은 수연이 연성한 일로추운검법(一路追雲劍法)이었다. 일로추운검법은 초식이 없어 무초검법(無招劍法)이란 별칭을 지닌 검법이었다. 원래 우건은 천지검법을 제외한 다른 검법의 성취 수준이 1, 2성에 불과했다.

일로추운검법 역시 마찬가지였다. 일로추운검법은 천지검법, 월하선녀무무검법(月下仙女武舞劍法)과 함께 태을문 3대 검법에 꼽히지만 우건은 처음부터 최강 검법인 천지검법에 몸과 마음을 모두 빼앗겨 다른 검법은 거들떠보지 않았다.

한데 수연이 일로추운검법, 즉 무초검법을 그녀의 성명절기로 선택하며 상황이 바뀌었다. 수연에게 무초검법을 가르칠 사람은 우건밖에 없었다. 그 말은 수연에게 무초검법을 가르치려면 우건이 먼저 통달하는 수밖에 없다는 뜻이었다.

쾌검, 쾌도, 쾌수와 같은 쾌 일변도의 무공을 상대하는 방법은 크게 두 가지였다. 하나는 더 빠른 무공으로 상대의 무공을 제압하는 방법이었다. 다른 하나는 상대에게 공격을 펼칠 틈을 주지 않는 방법이었다. 즉, 처음부터 속도로 이길 자신이 없다면 아예 공격을 봉쇄해 초식을 전개할 틈을 주지 않는 것이다. 일로추운검법은 그중 후자에 속하는 방법으로 황도진이 연성한 전뢰십삼도법을 상대할 수 있었다.

문제는 공격을 봉쇄하기 위해선 황도진의 공격을 먼저 멈추게 만들어야 한다는 점에 있었다. 황도진은 그야말로 섬전을 방불케 하는 쾌도를 펼쳐 우건의 주요 혈도를 베어왔다.

여유가 있을 때는 섬영보로 물러나 피했다.

도를 쓰는 적을 상대할 때는 뒤로 물러나는 게 상책이었다.

도는 횡(橫) 운동을 하는 탓에 측면으로 피하는 방법은 좋지 않았다. 즉, 도가 흘러가는 궤도에 걸리지 않도록 뒤로 물러나 피하는 게 누구나 다 아는 일반적인 대처 방법이었다.

뒤로 물러나 피할 수 없을 땐 검초를 펼쳐 막았다. 황도진의 전뢰십삼도법에 전혀 뒤떨어지지 않는 생역광음으로 도광을 일일이 요격해 쾌도의 먹잇감으로 전락하지 않으려 애썼다.

캉캉캉캉!

우건은 쉴 새 없이 쏟아지는 쾌도를 막으며 정신없이 물러섰다. 청와대가 넓기는 하지만 무한정 넓지는 않았다. 어느새 싸움이 처음 벌어진 중앙 잔디밭을 지나 나무가 빽빽하게 자란 숲까지 밀려났다. 황도진은 눈에서 새파란 정광을 쏟아 내며 달려들어 도를 종횡으로 난자했다. 그럴 때마다 초승달을 닮은 도광이 회색빛 광채와 함께 사지를 베어 왔다.

쉬익!

날카로운 소음이 울리는 순간, 수령이 수십 년은 족히 넘을 듯한 아름드리나무가 통째로 잘려 쓰러졌다. 잘린 나무가 쓰러질 때 옆에 있는 나무를 건드린 듯, 부러진 나뭇가지와 떨어진 나뭇잎이 두 사람 사이에 비처럼 쏟아져 내렸다.

우건은 숲을 메운 나무가 황도진의 저돌적인 공세를 막아 줄지 모른다는 기대를 잠시 가졌지만 기대는 기대일 뿐이었다.

황도진이 쏟아 내는 회색빛 도광이 눈앞을 스칠 때마다 아름드리나무가 속절없이 잘려 나갔다. 청와대 조경을 관리하는 공무원이 이 광경을 보았다면 기함을 했을 테지만, 지금은 공무원의 고충까지 신경 쓸 만큼 여유로운 상황이 아니었다.

우건은 막거나 피하며 숲 깊숙이 들어갔다.

그때, 서늘한 한기를 뿜어내는 금속 물체가 등에 닿았다.

물론 우건은 금속 물체의 정체를 알았다. 이는 경호실이 만든 감시초소 중 하나였다. 경호실은 자객, 아니 암살범이 이 숲을 잠입통로로 이용할 가능성이 있다고 생각한 듯했다. 밖에선 보이지 않는 초소를 청와대 숲에 만들어 두었다.

우건은 고개를 들어 황도진을 보았다.

황도진의 입가에 걸려 있던 미소가 좀 더 짙어졌다.

마치 이젠 어디로 피할 것이냐 물어보는 듯한 표정이었다.

우건은 그의 예상처럼 뒤로 피하지 못했다.

그러나 뒤로 피할 수 없을 뿐, 옆으로 피하는 것은 여전히 가능했다. 우건은 전력을 다해 이형환위를 전개했다. 마치 순간이동을 한 것 같았다. 감쪽같이 사라졌다가 오른쪽 1미터 떨어진 지점에 다시 나타난 것 같은 착각을 불러일으켰다.

그러나 앞에서 말했다시피 쾌도를 쓰는 고수들은 우건이 방금 한 행동처럼 옆으로 이동하는 신법을 좋아했다. 검을 쓰는 쾌검의 고수라면 검을 회수한 다음, 방향을 바꾸어 다시 찔러 가야 하지만 쾌도의 고수는 그럴 필요가 없었다.

도를 회수할 필요 없이 그대로 베어 갈 수 있었다.

물론, 그렇게 하는 데 장애물이 전혀 없지는 않았다.

따라가며 베려면 우건이 등을 졌던 경호실 감시초소를 먼저 잘라야 했다. 도가 감시초소에 닿지 않게 거리를 벌리려면 옆으로 돌아간 우건을 따라잡을 시간이 부족했다. 우건을 지금 베려면 감시초소를 먼저 잘라야 했다. 그러나 황도진은 전혀 개의치 않는 표정이었다. 나무든 금속이든 그의 쾌도가 가르지 못할 물건은 없다는 생각을 하는 게 분명했다.

실제로 황도진은 도를 휘둘러 감시초소를 먼저 가르려 들었다.

그러나 황도진이 예상하지 못한 점이 한 가지 있었다.

바로 청와대 감시초소를 제작하는 데 들어간 재료가 고가의 방탄소재라는 점이었다. 분단국가인 한국은 대통령이 항상 암살위협에 시달렸다. 그런 점에서 볼 때, 경호실이 쓸모없어 보이는 숲 속의 감시초소에까지 값비싼 방탄소재를 덕지덕지 바른 게 그리 이상한 일은 아니었다. 다만, 이쪽 사정에 어두운 황도진이 이를 전혀 예상하지 못했을 따름이었다.

황도진의 도는 감시초소 벽을 반쯤 가른 후에 더 이상 움직이지 않았다. 감시초소를 만드는 데 쓴 방탄소재에 걸린 탓이었다. 황도진의 반응은 눈부실 지경이었다. 도가 걸리는 순간, 왼손으로 요처를 방어하며 뒤로 다섯 발자국 물러섰다. 물론 감시초소에 박힌 도 역시 회수하는 데 성공했다.

우건과 황도진의 입장이 바뀌었다면 황도진처럼 할 자신이 없을 정도로 완벽한 대처였다. 그러나 황도진이 자랑하는 전뢰십삼도법을 멈추게 만들어야 한다는 우건의 의도는 성공을 거둔 셈이었다. 우건은 지체 없이 반격에 들어갔다.

마치 펜싱 선수처럼 자세를 잡은 우건은 곧장 황도진의 심장을 찔러 갔다. 빨랐다. 그리고 정확했다. 생역광음처럼 엄청난 속도는 아니지만 찔러 들어가는 궤도가 아주 까다로웠다.

전뢰십삼도법으로 재차 공격하려던 황도진은 미간을 잔

뜩 찌푸린 얼굴로 그가 자랑하는 쾌도를 방어에 사용해야
했다.

황도진의 쾌도가 만든 회색빛 도광이 청성검의 검신을
요격하려는 순간, 우건은 기다렸다는 듯 손목을 살짝 흔들
었다.

휙!

궤도가 바뀐 청성검이 이번에는 황도진의 목젖을 찔러
갔다. 목젖 역시 심장만큼이나 중요한 인체 기관이었다. 목
에는 경동맥, 경정맥이 위치해 막지 않을 수 없는 부위였
다.

"흐음."

낮은 침음(沈吟)과 함께 급히 도를 회수한 황도진은 쓴웃
음을 지으며 몸을 틀어 청성검을 피했다. 우건의 변초(變
招)가 마치 원래 한 초식인 것처럼 너무나 자연스러운 탓에
황도진은 회수한 도로 쾌도를 펼칠 여유를 지니지 못했다.

그러나 황도진의 선택은 최악의 결과를 불러왔다. 그는
다소 무리는 있을지언정 어떻게 해서든 쾌도로 검을 막아
야 했다.

우건은 다시 손목을 흔들었다.

그 순간, 옆으로 빗나가는 것처럼 보이던 청성검이 궤
도를 다시 바꿔 황도진의 미간을 곧장 찔러 갔다. 황도진
의 얼굴에서 여유가 사라진 것이 바로 그때였다. 황도진은

그제야 일로추운검법, 즉 무초검법의 진면목을 눈치 챈 것 같았다.

황도진은 철판교의 수법으로 상체를 뒤로 젖혀 청성검을 피했다. 그러나 피한 줄 알았던 청성검이 천근추를 펼친 것처럼 푹 가라앉으며 복부 가운데를 찔러 갔다. 황도진은 뇌려타곤의 수법으로 바닥을 구르며 일어나 청성검을 피했다.

그러나 피한 줄 알았던 청성검은 어느새 독사처럼 대가리를 들어 황도진의 오른손 곡지혈을 찔러 갔다. 마치 청성검이 거머리처럼 그에게 달라붙어 절대 떨어지지 않으려는 듯했다.

"젠장!"

마침내 인내심이 다한 듯했다. 소리를 지른 황도진이 쾌도로 자신의 곡지혈을 찔러 오는 청성검을 후려쳤다. 회색빛 도광이 뭉게구름처럼 일어나 청성검을 때려 갔다. 전뢰십삼도법이라는 무공명처럼 순식간에 열세 개의 회색빛 도광이 거의 동시에 날아들었다. 그러나 아무리 빠른 쾌도라도 훨씬 먼저 출발한 일로추운검법의 검봉을 따라잡지는 못했다.

푹!

청성검의 검봉은 황도진의 오른손 곡지혈을 관통했다.

아니, 관통한 수준을 넘어 팔목을 반쯤 잘라 버렸다.

도를 떨어트린 황도진이 경악한 표정으로 우건을 쳐다보았다. 손목 혈관이 잘린 듯했다. 스프링클러를 틀어 놓은 것처럼 피가 사방으로 솟구치며 그의 얼굴과 옷을 붉게 적셨다.

우건이 수연에게 무초검법을 처음 가르칠 때 했던 말대로, 무초검법은 살기가 아주 짙은 살검(殺劍)이었다. 그리고 그런 이유로 한번 펼치면 피를 보기 전에는 절대 멈출 수가 없었다. 그 피가 본인의 피든 적의 피든 상관없이 말이다.

우건은 이런 이유로 수연에게 무초검법을 전수하길 꺼렸다. 이런 살기 진득한 검법은 피를 부르는 법이라, 경험이 일천한 수연에게 위험한 상황을 초래할 위험이 다분했다.

우건은 지체 없이 공격을 이어 갔다. 애병(愛兵)과 오른 팔을 동시에 잃은 황도진은 우건의 공격을 막아 낼 수단이 없었다.

천지검법의 생역광음으로 황도진의 미간을 찔러 가려는 순간.

파팟!

눈앞에서 갈색 광채가 폭발하듯 피어올랐다.

마치 갈색 빛을 내는 섬광탄을 눈앞에서 터트린 듯했다.

우건이 흠칫해 후퇴할 때였다.

생각지 못한 방향에서 차가운 기운을 뿜어내는 검화(劍花)가 쏟아져 왔다. 처음에는 하나이던 검화가 금세 두 개, 세 개로 늘어났다. 급기야는 검화가 온 사방을 에워싼 것 같은 착각을 불러일으킬 만큼, 그 숫자가 삽시간에 늘어 버렸다.

급히 일검단해, 후량추전, 대해인강을 연속해 펼쳐 사방에서 날아드는 검화를 막아 낸 우건은 선령안으로 황도진을 찾았다.

검화에 가려 있던 황도진의 신형이 서서히 드러났다.

우건은 흠칫해 눈을 깜박거렸다.

대적을 상대할 때, 눈을 깜박거리는 행동은 미친 짓과 같았다.

눈을 감는 그 짧은 순간에 뭐가 날아올지 모르는 탓이었다.

그러나 지금은 눈을 깜박거릴 수밖에 없었다. 우건은 자신이 본 광경을 믿지 못하겠다는 눈으로 황도진을 쳐다보았다.

황도진의 왼손에는 갈색 연검(軟劍)이 들려 있었다. 그리고 그는 그 연검으로 검법이 분명한 검초를 능숙하게 펼쳐 냈다.

불과 2, 3초 전까지 우건은 황도진이 오른손잡이에 도법을 익힌 쾌도의 고수라 믿어 의심치 않았다. 황도진의 쾌도는 10년 이상 열심히 정진해야 나올 수 있는 수준이었던 것이다.

한데 황도진은 지금 왼손으로 검법을 펼치는 중이었다. 물론, 도법을 익힌 고수가 다른 손으로 검법을 펼치지 못한다는 뜻은 아니었다. 무인이면 누구나 할 수 있는 일이었다. 다만, 숙련도에 있어서 진짜 검객과 차이가 날 뿐이었다.

한데 황도진은 왼손으로 진짜 검객처럼 검초를 펼쳤다. 지금 우건 눈앞에서 눈송이처럼 쏟아지는 검화가 그 증거였다.

섬영보로 급히 피한 우건은 천지검법의 절초로 반격에 나섰다. 검객과 도수의 대결이 검객과 검객의 대결로 바뀌었다.

우건 역시 오른손으로 천지검법을, 왼손으로 십자도법을 펼칠 수 있는 능력이 있었다. 그러나 이는 태을문 비전 분심공 덕분이었다. 그리고 왼손으로 펼치는 십자도법은 오래 수련하지 못한 탓에 그 수준이 현저히 떨어질 수밖에 없었다.

한데 황도진이 왼손으로 펼치는 검법은 오른손으로 펼치는 도법에 전혀 뒤떨어지지 않는 위력을 선보였다. 이는 다재다능함으로 유명한 우건조차 흉내 내기 어려운 수법이었다.

검과 도를 동시에 수련하는 경우는 크게 두 가지였다.

첫 번째는 실력이 떨어지는 하류잡배가 이것저것 다 손을 대다가 검법과 도법을 같이 수련하는 경우였다. 그러나 그런 하류잡배들은 당연히 황도진의 경지까지 오를 수가 없었다.

두 번째는 특별한 이유가 있어 검법과 도법을 동시에 수련하는 경우였다. 우건이 알기로 그런 이유는 대게 사문을 도중에 바꾼 경우였다. 아니면 어떤 조직에 잠입해야 해서 본인의 진짜 무공을 숨긴 채 다른 무공을 배우는 경우였다.

우건은 황도진이 후자일 거라 예상했다. 특무대에 잠입할 목적으로 원래 수련하던 검법 대신에 도법을 새로 익힌 것이다.

우건은 다른 조직에 잠입한 첩자를 이미 두 명이나 만나보았다. 한 명은 제천회 범천단에 잠입한 무정도 고월이었다. 그리고 다른 한 명은 특무대 제로팀에 잠입한 최욱이었다.

물론 그 두 사람은 무공을 숨길 필요가 없었다.

그들이 익힌 무공은 각각 태을문 십자도법과 태을문 철산벽이었다. 둘 다 유명한 무공이 아니어서 들킬 염려가 없었다. 우건이 아니면 알아보는 사람이 없었을 그런 무공이었다.

그렇다면 황도진은 알아보는 이가 많은 검법을 익힌 상태였기에 따로 전뢰심삽도법을 익혔을 거란 결론이 나왔다. 그래야 의심을 받지 않은 상태에서 특무대에 잠입이 가능했을 테니까 말이다.

우건은 황도진의 검법을 자세히 관찰했다.

황도진은 명가의 품격이 전해지는 유려한 보법을 밟아가며 손에 쥔 갈색 연검을 때로는 격렬하게, 때로는 매섭게 찔러 왔다. 그리고 그럴 때마다 검화가 검은 하늘을 수놓았다.

우건은 세 방향에서 속도를 달리해 날아드는 검화 세 송이를 보며 몸을 흠칫했다. 이는 그가 너무나도 잘 아는 초식이었다.

바로 화산파(華山派)를 대표하는 절기인 매화삼십육검(梅花三十六劍)의 절초 삼화삼령(三花三靈)이었다. 화산파는 소림(少林), 무당(武當), 개방(丐幇) 등과 함께 구파일방(九派一幇)을 형성하는 명문정파로 그 이름이 사해에 드높았다.

우건은 생역광음으로 속도를 달리하며 날아드는 검화 세 송이를 거의 동시에 요격해 갔다. 그때, 검화의 속도가 급변했다. 느리게 날아오던 검화가 빨라졌다. 반대로 빠르게 날아오던 검화는 느려졌다. 삼화삼령을 펼친 황도진의 얼굴에는 자신감이 넘쳤다. 이 초식을 상당히 신뢰하는 듯했다.

그럴 수밖에 없는 게 그가 수련한 화산파의 무공 중에서 황도진이 가장 자신 있어 하는 초식이 바로 이 삼화삼령이 었다. 그는 이 삼화삼령으로 적지 않은 고수를 쓰러트려 왔다. 그는 우건 역시 삼화삼령을 피하지 못할 거라 확신했다.

그러나 그런 그의 기대가 어느 해안가 백사장에 쌓아 놓은 모래성처럼 허물어지는 데는 그리 오랜 시간이 걸리지 않았다.

우건 역시 생역광음이 날아가는 속도를 달리했다.

탕탕탕!

청성검은 삼화삼령이 만든 세 송이 검화를 정확히 요격했다.

황도진은 믿을 수 없다는 눈빛으로 우건의 얼굴을 쳐다보았다.

"전에 매화삼십육검을 상대해 본 적이 있는 거요?"

"상대해 본 적은 없소."

"그럼 어떻게 삼화삼령의 비밀을 그렇게 빨리 알아낸 것이오?"

"누가 펼치는 광경을 옆에서 본 적이 있을 뿐이오."

우건의 이 말은 사실 거짓이었다.

그는 매화삼십육검을 펼치는 화산파 일대제자와 겨뤄 본 경험이 있었다. 우건이 사부 천선자의 서찰을 청성파(靑城派)

장문인에게 전달할 목적으로 중원 무림을 방문했을 때였다.

청성파가 사천성(四川省) 성도(成都) 근처에 위치한 청성산(靑城山)에 터를 잡은 탓에, 동쪽에서 청성산으로 가려면 도중에 섬서성(陝西省) 서안(西安)을 지나가야 하는 일이 많았다.

그때 역시 서안의 어느 객잔에서 하루를 묵어가기로 하였다.

객잔에 여장을 푼 우건은 1층 식당에 내려가 저녁식사를 주문했다. 한데 그 객잔에는 손님이 몇 명 더 있었다. 서안이 섬서성에서 가장 큰 도시라는 점을 생각해 보면 그리 이상할 게 없는 일이었다. 한데 문제는 그들이 화산파 제자들이라는 점이었다. 화산파가 위치한 화산(華山)과 지리적으로 가까운 서안은 사실상 화산파의 영역이나 마찬가지였다.

우건이 중원 무림에 산재한 각 문파의 사정을 속속들이 아는 편은 아니었지만, 화산파 제자들이 흰 무복(武服)에 매화문양을 수놓은 영웅건(英雄巾)을 착용한다는 사실은 알았다.

우건은 청성파 장문인에게 서찰을 전해 주러 왔을 뿐이기에 조용히 식사를 마친 다음 잡아 놓은 객실로 돌아가려 했다.

한데 나무는 가만히 있으려 하지만 바람이 그렇게 놔두지 않는다는 고사처럼, 화산파 제자가 그에게 먼저 시비를 걸었다.

우건이 검은색 무복을 착용한 탓에 복장으로 출신을 짐작하기 쉽지 않았지만 말투는 위장할 방법이 없었다. 그들은 요동 사투리가 심한 우건을 의심스럽게 생각한 듯했다. 그게 아니라면 술에 취한 김에 놀 거리가 필요했을 수 있었다.

어쨌든 화산파 제자는 우건에게 시비를 걸었다. 우건은 당연히 시비를 그냥 받아 주지 않았다. 그때는 한창 자신감이 넘치던 때라, 시비를 건 화산파 제자의 두 팔을 분질러 버렸다.

팔이 부러진 이와 같이 술을 마시던 나머지 다섯 명이 득달같이 달려들어 우건을 포위했다. 우건은 그들 역시 두 팔을 분질러 앞으로 몇 달 동안은 무공을 펼치지 못하게 했다.

다음 날, 사천성으로 떠나려는 우건 앞에 화산파 대제자가 찾아왔다. 그가 두 팔이 부러진 볼썽사나운 모습으로 돌아온 사제들에게 무슨 말을 들었는지 우건이 알 도리가 없었다.

그러나 그리 좋은 소리는 아니었던 게 분명했다.

화산파 대제자는 그에게 정식으로 결투를 신청했다.

우건은 당연히 피하지 않았다.

한데 대제자의 실력은 우건의 예상범위를 훨씬 벗어나 있었다. 그의 멍청한 사제들과는 차원이 다른 고수였다. 우건과 그 화산파 대제자는 5백여 합을 겨루었다. 그럼에도 승부를 가리는 데 실패했다. 우건은 화산파 대제자의 뛰어난 무공 실력과 호탕한 성격, 그리고 대범한 행동이 마음에 들었다.

화산파 대제자 역시 우건에게 호감을 느낀 듯했다. 누가 먼저랄 거 없이 검을 거둔 두 사람은 그 길로 객잔에 들어가 술잔을 나누었다. 술자리는 점심 무렵에 시작해 밤늦게 끝났다.

워낙 마음에 드는 친구였기에 우건은 의형제를 맺자는 화산파 대제자의 청을 받아들여 호형호제하는 사이로 발전했다.

그 화산파 대제자가 바로 후기지수(後起之秀) 중에 선두를 다투는 소신검(小神劍) 마진룡(馬眞龍)이었다. 우건은 동행을 고집한 마진룡과 함께 청성파에 들러 장문인에게 사부의 서찰을 전해 준 다음, 강호를 반년 동안이나 돌아다녔다.

그때, 남마교(南魔敎)가 강남에서 한창 기세를 떨치는 중이었는데 두 사람은 곧장 의기투합하여 남마교 토벌대에 합류했다. 그리고 우건은 남마교 교주 함마노조의 다리를 자르는 공을 세워 토벌대가 승리하는 데 결정적인 기여를 했다.

우건은 마진룡과 대결할 때, 그가 쓰는 삼화삼생에 적잖이 고전한 터라, 기회가 있을 때마다 파훼할 방법을 연구했다.

다행히 마진룡과 다닐 때, 삼화삼생을 견식할 기회가 몇 차례 더 있었다. 그리고 그 덕에 황도진이 펼친 같은 초식을 막을 수 있었다. 물론, 황도진은 마진룡에 비해 실력이 떨어져 막기가 수월한 편이었다. 만일, 지금 싸우는 상대가 그의 친구 소신검 마진룡이었다면 쉽게 막아 내지 못했을 것이다.

우건은 미간을 찌푸리며 물었다.

"매화삼십육검은 화산파 문하에게 배웠소?"

우건이 옛일을 반추하는 동안, 재빨리 손목 상처를 지혈한 황도진이 씩 웃었다. 말해 줄 생각이 전혀 없다는 표정이었다.

우건은 다시 물었다.

"특무대에 잠입하기 위해 도법을 따로 익혔소?"

황도진이 살짝 놀란 표정으로 대답했다.

"오! 생각보다 머리가 잘 돌아가는군. 맞소. 당신 말대로 나는 특무대에 잠입할 목적으로 도법을 따로 익혔소. 그리고 10년 동안 들키지 않았지. 당신과 대결하기 전까진 말이오."

"구룡문이나 제천회 소속이오?"

황도진은 다시 씩 웃었다.

대답하지 않겠다는 표시였다.

그는 대신 왼발로 바닥을 걷어찼다.

바닥이 움푹 파이며 흙과 풀뿌리가 파도처럼 일어나 우건을 덮쳐 왔다. 우건은 훌쩍 뛰어 물러서며 상황을 주시하였다.

그때였다.

흙 사이에서 갈색 빛을 발하는 섬광이 번쩍였다.

우건은 본능에 가까운 움직임으로 고개를 돌려 섬광을 피했다.

섬광의 정체는 황도진의 연검이었다. 우건의 귀 옆을 스친 연검이 뒤에 있던 아름드리나무에 깊숙이 틀어박혔다. 우건은 선령안으로 연검을 던진 황도진을 찾았다. 그러나 그사이 황도진은 숲으로 도망쳐 버린 듯 종적이 묘연했다.

지금 쫓아가면 황도진을 따라잡을 자신이 있었다.

그러나 지금은 도망자 한 명을 추적하는 일보다 청와대에 쳐들어온 적을 몰아내는 일이 더 시급했다. 우건은 다시 본관 앞 잔디밭으로 달려갔다. 잔디밭으로 쳐들어온 이곽 연합 선봉부대는 아군에 의해 거의 정리가 끝나 가는 상황이었다.

팽팽한 대결에 균열을 일으킨 장본인은 진이연이었다.

냉정한 진이연은 잔뜩 흥분한 천면화사 옥지민을 상대

하다가 그녀가 자랑하는 은사탈명비도술(銀絲奪命飛刀術)로 갑자기 도기를 발출해 옥지민의 한쪽 다리에 치명상을 입혔다.

옥지민은 다리에 입은 치명상이 오히려 잔뜩 흥분한 마음을 가라앉혀 준 듯했다. 그녀는 갑자기 연막탄을 터트리는 잔재주를 부렸다. 그러나 잔재주로 치부하기에는 그 효과가 확실했다. 옥지민은 연막탄의 연기가 진이연의 시야를 방해하는 것을 틈타 청와대 밖으로 도망치는 데 성공을 거두었다.

진이연은 옥지민을 쫓지 않았다.

대신 장대영이 맡던 독응권 유태성을 넘겨받았다. 장대영은 독응권 유태성에 밀리던 차였기에 주저 없이 그를 넘겼다.

진이연이 유태성을 상대하는 사이, 장대영은 다른 적을 찾아 나섰다. 장대영은 한때 특무대 팀장을 맡았던 실력자였다.

청와대로 옮긴 이후 수련을 게을리한 탓에 유태성에게 밀리긴 했지만, 일반 대원이 그를 막기란 불가능했다. 곧 진이연이 상대하는 유태성, 원공후가 상대 중인 천중추권 서균 두 명을 제외한 모든 적을 제압하거나 쓰러트릴 수 있었다.

실력이 좋아진 진이연은 장대영이 애먹던 유태성을 30합

만에 쓰러트리는 괴력을 선보였다. 유태성은 진이연의 비도가 발출한 도기에 베여 유혈이 낭자한 모습으로 죽었다.

이제 선봉부대 중 남은 사람은 천중추권 서균이 유일했다.

원공후는 서균과 막상막하의 대결을 벌였다. 그러나 원공후 역시 요 근래 진이연만큼이나 큰 진전을 이룬 상태였다.

100여 합이 넘어가는 순간, 마침내 원공후가 승기를 잡았다.

서균은 부하들이 죽거나 제압당하는 모습을 지켜보다가 깨끗이 항복했다. 원공후는 서균의 화통한 성격이 마음에 들었던 터라, 처음부터 그를 죽일 생각이 없었다. 진이연와 장대영 역시 서균을 잘 아는 듯 혈도를 짚는 수준에서 끝냈다.

우건을 발견한 원공후가 달려와 물었다.

"놈은 잡았습니까?"

"도망쳤소."

우건은 원공후에게 물어볼 말이 있었지만 상황이 그럴 틈을 주지 않았다. 이곽연합 주력 100여 명이 다섯 부대로 나뉘어 청와대를 공격 중이었다. 우건 일행은 진이연, 장대영 등과 함께 당혜란이 이끄는 경호실 지휘부의 명령에 따라 재배치를 서둘렀다. 이번에는 청와대 본관 우측 방향이었다.

본관 우측에는 이미 당혜란, 창천신도 김석 등이 도착해 있었다.

✛ ❖ ✛

대막혈랑존자(大漠血狼尊者) 이개심(李開心)은 대막(大漠)에서 왕으로 군림하던 존재였다. 그는 조광이 자신을 잡으러 올 태을문도를 막기 위해 중원 각지에서 불러 모은 100여 명의 고수들 중에서도 능히 열 손가락 안에 들어가는 실력자였다.

이개심은 현대무림으로 넘어올 때 혼자가 아니었다. 무려 여섯 명의 동료와 함께 400여 년이란 시공을 건너뛰어 서울 시내 한복판에 떨어지는 믿을 수 없는 일을 몸소 겪었다.

그와 함께 넘어온 동료 여섯 명은 제로신도(齊魯神刀) 나자양(羅子陽), 냉미화 당혜란, 광무대검(光武大劍) 한현(漢現), 열검자(裂劍子), 배은마귀(背恩魔鬼) 은태무(銀太武), 금안독로(金眼禿老) 선일공(宣一公)이었다. 현대무림에 발을 디딘 첫 번째 무림인으로 여겨지는 십지신살(十指神殺) 오천군(吳千君)이 청와대 습격 사건을 일으킨 탓에 당시 정부는 이들을 바로 체포하려 들었다. 오천군이 죽기 전에 자신과 같은 처지에 있는 무림인이 더 있으며 그들이 자기처럼 이곳으로 넘어올지 모른다는 정보를 넘겨준 덕분이었다.

이개심까지 포함한 일곱 명 중 한현, 열검자, 은태무, 선일공은 제천회 장로였던 탓에 나머지 세 명과 접점이 없었다. 네 명은 한국 정부가 군경을 동원해 체포하려 했을 때 재빨리 도망쳤다. 그리고 그들은 이후 제천회의 후신을 만들었다.

반면 이개심, 나자양, 당혜란 세 명은 처음에 서로 다른 방향으로 도망쳤다가 끈질기게 추적해 온 군경에게 체포당했다.

이개심 등에게 내력이 존재했다면 잡히지 않았을 테지만 그들은 태을양의미진진에 내력이 모두 빨려나가 내력을 싣지 못하는 초식만 사용할 수 있는 처지였다. 소총과 권총으로 무장한 무장경찰 몇 명을 때려눕힐 수는 있었지만 전차까지 동원한 사단급 규모의 군대 앞에서는 속수무책이었다.

체포당한 세 명은 정부의 요구에 따라 특무대를 조직해 협력했다. 세 명 중 가장 강자였던 이개심이 특무대 대장을, 나자양이 특무대 안의 특무대라 불리던 제로팀 팀장을, 그리고 당혜란이 특무대 대원 육성학교의 교장을 각각 맡았다.

이 세 명은 평생 동안 서로를 견제하며 권력이 한쪽으로 쏠리는 현상을 막았다. 그러나 제로팀 팀장을 맡은 나자양이

숨을 거두며 상황이 변했다. 제로팀을 흡수해 이곽연합을 조직한 이개심이 특무대를 좌지우지하기 시작한 것이다.

이에 반발한 당혜란이 청와대로 옮겨 가며 상황은 걷잡을 수 없이 나빠졌다. 그리고 마침내 당혜란과 그녀를 받아 준 대통령을 동시에 제거할 흉계를 꾸미게 된 것이었다.

이개심은 자신이 있었다.

물론, 대통령을 죽여서 권력을 차지할 방법은 없었다.

지금은 21세기였다. 더구나 그가 있는 이곳은 시민의식이 성숙할 대로 성숙한 대한민국이었다. 정권 수뇌부 몇 명을 죽여서 권력을 차지할 수 있는 여건이 아니라는 뜻이었다.

그러나 다른 방법으로는 충분히 가능했다.

이는 대한민국 헌법과 대한민국이 처해 있는 특수한 상황과 연관되어 있었다. 대한민국 헌법에 따르면 대통령 궐위(闕位) 시, 즉 대통령이 사망하거나 파면당했을 때는 60일 안에 새 대통령을 선출해야 한다는 조항이 헌법에 명시되어 있었다.

다시 말해 현 대통령인 최민섭이 사망하면 60일 안에 다시 대선을 치러 후임 대통령을 선출해야 한다는 의미였다. 만약 그 차기 대선에서 이곽연합이 지원하는 대통령 후보가 승리한다면, 그는 비선실세로 정권을 좌지우지할 수 있었다.

그렇다면 이제 그가 미는 대통령 후보를 어떻게 당선시 킬 것인가가 문제로 남았다. 이개심은 이를 위해 이미 기발한 대책 하나를 생각해 두었다. 바로 한국 사회에 뿌리 깊게 박혀 있는 레드콤플렉스를 자극하는 것이었다. 북한과 휴전협정을 맺은 지 거의 칠십 년에 가까워 오지만, 여전히 한국사회는 그 여파에 시달리는 중이었다. 북한은 체제 안정을 위해 끊임없이 한국과 그 주변 나라들을 위협했다. 그리고 그럴 때마다 한국은 강경파와 온건파가 치열한 다툼을 벌였다.

이개심이 노리는 것은 강경파와 온건파 사이에 있는 중도파였다. 레드컴플렉스를 적당히 자극해 주면 중도파는 강경파 쪽으로 돌아설 터였다. 그리고 중도파가 가세하면 60일 안에 치러지는 단기 선거전에서 필승 분위기를 만들 수 있었다.

그가 생각한 방법은 아주 간단했다. 또, 아주 위력적이었다. 북한 공작원이 청와대에 침투해 대한민국 대통령을 암살하는 사건만큼 확실한 자극방법은 한국에 존재하지 않았다.

일단 대통령부터 암살한 다음에 북한 공작원 짓이라는 증거를 몇 개 던져 놓으면, 협력을 약속한 제천회, 한정당, 그리고 보수 언론이 일제히 들고 일어나 전쟁 분위기로 몰아갈 것이다. 이런 정국에서는 증거의 신뢰성에 의문을 가지기 어려웠다. 바로 북한과 내통한 반역자로 몰리기 때문이었다. 전쟁 분위기에선 보수의 지지를 받는 한정당 대선 후보가 승리할 게 자명했다. 그리고 이개심은 한정당 대선 후보가 주도하는 향후 정국에서 중요한 역할을 담당할 것이다.

대비책 또한 완벽했다.

한정당과 보수 언론, 그리고 제천회가 그를 토사구팽(兎死狗烹)하지 못하게 그들을 옭아맬 완벽한 물증을 준비해 두었다. 한정당과 제천회는 떡고물을 다 차지하려 들겠지만 그를 무시한 채 일을 진행시킬 방법은 사실상 존재하지 않았다.

장밋빛 미래를 그려 가던 이개심은 다시 현 상황에 집중했다.

그는 방금 전에 청와대에 포섭해 둔 첩자를 통해 경호실 차장인 당혜란이 정체를 알 수 없는 고수 몇 명을 초빙했다는 정보를 얻었다. 그는 뛰어난 전략가답게 바로 공격 전략을 수정했다. 먼저 당혜란이 초빙했다는 고수들의 면면을 확인할 목적으로 선봉부대를 단독으로 청와대에 침투시켰다.

선봉부대는 교전 중에 잃어도 전혀 상관없는 대원들과 장차 이곽연합이 특무대를 완전히 장악하는 데 걸림돌로 작용할 가능성이 높은 대원을 추려 구성했다. 그 대표적인 인사가 바로 제로팀의 교오랑 황도진과 천중추권 서균, 3팀 팀장 독응권 유태성, 1팀 부팀장 천면화사 옥지민이었다.

물론 그들이 먼저 배신할 가능성이 전혀 없는 것은 아니었다. 그러나 당혜란은 꼬장꼬장한 성격이었다. 결속에 지장을 줄지 모르는 그들을 받아들일 만큼 너그러운 성격이 아니었다.

선봉부대가 당혜란이 새로 끌어들인 고수들과 본관 남쪽 잔디밭에서 교전 중이란 보고를 받은 이개심은 바로 움직였다.

그가 직접 가르친 다섯 명의 제자에게 대원을 스무 명씩 주어 청와대를 습격하게 했다. 그가 세운 전략은 이러했다.

그는 우선 그들이 가진 장점과 적이 가진 단점을 비교했다.

그들이 지닌 단점은 하나였다. 바로 언제나 공격보다 방어가 훨씬 쉽다는 점이었다. 즉, 방어하는 입장인 적이 공격하는 입장에 있는 그들보다 유리한 위치를 선점했단 뜻이었다.

반면, 적이 가진 단점은 두 가지였다.

적은 청와대의 넓은 경내를 모두 지켜야 했다. 즉, 방어선이 길어 방어 병력을 꼼꼼하게 배치하기 어렵다는 뜻이었다. 그리고 그 말은 방어선이 허술해질 수밖에 없단 뜻이었다.

적이 가진 두 번째 단점은 고수의 숫자가 적다는 점이었다. 제로팀을 동원 가능한 그들은 고수 숫자에서 적보다 앞설 수가 있었다. 당혜란이 비밀리에 초빙했다는 고수를 다 합쳐도 제로팀 소속 고수를 막는 일조차 벅찰 게 분명했다.

이개심은 이런 정보를 바탕으로 사방에서 동시에 기습하는 전략을 택했다. 적이 한곳에 병력을 집중하지 못하도록 사방에서 동시에 기습해 적의 허술한 방어선을 돌파한 다음, 바로 우회해 다른 쪽에 있는 적을 포위하는 전략이었다.

이개심은 개인 경호원들과 함께 뒤에 남아 전황을 점검했다.

경호원이 든 노트북 화면에는 그가 들여보낸 부하들의 이동 상황이 자세히 나와 있었다. 부하들의 몸에 미리 GPS 신호기를 달아 둔 덕분이었다. 공격은 지금까지 아주 순조로웠다.

청와대 담을 넘은 부하들은 다섯 방향에서 적을 공격해 갔다.

그때였다.

2번 부대가 갑자기 공격로를 이탈했다.

원래 2번 부대는 북서쪽에서 관저 방향으로 직진해야 했는데, 갑자기 방향을 바꿔 왼쪽으로 우회하기 시작한 것이다.

왼쪽은 3번 부대가 가는 방향이었다.

곧 2번 부대와 3번 부대의 경로가 겹쳐졌다.

짜증이 난 이개심은 바로 무전기를 꺼내 2번 부대장을 불렀다.

한데 그 순간, 이번에는 4번 부대가 오른쪽으로 우회했다. 순식간에 2, 3, 4 세 개 부대가 한곳으로 집결하기 시작했다.

이는 그가 세운 계획의 정반대에 해당하는 결과였다.

"도대체 무슨 일이야?"

짜증이 잔뜩 난 그의 목소리가 후덥지근한 밤공기를 갈랐다.

2장. 계산착오(計算錯誤)

금안군(金眼君) 전용진(全勇進)은 사부 이개심이 하사한 황금신단(黃金神丹)을 복용한 후에 안광이 금색으로 변해 금안군이란 별호를 얻었다. 지금은 사부가 준 부하 스무 명과 함께 2번 부대를 형성해 청와대 관저로 가는 중이었다.

전용진이 맡은 2번 부대는 방어선 돌파에 성공하는 즉시 관저 방향으로 직진해, 좌우측에 있는 1번 부대나 3번 부대 중 아직 방어선을 뚫지 못한 부대를 지원하는 임무를 맡았다.

전용진은 사부만큼이나 자신감이 넘쳤다.

반정회 중에 걱정해야 할 만한 고수는 냉미화 당혜란과 창천신도(震天神刀) 김석(金石) 둘뿐이었다. 나머진 모두 그의 상대가 아니었다. 진이연의 실력이 부쩍 늘었다고는 하지만 그를 따라오려면 아직 멀었다. 또, 당혜란이 외부에서 급히 초빙했다는 고수들 역시 별 볼 일 없을 게 틀림없었다.

기세 좋게 나아가던 전용진은 갑자기 오싹한 한기를 느꼈다. 마치 발밑에서 기분 나쁜 한기가 스멀스멀 기어 올라와 정수리에 올라탄 것 같은 느낌이었다. 전용진은 급히 내력을 운기하여 기분 나쁜 한기를 몰아내려 애썼다. 그는 완벽하지 않은 컨디션으로 전투에 임할 만큼 멍청하지 않았다.

전용진은 고개를 돌려 부하들의 표정을 살폈다. 긴장한 표정이긴 했지만 그가 느낀 기분 나쁜 한기를 감지하진 못한 듯했다. 그와 부하들의 실력 차이가 그만큼 크단 뜻일 것이다.

전용진은 습관적으로 정찰을 맡은 부하에게 물었다.

"이봐, 제대로 가는 중이겠지?"

부하가 정원과 도로, 그리고 이름 모를 건물 지붕이 드문드문 보이는 주변을 한 차례 둘러본 다음에 고개를 끄덕였다.

"틀림없습니다."

"좋아. 계속 길을 열어라."

"예."

대답한 부하는 다시 정찰에 집중했다. 그들은 경신법을 연마한 무인이었다. 지형을 가리는 사람들이 아니어서 눈앞의 장애물을 우회할 필요 없이 관저 앞으로 직진할 수 있었다.

정찰을 맡은 부하는 똑바로 나아갔다. 그동안 우회한 적이 없는 탓에 관저가 아닌 다른 곳에 도착할 가능성은 없었다.

한데 마음에 걸리는 점이 한 가지 있었다.

그들은 청와대 담을 넘어 수백 미터를 족히 진입했다. 이쯤 걸었으면 관저가 나와야 했는데, 관저는커녕 관저를 에워싼 담장조차 보이지 않았다. 부하는 고개를 살짝 갸웃거렸지만 그가 느낀 이상한 점을 전용진에게 보고하지는 않았다.

전용진은 성격이 불같아서 부하의 실수를 용납하지 않았다.

그런 상태로 다시 100여 미터를 더 전진했다.

그러나 여전히 관저는 보일 생각을 하지 않았다.

더 이상 보고를 미룰 수 없다는 생각에 부하가 막 돌아섰을 때였다. 그를 제외한 2번 부대에 속한 모든 대원들이 왼쪽을 쳐다보는 중이었다. 부하 역시 왼쪽으로 고개를 돌렸다.

왼쪽에서 3번 부대로 보이는 무리가 이동 중이었다.

3번 부대 역시 전용진의 2번 부대를 발견한 듯 걸음을 멈췄다.

"젠장!"

전용진은 급히 3번 부대로 뛰어갔다.

3번 부대를 지휘하는 지휘관은 이개심의 다섯 번째 제자인 소혈랑(小血狼) 주이강(朱怡姜)이었다. 주이강은 여러 제자 중에서 이개심이 가장 총애하는 제자였다. 별호인 대막혈랑존자에서 혈랑을 따로 떼어 내 별호로 주었을 정도였다.

그러나 이개심과 주이강은 닮은 점이 거의 없었다.

이개심은 사막의 햇볕과 모래바람을 오래 쐰 탓에 피부가 낡은 가죽처럼 바짝 말라 있었다. 그리고 얼굴에는 얽은 자국이 가득했으며 눈동자는 붉은색을 띠어 흉측한 느낌을 주었다.

반면, 주이강은 여인처럼 곱상했다. 이곳 말로는 꽃미남에 해당해 주이강이 외모로 사부를 홀렸단 소문까지 돌아다녔다.

어쨌든 주이강은 늙은 사부의 유산을 독차지할 가능성이 가장 높은 제자여서 전용진 같은 다른 제자들의 질시를 샀다.

전용진은 사제 주이강의 허여멀건 얼굴과 눈웃음을 치는

것처럼 밑으로 살짝 내려온 눈꼬리를 보며 인상을 잔뜩 구겼다.

"길을 제대로 든 게 맞느냐?"

사부의 위세를 등에 업은 주이강은 쌀쌀 맞은 태도로 답했다.

"사형 쪽이 먼저 길을 잘못 든 거 아니에요?"

"우린 지금까지 계속 직진했어. 3번 부대와 만날 일이 없다고."

주이강은 허리에 손까지 올려가며 반박했다.

"우리 3번 부대 역시 마찬가지예요. 계속 직진했다고요."

"쳇, 그럼 사부님께 우리가 어디에 있는지 물어보는 게 빠르겠군. 사부님은 우리 몸에 달린 GPS로 위치를 아실 테니까."

"좋아요. 그렇게 해요."

전용진은 바로 무전기를 꺼내서 이개심에게 연락을 취했다.

한데 무언가 이상했다.

치익거리는 소음만 들려올 뿐, 연락이 가지 않았다.

화가 난 전용진이 자기 무전기를 바닥에 팽개쳤다.

"뭐 이딴 고물이 다 있어!"

"재수 없게 고장 난 무전기를 골랐나 보군요."

주이강이 전용진을 비웃으며 허리춤에 찬 무전기를 꺼내 버튼을 눌렀다. 그러나 그가 가진 무전기 역시 먹통이었다.

이번에는 전용진이 주이강을 비웃었다.

"크크. 재수는 네가 더 없는 모양이구나."

그때였다.

2번 부대, 3번 부대가 모여 있는 장소에 4번 부대가 등장했다.

4번 부대 지휘관은 이개심의 일곱 번째 제자인 흑수선(黑水仙) 노선영(盧善英)이었다. 그녀는 냉철한 성격과 고상한 기품을 지닌 미녀로 특무대 대원들의 인기를 독차지했다.

전용진과 주이강을 보기 무섭게 상황이 심상치 않음을 눈치 챈 듯 노선영이 고운 이마를 살짝 찡그리며 한숨을 쉬었다.

"우린 저들의 함정에 빠진 거예요."

전용진이 화들짝 놀라 물었다.

"그럼 사매 말은 우리가 한데 모인 게 적의 의도라는 것이냐?"

"그런 것 같아요. 적이 어떤 능력을 이용해 이런 일이 가능하게 만든 건지는 모르겠지만 함정에 빠졌다는 건 분명해요. 방금 전부터 사부님에게 무전기와 휴대전화로 연락을 시도했지만 모두 먹통이에요. 적이 대통령을 경호할 때

쓰는 전파방해 장치로 청와대 경내의 통신을 방해하는 듯해요."

주이강이 고개를 끄덕였다.

"우리 역시 먹통이긴 마찬가지야."

전용진이 물었다.

"그럼 사매는 우리가 어떻게 해야 한다는 거야?"

노선영은 지체 없이 대답했다.

"즉시 여기서 후퇴해야 해요. 그리고 사부님에게 사정을 설명드린 다음, 기회를 엿보거나 작전을 수정해서 다시 공격하는 게 좋겠어요. 지금 이대로 작전을 진행하는 것은 적이 파 놓은 함정에 스스로 걸어 들어가는 꼴이나 마찬가지예요."

전용진은 즉시 고개를 저었다.

"우리가 이대로 후퇴하면 사부님이 불벼락을 내리실 거야. 그리고 우린 60명이 넘어. 적은 많아 봐야 50명이 넘지 않고."

주이강 역시 전용진과 같은 생각인 듯했다.

"우리 셋이 똘똘 뭉쳐 공격해 가면 적은 패배할 수밖에 없어. 더욱이 1번 부대와 5번 부대가 양동공격에 나설 테니까 적이 펼친 방어선은 여전히 허술할 상태일 테고 말이야."

노선영은 여전히 뜻을 굽히지 않았다.

"이대로 적이 파 놓은 함정 속으로 들어가는 건 자살행위나 마찬가지예요."

전용진이 껄껄 웃었다.

"여자라서 그런지 사매는 겁이 참 많군. 그렇게 겁이 나서 같이 못 가겠으면 사부님에게 돌아가든지, 아니면 우리 뒤를 졸졸 따라오도록 해. 나와 주 사제가 놈들을 다 때려 눕혀 주지."

전용진은 노선영의 대답을 기다리지 않고는 대기 중이던 2번 부대에 돌아가 부하들과 함께 본관으로 걸음을 옮겼다.

주이강은 그런 전용진에게 지지 않겠다는 듯 재빨리 대기 중인 3번 부대에 돌아가 부하들을 본관으로 이동시켰다. 홀로 남은 노선영은 입술을 깨물며 잠시 고민하다가 4번 부대에 돌아가 앞서간 2번 부대와 3번 부대 뒤를 쫓아갔다.

❖ ❖ ❖

노선영이 예측한 대로 경호실은 전파방해 장치를 이용해 청와대 경내에서의 통신을 방해했다. 청와대는 일반적인 군경에는 없는 특수 장비를 몇 개 보유했는데, 그중 하나가 바로 전파방해 장치였다. 경호원이 두려워하는 상황은 크게 두 가지였다. 하나는 뛰어난 실력을 가진 저격수가 원거리에서 대통령을 저격하려는 상황이었다. 그리고 다른 하나는 암살범이 폭탄을 터트려 대통령을 암살하려는 경우였다.

저격수의 경우에는 대통령이 도착하기 전에 저격 포인트를 골라 미리 저격 대응팀을 배치하는 것으로 막을 수 있었다.

또, 폭탄을 터트리려는 경우에는 대통령이 있는 공간 전체를 전파방해 장비로 전파를 차단해 대비했다. 폭탄은 대부분 리모컨과 같은 원격장치로 격발시키기에 가능한 조치였다.

경호실은 그들이 가진 전파방해 장비로 청와대 경내의 통신을 두절시켜 적이 서로 연락하지 못하도록 미리 조치했다.

우건은 당혜란과 함께 화이트보드에 적혀 있는 적의 이동 상황을 계속해서 점검했다. 적의 이동 상황은 저녁부터 적을 감시하던 감시팀이 도보로 직접 전해 준 정보를 이용해 수집했다.

당혜란이 화이트보드를 보며 감탄을 금치 못했다.

"당신 말대로 세 부대의 적이 곧장 이곳으로 오는 중이에요."

당혜란이 처음 세운 계획은 대통령을 중심으로 원을 그리며 방어하는 것이었다. 대통령이 숨어 있는 관저 벙커를 중심으로 가장 안쪽에 있는 원에는 당혜란, 김석과 같은 고수를, 가장 바깥쪽에 위치한 원에는 실력이 떨어지는 경호원을 각각 배치해 적이 당혜란과 김석이 지키는 가장 안쪽원에 도착할 때쯤에는 최대한 지쳐 있도록 만드는 계획이었다.

이는 유명한 전술 중 하나로 종심을 깊이 파 두어 적이 돌파할 때마다 전력을 끊임없이 소모하도록 강제하는 방법이었다.

그러나 이 전술은 단점이 명확했다.

가장 바깥쪽 원을 담당하는 경호원의 희생이 크다는 것이었다. 아니, 희생이 큰 수준을 넘어 전멸까지 각오해야했다.

우건은 그런 이유로 아군보다 적군이 더 많이 죽는 작전을 생각해 냈다. 바로 당혜란, 김석과 같은 고수가 최전방에서 적을 저지해 하수들의 희생을 최대한 줄이는 작전이었다.

그러나 이 역시 단점이 있었다.

당혜란, 김석, 진이연, 장대영과 같은 고수가 포위당해운신의 폭이 줄어들 경우, 적이 곧장 하수들이 맡은 방어선을 돌파해 관저 벙커에 있는 대통령에게 달려갈 위험이 있었다.

우건은 작전의 단점을 제거할 목적으로 적이 올 만한

길목에 태을문 비전인 운중비선건곤진법(雲中秘仙乾坤陣法)을 펼쳤다. 태을문은 중원과 새외, 한반도를 통틀어 진법이 가장 뛰어난 문파였다. 이는 태을문의 역사에 기인한 바가 컸다.

태을문을 세운 태을조사는 면벽수행을 하는 동안, 본인이 참수(參修)하는 거처에 짐승이나 외인이 침범하는 일을 막을 목적으로 진법을 깊이 연구했다. 그리고 연구한 내용을 제자에게 가르쳤는데, 그 결과 사람의 눈을 속이는 장안진(障眼陣)부터 도인의 처소에 외인이 침입하지 못하게 하는 데 중점을 둔 운중비선건곤진법, 악인을 가두는 데 주로 쓰는 태을양의미진진까지 수십 종류의 진법이 만들어졌다.

운중비선건곤진법은 앞서 말한 대로 도인이 수도하는 처소를 지키는 진법이었다. 이 진법은 주변 풍경을 왜곡시켜 방향감각이 사라지게 하는 특징을 지녔다. 본인은 똑바로 걸어가는 것 같지만, 실제로는 비스듬히 움직이는 것과 같은 효과를 불러왔다. 전용진, 주이강, 노선영 역시 본인은 똑바로 걸어가는 중이라 생각했지만 전혀 다른 곳에 도착했던 일 또한 운중비선건곤진법의 오묘한 효과라 할 수 있었다.

우건은 이 운중비선건곤진법으로 적이 한곳에 모이게 만들어 소수의 인원으로 다수의 적을 막을 수 있는 상황을 만들었다. 이를 옆에서 지켜본 당혜란은 감탄할 수밖에 없었다.

우건은 아직 안심할 때가 아니라는 듯 고개를 저었다.

"청와대가 너무 넓은 탓에 진법을 설치하는 데 한계가 있었소. 1번 부대와 5번 부대는 그들의 진로를 계속 유지할 것이오."

당혜란이 청와대 북서쪽으로 진입 중인 1번 부대를 가리켰다.

"음풍귀수(陰風鬼手) 반봉(潘奉)이 지휘하는 1번 부대는 이연이를 보내 막을 생각이에요. 반봉이 이개심의 대제자인 탓에 상대하기 쉽지는 않겠지만, 이연이 역시 요즘 몰라보게 강해진 덕에 쉽게 패하지는 않을 거라 생각해요."

당혜란이 이번에는 남동쪽에서 진입하는 5번 부대를 지목했다.

"이개심의 열한 번째 제자인 월인탈(鉞刃奪) 손주성(孫做成)이 지휘하는 5번 부대에는 장대영을 보내 막기로 결정했어요. 방어에 치중하면 잠시 동안은 버틸 방법이 있을 거예요."

곧 진이연이 지휘하는 경호팀 하나가 1번 부대를 막기 위해 북서쪽으로 이동했다. 뒤이어 장대영이 지휘하는 다른 경호팀 하나가 5번 부대를 막기 위해 남동쪽으로 내려갔다.

경호팀 두 개가 빠져나간 탓에 본관에 남은 경호실 병력은 서른 명을 넘지 않았다. 그리고 그중 고수라 해 봐야 당혜란, 김석 등 경호실 소속 몇 명에 우건, 원공후가 다였다. 즉, 그들 몇 명만으로 예순이 넘는 적을 상대해야 한다는 의미였다.

그때, 감시팀 한 명이 신법을 펼치며 달려와 보고했다.

"놈들이 300미터 앞까지 당도했습니다."

고개를 끄덕인 당혜란은 전음으로 부하들에게 지시를 내렸다.

잠시 후, 본관에 남은 경호원 30여 명이 길 양편에 매복했다.

당혜란은 김석, 우건 일행과 도로 한가운데 서서 적이 등장하길 기다렸다. 잠시 후, 금안군 전용진이 지휘하는 2번 부대를 필두로 소혈랑 주이강의 3번 부대와 노선영의 4번 부대가 잇달아 모습을 드러냈다. 그들 역시 당혜란 등을 발견한 듯 달려오는 속도를 높였다. 그들은 청와대 경내를 돌파하는 동안, 적을 발견하지 못한 탓에 몸이 잔뜩 달아 있었다. 말 그대로 몸이 근질근질해서 참을 수가 없는 상태였다.

당혜란은 차분한 표정으로 그들이 코앞까지 다가오기를 기다렸다. 냉미화란 별호처럼 차가운 기운을 사방으로 쏟아냈지만 표정에는 변화가 전혀 없었다. 마치 상대방이 먼저

가진 패를 꺼내길 기다리는 노련한 포커 고수의 표정 같았
다.

2번 부대 선두가 10미터 안으로 접근해 들어왔을 때였
다. 당혜란은 기다렸다는 듯 팔을 들어 부하들에게 신호를
보냈다.

그 순간, 매복해 있던 경호원들이 새카만 막대기 몇 개를
도로 쪽으로 홱 던졌다. 막대기는 곧 도로 위에서 폭발하며
엄청난 섬광을 뿜어냈다. 막대기의 정체는 바로 경호실이
보유한 최첨단 무기 중 하나인 고성능 섬광폭음탄이었다.

눈을 멀게 하는 섬광과 귀청을 찢는 폭음이 도로를 달리
던 적을 그대로 덮쳤다. 실력이 뛰어난 자들은 눈과 귀를
보호해 피해를 받지 않았지만 실력이 떨어지는 자들은 그
럴 틈이 없었다. 그들은 피가 흐르는 귀를 손으로 틀어막았
다.

섬광탄을 던진 경호원들은 즉시 본관으로 후퇴하며 암기
를 던졌다. 표창, 은침, 비도와 같은 수백 개의 암기가 곧장
날아가 고통스러워하는 적의 주요 혈도에 구멍을 뚫었다.

소매를 휘둘러 암기를 쳐낸 전용진이 일갈했다.

"놈들이 후퇴한다! 놓치지 마라!"

전용진의 명령이 떨어지기 무섭게 동료와 친구의 죽음을
목격한 적들이 본관으로 후퇴하는 경호원들의 뒤를 맹렬히
쫓았다.

사실, 암습을 가한 경호원과 그 암습에 쓰러져 간 특무대 대원들은 불과 몇 달 전까지만 해도 동고동락했던 동료들이었다.

한솥밥을 먹던 사람들이 각자가 맺은 사승(師承)과 추구하는 길이 다른 탓에, 지금은 서로에게 총부리를 겨누는 상황이었다. 안타까운 일이 아닐 수 없었지만 지금은 그 안타까운 마음을 잠시 접어 둬야 했다. 전에 맺은 관계야 어떻든 눈앞에 있는 상대를 쓰러트려야 자신들이 살 수 있었다.

달려드는 적을 지켜보던 당혜란이 양손에 비도를 움켜쥐었다.

한 번 펼치면 혈화(血花)가 만개한다는 구도탈명비(九刀奪命ヒ)의 기수식이었다. 이미 내력을 잔뜩 끌어올린 듯 그녀의 검은색 무복 자락이 강풍을 만난 갈대처럼 파르르 떨렸다.

그때 김석과 원공후 등 몇 명은 이미 도로 앞으로 달려나가 적 선두와 교전을 시작한 상태였다. 이제 우건과 당혜란이 참가하면 아군 쪽 고수들은 전부 교전에 들어간 셈이었다.

그때였다.

우건이 당혜란 앞을 막아섰다.

당혜란이 불쾌한 음성으로 물었다.

"이게 무슨 짓이죠?"

"당 여협의 상대는 저런 조무래기들이 아니오."

"무슨 뜻인가요?"

"당 여협의 상대는 특무대 대장 이개심이오. 주력이 실패하면 그가 나설 것이오. 당 여협은 그때까지 기식을 다스리며 대결을 준비해 주시오. 당 여협과 이개심의 대결 결과에 많은 것들이 달려 있소. 그 전까지 휴식을 취하며 대기해 주시오."

우건의 말을 들은 당혜란의 표정이 시시각각 변했다.

냉미화란 별호에서 알 수 있듯 당혜란은 감정표현이 많지 않은 편에 속했다. 한데 지금은 처음에 당황하는 표정을 지었다가 나중에는 무언가를 창피해하는 듯한 표정을 지었다.

당혜란은 우건이 이개심을 상대할 거라 예상한 게 분명했다.

특무대를 세운 이개심, 나자양, 당혜란 세 명 중에서 당혜란의 실력이 가장 떨어졌다. 그리고 이개심의 실력이 가장 뛰어났다. 그런 그녀에게 이개심을 상대하라는 말은 섶을 진 상태에서 불에 뛰어들라는 말과 크게 다르지 않아 보였다.

당혜란이 입술을 살짝 깨물었다.

"이개심은 정말 강해요. 부끄럽지만 전 그의 상대가 아니에요."

"걱정 마시오. 대결이 벌어지기 전까지 기식을 차분하게 다스릴 수 있으면 이개심과의 대결에서 지는 일은 없을 것이오."

말을 마친 우건은 바로 돌아서서 싸움터로 몸을 날렸다. 당혜란은 빠르게 멀어지는 우건의 등을 복잡한 감정이 담긴 시선으로 쳐다보다가 본관 안에 들어가 운기행공을 시작했다.

남아 있던 경호원 30여 명 역시 우건을 따라 적에 맞서 갔다.

한편, 도로로 밀려들어 오는 적을 막으며 천천히 물러서다가 우건이 혼자 나타난 모습을 본 김석은 아연한 얼굴로 물었다.

"차장님은 왜 안 보이는 거요?"

"당 여협은 따로 할 일이 있소."

대답한 우건은 앞을 막아선 적을 향해 생역광음을 찔러 갔다.

눈부신 섬광이 허공을 가르는 순간, 적이 피를 뿌리며 뒤로 날아갔다. 생역광음이 워낙 빠른 탓에 마치 누가 뒤에서 갑자기 잡아당기는 바람에 뒤로 날아가는 것 같은 모습처럼 보였다. 우건은 섬영보로 적 사이에 뛰어들어 사방에 검광을 뿌려 갔다. 검광이 어둠을 가를 때마다 선혈이 튀었다.

우건이 전장에 합류하는 순간, 그를 따라온 30여 명의 경호원들 역시 우건, 원공후, 김석과 같은 고수들을 지원하며 적이 본관으로 가지 못하게 차단했다. 양측이 동원한 100여 명에 이르는 인원이 말 그대로 대규모 전투를 시작한 것이었다.

피가 튀면 어김없이 누군가의 비명이 터져 나왔다. 그리고 신음이 흘러나오면 바닥에 살점과 내장이 후드득 떨어졌다.

주 전장인 아스팔트 도로가 금세 피로 얼룩져 갔다.

그때, 전용진의 목소리가 들렸다.

"저놈이다! 저 검을 쓰는 놈부터 해치워라!"

전용진이 지목한 검을 쓰는 놈은 우건일 가능성이 아주 높았다.

실제로 적은 우건을 향해 물밀듯이 밀려들어 왔다.

한데 우건의 대응이 사람들을 의아하게 만들었다.

우건은 뒤로 물러서지 않았다.

아니, 물러서기는커녕 오히려 이런 상황을 기다렸다는 듯 그를 막기 위해 달려드는 적들을 향해 달려가며 공격해 갔다.

우건이 전선을 돌파한 탓에 모든 전선이 금세 혼란에 빠졌다.

원공후와 김석의 원래 계획은 일단 적을 막으며 우건과

당혜란이 나설 때까지 기다릴 작정이었다. 원공후와 김석이 뛰어난 고수이기는 하지만 예순 명이 넘는 적을 상대할수는 없는 일이었다.

한데 뒤늦게 뛰어든 우건이 공격적으로 나서는 바람에 그들 역시 우건을 따라 적진으로 돌격할 수밖에 없었다. 그리고 당연히 우건과 함께 합류한 경호원들 역시 앞으로 돌격할 수밖에 없었다. 오히려 숫자가 적은 경호실 쪽이 숫자가 많은 이곽연합을 돌파하며 기세를 올려 갔다.

획!

우건은 어깨를 베어 오는 칼을 피했다. 그리고 그 피한어깨로 적의 가슴을 들이받았다. 마치 처음부터 칼이 날아올 방향을 예측한 우건이 미리 어깨를 세워 가슴을 들이받은 것처럼 자연스러운 연계였다. 적은 거의 반응하지 못하였다.

이는 철산벽의 견검(肩劍)이라는 고절한 수법이었다.

"크아악!"

어깨에 가슴을 들이받힌 적은 갈비뼈가 박살 나 볼링공처럼 날아갔다. 우건은 최욱에게 철산서생 이문추가 만든 철산벽 구결을 가르쳐 주는 동안, 몇 가지 수법을 익힐 수있었다.

애초에 철산벽 바탕에는 우건이 평생 수련한 태을문의 무공이 들어 있었다. 배우는 데 어려운 점이 없었다. 철산벽의 견검으로 적을 때려눕힌 우건은 생역광음과 유성추월 두 초식을 사용해 오른쪽에서 다가오는 적 두 명을 쓰러트렸다.

그러나 우건 역시 인해전술에는 당해 낼 재간이 없었다.

곧 사방에서 칼과 검이 날아들었다. 우건은 천근추로 자세를 급히 낮춰 적의 공격을 피했다. 그리고는 선풍무류각의 선와각을 이용해 모여든 적들의 다리를 풍차처럼 후려 갈겼다.

두둑!

다리가 부러진 적 두 명이 비명을 지르며 쓰러졌다. 우건은 태을십사수의 맹룡조옥, 광호기경 두 초식으로 비명을 지르며 쓰러진 적의 사혈을 마저 짚어 숨통을 완전히 끊었다.

우건의 지독한 손속에 잔뜩 겁을 먹은 적들이 메뚜기 떼처럼 사방으로 몸을 날려 피했다. 우건은 고개를 들어 정면을 바라보았다. 눈동자에 금광이 깃든 40대 중년 사내가 우건을 매서운 눈으로 쏘아보는 중이었다. 당혜란의 설명이 맞다면, 그는 이개심의 둘째 제자 금안군 전용진이 분명했다.

우건은 전용진이 공격 자세에 들어가기 전에 황도진을 상대로 재미를 쏠쏠히 본 일로추운검법을 펼쳐 갔다. 전용진이 이개심의 성명절기 중 하나인 낭아쇄심수(狼牙碎心手)

를 막 펼치려는 순간, 청성검이 전용진의 미간을 찔러 갔다.

"아차!"

화들짝 놀란 전용진이 물러서며 고개를 옆으로 틀었다.

그러나 미간을 찔러 가던 청성검은 이미 궤도를 바꿔 전용진의 목을 찔러 가는 중이었다. 전용진은 철판교의 수법으로 피했다. 그러나 청성검은 또 한 번 궤도를 바꿔 전용진의 허벅지를 찔러 간 후였다. 황도진이 그러한 것처럼 전용진 또한 일단 일로추운검법에 말려든 후엔 피하기에 급급했다.

순식간에 10여 합이 지나갔을 때였다.

계속 피하기만 해선 답이 없다는 판단을 내린 전용진이 동귀어진을 각오한 듯 낭아쇄심수의 절초로 반격해 왔다.

전용진은 양손으로 이리의 이빨 모양을 만들어 우건의 심장을 찔러 왔다. 사실 찌른다기보다는 후벼 판다는 표현이 더 맞을 듯했다. 우건이 찌른 청성검이 그의 복부를 찔러 가는 중이었지만 이판사판이라는 듯 피할 생각이 없어 보였다.

그러나 이는 일로추운검법을 무시하는 행동이나 다름없었다.

일로추운검법에 당한 고수 중 절반은 이런 양패구상이나 동귀어진의 수법으로 상대를 위협해 막으려 들었다. 검이 멈추면 공격이 끝나는 줄 아는 것이다. 그러나 일로추운검법에는 한 가지 비밀이 더 숨겨져 있었다. 바로 속도의 가감이었다.

쉬익!

갑자기 엄청난 속도로 가속한 청성검이 전용진의 복부를 그대로 관통했다. 반면, 전용진이 펼친 낭아쇄심수는 아직 우건의 가슴 앞에 도달하지 못한 상태였다. 일정한 속도로 검을 찔러 상대에게 그게 최고 속도인 것처럼 각인시켜 놓은 다음에 갑자기 가속해 상대의 의표를 찌르는 것이다.

우건은 전용진의 복부에 박힌 청성검을 홱 잡아당겼다. 청성검이 빠져나올 때 피와 내장이 고구마줄기처럼 딸려 나왔다.

"으아악!"

전용진이 극심한 고통에 비명을 지를 때였다. 우건은 왼손으로 낭아쇄심수를 펼쳐 오는 전용진의 팔뚝을 잡아 비틀었다.

철산벽의 연수(撚手)라는 수법이었다.

으드득!

팔꿈치 관절이 박살 나며 전용진이 비르는 비명이 좀 더 커졌다.

우건은 거리를 더 좁힘과 동시에 왼팔 팔꿈치로 전용진의 관자놀이를 찍어 갔다. 철산벽의 관도(關刀)라는 수법이었다.

콰직!

전용진의 얼굴뼈가 움푹 들어가며 부러진 이 조각이 피와 함께 그의 입에서 폭포수처럼 튀어나왔다. 살짝 몸을 띄운 우건은 주춤거리며 물러서는 전용진의 머리에 이마를 찍었다.

철산벽의 두곤(頭棍)이라는 수법이었다.

퍽!

전용진의 머리가 박살 나며 정수리 부분이 움푹 들어갔다. 그리고 그 충격이 목까지 전해져 경추가 조각조각 깨졌다.

전용진은 고통으로 인해 잔뜩 일그러진 표정으로 쓰러져 움직이지 못했다. 목뼈가 박살 나는 바람에 머리가 제멋대로 흔들렸다. 피투성이로 변한 얼굴은 알아보기조차 힘들었다.

전용진을 격살한 우건은 청성검에 묻은 피를 닦으며 뒤를 돌아보았다. 적들이 두려운 눈빛으로 우건을 쳐다보았다. 전용진이 저리 허무하게 당할 줄 전혀 예상하지 못한 듯했다.

한데 같은 편 역시 예상하지 못한 모양이었다. 전용진의 죽음을 목격한 김석은 믿을 수 없다는 눈으로 우건을 쳐다보았다.

금안군 전용진은 강자였다.

물론 김석이 더 강하기는 하지만, 그렇다고 쉽게 이길 수 있는 상대까지는 아니었다. 한데 그런 전용진이 자기 무공을 제대로 펼쳐 보이기도 전에 처참한 모습으로 죽은 것이다.

김석은 우건 일행을 부른 당혜란의 행동이 마음에 들지 않았다.

이곽연합과의 대결에 외인을 끌어들이는 일 자체가 마음에 들지 않았을 뿐 아니라, 그 외인이 별 볼 일 없어 보인단 이유가 크게 작용했다. 한데 그의 예상은 완전히 빗나갔다.

우건의 활약은 실로 눈이 부실 지경이었다. 제로팀 고수 중에 상대하기 까다롭기로 소문난 교안랑 황도진을 우건이 패퇴시켰다는 보고를 받았을 때 깜짝 놀랐다. 황도진은 자존심 세기로 유명한 김석조차 한 수 접어 줄 정도의 실력자였다.

김석은 그런 이유로 우건이 황도진을 패퇴시켰다는 부하의 보고를 신뢰하지 않았다. 우건이 그보다 강하다는 사실을 인정하기 어려웠다. 그는 우건이 황도진에게 이긴 게 아니라, 변덕스러운 황도진이 먼저 상대를 피했을 거라 생각했다.

한데 우건이 전용진을 상대하는 모습을 보는 순간, 황도진이 패해 도망쳤다는 부하의 보고가 거짓이 아님을 알 수 있었다.

김석은 우건을 오해한 자신의 실책을 후회하는 한편, 이번 싸움에서 이길지 모른다는 희망이 조금씩 싹트기 시작했다.

그는 성격이 조금 편협해 그렇지, 반정회의 후신이나 다름없는 경호실을 누구보다 아끼는 사람이었다. 그리고 경호실을 아끼는 만큼이나 이곽연합을 극도로 증오하는 터라, 우건과 같은 강자가 그들을 도와주러 나타난 것이 마치 죽은 사부가 하늘에서 그를 돌봐주는 듯한 느낌마저 들 지경이었다.

한데 강자는 우건 한 명이 아니었다.

우건보다 조금 못하긴 하지만 혼자 소혈랑 주이강을 상대하는 원공후 역시 실력이 걸출하긴 마찬가지였다. 그는 주이강을 계속 압도하는 중이었다. 용기백배한 김석은 앞을 막아선 적을 일도에 베어 버린 후, 흑수선 노선영을 상대했다.

한편, 우건이 굳이 몸에 익지 않은 철산벽으로 전용진에게 끔찍한 고통을 가한 이유는 심리적인 효과를 얻기 위해서였다.

전용진은 뼈를 부러트리는 철산벽의 초식에 당할 때마다 처절한 비명을 질러 댔다. 당연히 그 비명 소리는 그와 함께 싸우는 중인 사형제와 부하의 귀에 들어갈 수밖에 없었다.

사람은 기계가 아니었다.

정신이 육체를 완전히 지배하진 않지만 정신이 육체에 미치는 영향을 완전히 무시할 수는 없는 법이었다. 정신에 심대한 타격을 입으면 육체가 가진 힘을 제대로 끌어내지 못했다.

우건처럼 부동심을 연성해 마음의 동요가 전혀 없는 상태라면 모르지만, 대부분의 사람들은 주변 환경과 처해진 상황, 그리고 마음의 동요로 인해 제 실력을 발휘하지 못했다.

전용진이 목청이 터져라 비명을 지를 때마다 적의 사기가 뚝뚝 떨어졌다. 가장 믿는 고수가 어린아이가 넘어졌을 때처럼 큰 소리로 질러 대는 비명에 초연할 사람은 별로 없었다.

그의 죽음이 그들의 생사에 지대한 영향을 미치기 때문이었다.

그중 가장 큰 타격을 입은 사람은 소혈랑 주이강이었다. 그는 어려서부터 사부 이개심에게 응석을 부리며 자란 탓에 정신력이 강하지 못했다. 전용진의 처참한 시신이 눈에 보이는 순간, 치명적인 파탄을 드러냈다. 불행히 그를 상대하는 원공후는 노련한 사람이었기에 이를 흘려보내지 않았다.

촤아악!

원공후의 묵애도가 주이강의 가슴을 가르며 긴 상흔을 만들었다. 다행히 치명적은 상처는 아닌 듯 바로 쓰러지지 않았지만 표정은 이미 공포로 얼룩져 있었다. 주이강은 이 개심의 제자가 가져야할 체면조차 잊은 듯 몸을 돌려 도망쳤다.

"기생 오래비 같은 놈아, 감히 누구 앞에서 도망치려는 것이냐!"

원공후는 곧장 일투삼낙을 전개했다. 허공을 가른 쇠구슬이 폭발하는 순간, 도망치던 주이강의 몸이 갈가리 찢겨나갔다.

2번 부대를 지휘하는 전용진에 이어 3번 부대를 지휘하던 주이강마저 쓰러지는 순간이었다. 한편, 4번 부대 대장 흑수선 노선영을 상대하던 김석은 애가 탔다. 우건이 전용진을, 원공후가 주이강을 쓰러트리며 적에게 남은 고수는 이제 흑수선 노선영 정도였다. 한데 노선영은 주이강과 정반대였다. 정신력이 유달리 강한 듯 주변 상황에 휩쓸리지 않았다. 그저 침착하게 김석이 펼친 초식을 받아넘길 뿐이었다.

그때, 마치 기다렸다는 듯 도로 옆에 심어 놓은 가로수 뒤에서 경호원 복장의 사내가 튀어나와 마스크를 벗으며 외쳤다.

"나는 얼마 전까지 특무대에 있다가 경호실에 합류한

남영준이오! 다들 내가 누군지 알 것이오! 특무대 동료들
은 내가 죽었을 거라 예상했을 테지만 난 이렇게 멀쩡히
살아 있소!"

그 말에 적들이 웅성거렸다.

남영준의 말마따나 특무대 대원들은 최무환을 따라 한성
그룹 일을 처리하러 간 남영준이 죽은 줄로 알고 있었던 것
이다.

내력을 실은 남영준의 목소리가 다시 울려 퍼졌다.

"다들 알다시피 경호실의 주축이나 다름없는 반정회는
특무대 소속이었소! 즉, 우리와 특무대는 한솥밥을 먹던 처
지로 싸울 이유가 없었다는 뜻이오! 오늘 일어난 이 불행한
일은 특무대를 독차지할 야심을 품은 이곽연합이 반정회를
핍박하여 생긴 일이오! 눈과 귀가 있는 사람이라면 이곽연
합이 얼마나 잔악무도한 자들인지 알 거라 생각하오! 그들
은 자신들의 배를 채우기 위해 온갖 악행을 서슴없이 저질
러 왔소! 여러분은 가족을 먹여 살려야 한다는 이유로, 그
리고 불확실한 미래에 대한 불안으로 인해 특무대에 남았
을 것이오! 그러나 이젠 과감히 악과 이별할 때요! 그리고
특무대의 설립 이념에 따라 다시 정도를 걸어야 할 때요!
경호실은 여러분을 받아들일 준비를 마쳤소! 경호실 차장
이신 냉미화 당혜란 여협께서는 항복하는 자들에게 절대
위해를 가하지 않을 것임을 이 몸 앞에서 몸소 하늘에 맹세

하시었소! 또, 그대들을 경호실에 받아들여 전보다 나은 대우를 받을 수 있게 해 주겠다는 것을 약조해 주시었소! 여러분, 이제는 칼자루를 거꾸로 들고 악에 맞서야 할 때요! 그러면 여러분에게는 밝은 미래만이 기다리고 있을 것이오!"

적들이 웅성거리며 남영준이 한 말의 진위여부를 알아내려 애쓸 때, 흑수선 노선영이 가장 먼저 수중의 검을 버렸다.

"나와 함께 온 4번 부대는 모두 무기를 버리도록 해요! 나는 남영준 대원의 말을 따를 것이니 당신들도 그렇게 하세요!"

그 말에 4번 부대 20여 명 중에서 그때까지 살아남은 16명이 무기를 버렸다. 그녀가 지휘한 4번 부대는 전투에 깊이 참여하지 않은 터라 상대적으로 피해가 적은 편에 속했다.

노선영이 이어 2번 부대와 3번 부대 생존자에게 외쳤다.

"그대들은 사형을 따라왔으니 내가 이래라 저래라 할 수 없을 거예요! 그러니 서로 상의하여 어떻게 할 건지 결정해요!"

그 말이 떨어지기 무섭게 2번 부대와 3번 부대 생존자들이 일제히 무기를 버리며 항복했다. 김석을 비롯한 경호실 경호원들은 뜻밖의 상황에 당황한 듯 잠시 어찌할 바를 몰랐다.

그때, 원공후가 제자들에게 적이 내려놓은 무기를 회수한 다음, 단전을 제압해 당분간 무공을 펼치지 못하게 하란 지시를 내렸다. 그제야 정신을 차린 김석은 부하들을 불러 원공후가 쾌영문 제자들에게 내린 지시를 똑같이 하달했다.

단전을 제압당한 노선영 등이 경호원의 감시를 받으며 본관으로 향하는 동안, 김석은 우건에게 다가와 머리를 숙였다.

"아까는 당신을 오해했던 것 같소. 부디 내 사과를 받아 주시오."

우건은 그럴 필요 없다는 듯 바로 돌아서며 김석에게 말했다.

"난 다른 곳을 살펴보러 갈 생각이오. 당신은 당 여협과 협력해 곧 이곳에 들이닥칠 이개심을 상대할 준비를 해 주시오."

말을 마친 우건은 북서쪽으로 몸을 날렸다.

신법이 얼마나 빠른지 눈 깜짝할 사이에 이미 사라지고 없었다.

김석은 황당한 얼굴로 옆을 돌아보았다.

한데 방금 전까지 옆에 있던 원공후 역시 사라진 상태였다. 고개를 절레절레 저은 김석은 신법을 펼쳐 본관으로 향했다.

3장. 포석승부(布石勝負)

진이연은 사부 당혜란에게 경호원 열 명과 함께 적의 1번 부대 20여 명을 상대하란 지시를 받았다. 적의 1번 부대는 음풍귀수(陰風鬼手) 반봉(潘奉)이란 자가 지휘를 맡았다.

반봉은 사실 별 볼 일 없는 자였다. 추한 용모와 악랄한 손속은 이개심을 빼다 박은 듯 사부와 비슷했지만 무공에 대한 재능은 사부에 훨씬 못 미쳤다. 대제자인 반봉이 이개심의 눈 밖에 난 데에는 그런 이유가 작용한 면이 컸다.

이개심은 오히려 다섯 번째 제자인 소혈랑 주이강과 열한 번째 제자인 월인탈 손주성을 자신의 후계자감으로 생각했다. 명색이 대제자인 반봉의 체면이 상당히 구겨진 셈이었다.

반봉이 사부의 생각을 바꾸기 위해서는 그가 이번에 맡은 임무가 아주 중요했다. 그의 손으로 대통령을 잡거나 죽일 수 있다면, 사부가 그를 보는 시선이 달라질 게 틀림없었다.

한편, 진이연은 감시팀에게 보고받은 대로 북서쪽 요충지에 도착해 그쪽으로 오는 중인 반봉의 1번 부대를 기다렸다.

그녀는 자신감이 넘쳤다.

그녀는 몇 년 전 어느 산속에서 우건에게 무공지도를 받은 경험이 있었다. 그 후, 우건의 가르침을 바탕으로 절차탁마해 은사탈명비도술, 아니 구도탈명비가 거의 7성에 이르러 있었다. 사부 당혜란의 제자들 중에 가장 빠른 성취였다.

그녀는 실제로 그 효과를 톡톡히 보았다. 특무대에 있을 때는 비무에서 번번이 손해를 보곤 했던 천면요사 옥지민에게 이긴 것이다. 무공에 대한 재능이 형편없어 사부 이개심의 눈 밖에 난 음풍귀수 반봉쯤은 충분히 상대할 자신이 있었다.

그녀는 부하들에게 지시했다.

"내가 반봉을 상대할 테니까 당신들은 적이 빠져나가지

못하도록 감시만 하세요. 지금은 쓸데없는 희생을 줄여야
해요."

"알겠습니다."

대답한 경호원들이 부챗살 모양으로 퍼져 위치를 잡았
다.

그로부터 2, 3분쯤 지났을 때였다.

반봉이 지휘하는 1번 부대가 마침내 모습을 드러냈다.

진이연은 반봉을 바로 찾아낼 수 있었다. 아니, 찾지 못
하는 게 더 어려울 지경이었다. 반봉은 체구가 작았다. 그
리고 머리가 반쯤 벗겨졌으며 코는 거의 들창코에 가까웠
다. 또 입술은 메기처럼 두툼했으며, 정수리 쪽이 좁은 것
에 비해 하관은 아주 튼실해서 마치 원뿔 기둥을 목 위에
얹어 놓은 듯했다. 진이연은 반봉을 보고 가끔 삼각김밥을
떠올렸다.

반봉 역시 그녀를 바로 알아본 듯했다.

"네년은 당 노파의 제자인 진가 년이구나!"

진이연은 다른 경호원들처럼 머리에 헬멧을 쓴 상태에서
검은색 마스크를 착용해 밖으로 드러난 부위는 눈이 전부
였다. 그러나 그녀의 모델처럼 길쭉길쭉한 팔다리와 화보
집에서나 볼 법한 늘씬한 몸매는 전투복으로 가릴 방법이
없었다.

더욱이 경호실에서 자신 있게 반봉 앞을 막아설 실력을

가진 여인은 당혜란과 진이연이 유이했다. 한데 당혜란은 그녀와 체형이 다른 탓에 남는 것은 진이연밖에 없었다.

진이연은 반봉과 말씨름할 생각이 없었다.

반봉 쪽으로 곧장 몸을 날리며 비도 세 개를 한 번에 뿌렸다. 비도 세 개가 반봉의 머리, 심장, 단전을 각각 찔러 갔다.

반봉은 간을 보듯 옆으로 슬쩍 물러나 피하려 했다.

그때, 진이연이 던진 비도 세 개가 일제히 궤도를 바꾸었다.

비도 두 개가 반봉의 양어깨를 찔러 갔다. 그리고 남은 하나는 마치 곡선을 그리듯 휘어지며 반봉의 옆구리를 찔러 갔다.

절묘한 변초였다. 반봉 역시 예상하지 못한 듯 하늘을 향해 뚫려 있는 것 같은 두 콧구멍이 쉴 새 없이 벌렁거렸다. 콧구멍을 벌렁거리는 행동은 긴장했을 때 나오는 버릇이었다.

그때였다.

반봉 앞에서 시커먼 구름 같은 것이 뭉게뭉게 일어났다.

탕탕탕!

뒤이어 귀청을 찢는 소음과 함께 진이연이 던진 비도가 튕겨 나와 오히려 그녀 쪽으로 날아들었다. 진이연은 비도 끝에 묶어 놓은 은사를 급히 조종해 비도를 가까스로 회수했다.

진이연은 긴장한 표정으로 그녀의 비도를 막아 낸 고수를 보았다. 방금 전에 비도를 막은 일수는 결코 만만치가 않았다.

실력이 웬만큼 있는 자는 그녀가 날린 비도를 막을 수 있었다. 그러나 세 개의 비도를 거의 동시에 막으려면 실력이 웬만큼 뛰어나서는 불가능했다. 그리고 막은 비도를 그녀에게 되돌려 보내려면 그보다 더 뛰어난 실력이 있어야 했다.

생각지 못한 고수가 출현한 셈이었다.

그때, 반봉 앞에서 피어오른 시커먼 구름이 걷히며 전경이 다시 드러났다. 반봉을 위해 진이연이 날린 비도를 막아 낸 사람은 검은색 옷을 걸친 험상궂은 인상의 중년 사내였다.

중년 사내를 확인한 진이연이 흠칫하며 한발 물러섰다.

중년 사내는 그녀가 상대하기 힘든 고수였다.

바로 제로팀의 일원인 파천권(破天拳) 윤산동(尹山東)이었다.

파천권 윤산동은 불과 5년 전에 특무대에 들어온 고수로, 처음 들어왔을 땐 한국말을 전혀 못 하는 완전한 중국인이었다.

태을양의미진진에 갇혀 있다가 한국으로 건너온 고수들은 세 가지 보기 중에 하나를 선택해야 했다. 첫 번째는 이개심, 당혜란, 원공후처럼 한국에 계속 거주하는 선택이었다.

그들은 고향이 다 중국에 있었지만 공산주의정책에 실망하였거나, 한국에 정이 들어 중국으로 돌아가지 않았다.

두 번째는 고향이 있는 중국으로 돌아간 경우였다. 중국이 문호와 경제를 개방한 후에는 돌아가는 비율이 급격히 늘었다.

세 번째는 한국, 중국을 제외한 제3국으로 가는 경우였다. 중원 무림에 있을 때는 중원이 곧 천하였지만 지금은 비행기를 타면 하루가 채 걸리지 않아 지구 반대편에 갈 수 있었다. 굳이 한국, 중국에 머무를 필요가 없는 셈이었다.

더욱이 한국, 중국은 초기에 넘어온 고수들이 장악한 상태여서 미개척지나 다름없는 외국으로 넘어간 사례가 꽤 많았다.

그들이 택한 대표적인 나라가 한중과 가까운 일본과 경제가 발전한 북미 지역 등이었다. 아주 소수이기는 하지만 남미나 아프리카로 넘어가 왕처럼 군림하는 고수까지 있었다.

이개심은 현대무림으로 넘어온 고수가 있다는 소문이 들려오면 직접 가거나, 아니면 부하를 파견해 스카우트에 나섰다.

내력을 회복할 동안에만 한국에 머물다가 곧장 중국으로 넘어간 파천신권(破天神拳) 봉조양(鳳造陽)이 그런 경우였다.

이개심은 봉조양의 소식이 들려오기 무섭게 직접 건너가 그를 특무대에 스카우트하려 했다. 봉조양과 같은 고수가 도와준다면 나자양, 당혜란을 완벽히 찍어 누를 수 있었다.

그러나 봉조양은 이미 중국의 성 하나를 좌지우지할 정도로 큰 세력을 구축한 상태였다. 그런 봉조양이 이개심 밑으로 들어갈 의향이 있을 리 만무했다. 그러나 봉조양은 멀리까지 자신을 찾아온 이개심을 그냥 보내기 미안했던 듯했다.

봉조양은 자기 제자 중 하나를 대신 보냈는데, 그 제자가 바로 파천권 윤산동이었다. 봉조양의 체면을 생각하지 않을 수 없던 이개심은 그를 귀화시켜 특무대 제로팀에 넣었다.

반봉이 기세등등한 목소리로 소리쳤다.

"하하, 어떠냐? 내가 숨겨 놓은 비장의 한 수가?"

사부가 그러하듯 진이연 역시 냉정한 표정을 유지한 채 무대응으로 일관했지만, 속은 그렇지 않았다. 반봉과 윤산동은 둘 다 구제가 불가능한 난봉꾼으로 평소에 자주 어울려 다니며 오입질하는 것으로 악명이 자자했다. 특무대가 있는 강북에서 두 사람이 가 보지 않은 술집이 없다는 말까지 돌 지경이었다.

윤산동이 반봉과 함께 있는 게 그리 이상한 상황은 아니었다. 하지만 그 타이밍이 문제였다. 그녀는 반봉과 윤산동을 함께 상대할 자신이 없었다. 그리고 그 둘을 막는 데 실패하게 된다면, 저들의 손에 부하들이 개죽음당할 것은 자명했다. 무엇보다 그들이 그녀의 팀을 돌파해 청와대 관저로 향하면 그 피해는 단순히 목숨을 잃는 선에서 그치지 않을 것이다.

그때였다.

윤산동이 혀로 입술을 축이며 진이연 쪽으로 걸어왔다.

"네년의 보들보들한 살결을 상상하느라 잠을 설친 날이 헤아릴 수 없이 많았는데, 오늘에야 그 꿈을 이룰 수 있을 것 같구나. 흐흐. 내 물건 맛을 보면 계속 안아 달라고 보채게 될 것이다."

진이연은 윤산동의 도발에 넘어가지 않았다. 윤산동과 같은 난봉꾼이 쏟아 내는 음담패설에는 이미 이골이 난 그녀였다.

"먼저 그 통통한 젖가슴부터 맛 좀 봐야겠다."

히죽 웃은 윤산동이 그대로 몸을 날려 진이연의 가슴을 잡아 왔다. 진이연은 보법을 펼쳐 물러서며 곧장 비도를 날렸다.

앞으로 상체를 숙여 비도를 피한 윤산동이 다리로 진이연의 사타구니를 올려 찼다. 진이연은 뒤로 재주를 넘어 피하며 날린 비도를 재빨리 회수했다. 그러나 단순히 피하기 위해 비도를 회수한 것은 아니었다. 비도에 달린 은사가 뒤에서 윤산동의 목을 감아 갔다. 윤산동은 그녀의 수법 따윈 이미 다 파악했다는 듯 재빨리 돌아서서 주먹을 내질렀다.

펑펑펑!

윤산동의 주먹이 허공을 강타할 때마다 은사가 끊어질 것처럼 파르르 떨리며 뒤로 밀려났다. 진이연은 입술을 깨물었다.

역시 윤산동은 만만치 않은 상대였다.

진이연이 비장한 표정으로 회수한 비도를 다시 발출할 때였다.

위이이이잉!

머리 위에서 갑자기 일진광풍(一陣狂風)이 불어닥쳤다.

진이연은 깜짝 놀라 던진 비도를 회수하며 고개를 들었다. 처음에는 반봉이 기습해 온 줄 알았다. 아니면 윤산동 외의 다른 고수가 숨어 있다가 재빨리 암습해 온 줄로 착각했다.

한데 머리 위에서 불어온 일진광풍은 그녀의 머리 위를 그대로 지나쳐 주먹을 뻗어 오는 윤산동의 얼굴 쪽으로 불어 갔다.

퍼엉!

폭음과 함께 윤산동의 몸이 붕 떠올랐다.

진이연이 깜짝 놀라 고개를 돌릴 때, 누군가의 전음이 들렸다.

—저자는 내가 막겠소. 진 소저는 반봉이란 놈을 해치우시오.

진이연은 전음의 주인공을 잘 알았다.

한때 그에게 연모의 마음을 품기까지 했었으니까. 물론, 그 옆에 아름다운 여의사가 있는 모습을 본 다음에는 단념했지만.

전음이 끝나기 무섭게 검은색 전투복과 검은색 헬멧, 그리고 검은색 마스크로 얼굴을 가린 건장한 사내가 푸른빛이 감도는 검과 함께 강림하듯 내려와 진이연의 앞을 막아섰다.

진이연에게 전음을 보낸 사람은 바로 우건이었다.

표풍장으로 윤산동을 물러서게 한 우건은 지체 없이 청성검으로 생역광음을 찔러 갔다. 새파란 섬광이 빗살처럼 허공을 갈랐다. 그러나 윤산동은 특무대 내의 특무대라는 제로팀 소속 고수였다. 하류잡배처럼 당하고 있지만은 않았다.

윤산동은 두 팔을 교차하듯 앞으로 뻗어 우건이 펼친 생역광음을 간신히 막아 냈다. 우건은 섬영보로 거리를 더

좁히며 선도선무, 유성추월, 오검관월 세 초식을 연달아
펼쳐 갔다.

파파팟!

검광 수십 개가 사방에서 윤산동을 향해 일제히 모여들
었다.

윤산동은 그가 익힌 파천통지권법(破天通地拳法)의 오악
굴기(五岳屈起)라는 초식을 펼쳐 쏟아지는 검광을 요격했
다.

콰콰콰쾅!

검광과 권경(拳勁)이 부딪칠 때마다 폭음과 함께 어둠을
밝히는 섬광이 번쩍였다. 우건의 공세를 저지하는 데 성공
한 윤산동은 지진해무(地震海舞)라는 초식으로 반격을 가
했다.

윤산동의 주먹이 뿌린 권경이 때로는 땅을 뒤흔드는 지
진처럼, 때로는 바다를 집어삼키려는 거대한 파도처럼 일
어나 우건을 덮쳐 왔다. 우건은 일검단해, 대해인강, 후량
추전 세 초식을 연계해 윤산동이 쏟아 낸 묵직한 권경을 찍
어 눌렀다.

윤산동은 자신의 공격이 이렇듯 쉽게 막힐 줄 예상 못 한
듯했다.

"오, 꽤 괜찮은 실력을 가진 놈이 있었군."

말을 마치기 무섭게 가볍게 발을 굴러 몸을 띄운 윤산동은

마치 로켓처럼 우건을 향해 날아오며 오른 주먹을 뻗었다.

그 즉시, 주먹에 실린 묵직한 권경이 우건의 심장을 짓쳐 들어왔다.

파천통지권법의 절초 천궁사일(天弓射日)이었다.

우건은 왼손으로 표풍장을 펼쳐 천궁사일을 막았다.

그때였다.

윤산동이 오른 주먹을 당김과 동시에 왼 주먹을 다시 뻗었다.

천궁사일에 이어지는 초식인 철륜무극(鐵輪無極)이었다.

표풍장을 회수한 우건은 오른손의 청성검으로 대해인강을 펼쳤다. 대해인강은 천지검법 초식 중에 가장 무거운 초식으로 윤산동의 중권(重拳)에 대항할 위력을 충분히 갖추었다.

콰아앙!

폭음이 울리며 우건과 윤산동이 동시에 튕겨 나갔다.

그러나 공중에 뜬 몸을 제어하는 방식은 각기 달랐다.

윤산동은 천근추를 펼쳐 공중에 뜬 신형을 억지로 끌어내렸다.

그러나 억지를 부린 결과는 그리 좋지 않았다.

쿠웅!

천근추를 펼친 윤산동의 두 다리가 발목까지 땅에 박혀들었다.

그사이, 공중에 뜬 우건은 비응보를 펼쳐 날아가는 방향을 왼쪽으로 바꿨다. 한데 공중에서 방향을 바꾼 우건은 일부러 그런 것처럼 후방을 지키는 경호원 사이에 떨어져 내렸다.

오른발이 땅에 닿는 순간, 우건은 다시 한 발로 힘껏 도약해 땅에 박힌 발목을 빼내기 위해 애쓰는 윤산동에게 향했다.

그때였다.

"무기를 잠시 빌려야겠소."

우건은 손을 뒤로 뻗어 경호원이 쥔 검과 칼 두 자루를 격공섭물로 빨아들였다. 무기는 무인의 목숨과 같은 것이었다. 다른 사람에게 함부로 넘길 수 없는 물건이란 의미였다.

물론 무기를 빌려가겠단 우건의 말을 듣기는 했지만, 몸속 깊은 곳에 자리한 본능은 손에서 무기를 놓지 못하게 했다.

한데 손아귀에 힘을 주는 순간, 자석으로 끌어당긴 것처럼 칼과 검이 그들의 손을 떠나 우건의 손으로 빨려 들어갔다.

당기는 힘이 워낙 강력해 버틸 재간이 없었다.

우건은 경호원에 빌려 온 검과 도를 윤산동에게 힘껏 던졌다.

"고작 비검술(飛劍術) 따위로 날 상대하려는 것이냐?"

땅에 박힌 발목을 뽑아낸 윤산동은 껄껄 웃으며 주먹을 연속 세 번 찔러 왔다. 그 즉시, 권경 세 가닥이 회오리처럼 회전하며 우건이 던진 검과 도를 막아 갔다. 파천통지권법의 절초 연노추영(連弩追影)이었다. 회전하던 권경이 막 검과 도를 집어삼키려는 순간, 검과 도가 섬광과 함께 폭발했다.

껄껄 웃을 정도로 여유가 넘치던 윤산동은 그제야 깜짝 놀라 황급히 산산방뇌(傘傘防雷)와 장중여일(莊重如一)을 연달아 펼쳐 검과 도가 폭발할 때 튀어나온 파편을 막으려 했다.

파편 대부분은 산산방뇌와 장중여일이 만든 권의 장막에 박혀 튕겨 나갔다. 그러나 파편 일부는 윤산동이 미처 가리지 못한 정수리와 발가락에 박혔다. 윤산동은 끔찍한 고통을 느낀 듯 입을 쩍 벌렸다. 백회혈은 다치지 않았지만 머리카락이 뒤섞인 정수리 살점 한 뭉텅이가 뒤로 날아갔다. 뒤이어 상처에서 흘러내린 피가 커튼처럼 시야를 가렸다.

윤산동이 급히 시야를 가리는 핏물을 훔쳐 냈을 때였다.

신검합일한 우건이 청성검과 함께 그의 심장으로 쏘아져 오는 모습이 눈에 잡혔다. 윤산동은 급히 파천통지권의 최강 초식이라 할 수 있는 파천통지(破天通地)를 펼쳐 막아 갔다.

펑펑펑펑!

권경 수십 가닥이 방사형으로 퍼졌다가 우건을 향해 짓쳐 갔다.

공격과 방어를 동시에 하는 절초 중의 절초였다.

그러나 천지검법의 최강 초식인 천인합일은 그보다 더 강했다. 신검합일한 우건은 윤산동이 쏟아 낸 권경을 그대로 가르며 쏘아져 윤산동의 심장에 큼지막한 구멍을 뚫었다.

심장이 관통당한 윤산동은 입에서 피를 쏟아 냈다. 그리고는 춤을 추듯 허우적대다가 바닥에 쓰러져 일어나지 못했다.

우건은 참았던 숨을 크게 들이마시며 들끓는 기혈을 재빨리 진정시켰다. 방금 전에 펼친 비검만리, 성구폭작, 천지합일은 내력 소모가 가장 큰 연계초식이었다. 원래는 잘 쓰지 않는 방법이었는데 시간이 부족한 관계로 어쩔 수가 없었다.

지금은 내력보다 시간이 더 중요했다.

적의 최강 전력은 아직 등장하지 않은 상태였다.

윤산동을 상대로 시간을 끄는 것은 현명한 선택이 아니었다.

들끓던 기혈이 조금 잠잠해진 것을 느낀 우건은 고개를 돌려 진이연을 찾았다. 진이연은 구도탈명비의 절초로 반봉을 시종일관 몰아붙이는 중이었다. 철석같이 믿었던 윤산동이 우건에게 당하는 모습을 본 반봉은 도망치려는 듯 무게 중심이 뒤쪽으로 쏠려 있었다. 그러나 진이연은 순순히 보내 줄 생각이 없었다. 지금까지 반봉에게 괴롭힘을 당해 온 여자들과 앞으로 괴롭힘을 당할 여자들을 생각하면 그를 이대로 살려 보낼 수가 없었다. 진이연은 내력을 더 끌어올렸다.

여섯 개로 늘어난 진이연의 비도가 마치 항공모함을 공격하는 항공기 편대처럼 집요하게 반봉의 빈틈을 찔러 들어갔다.

반봉은 사부에게 배운 여러 절기를 동원해 비도를 막아내려 했지만 애초에 그는 무공에 대한 재능이 떨어지는 편이었다.

"이얍!"

앙칼진 목소리로 기합을 내지른 진이연이 가진 내력을 은사에 전부 밀어 넣었다. 그 순간, 비도 끝에서 섬광이 번쩍였다.

파파파팟!

비도 끝에서 튀어나온 도기가 그물처럼 반봉의 몸을 옥죄었다.

"크아악!"

반봉이 내지른 처절한 비명 소리가 사람들의 눈살을 찌푸리게 했다. 그러나 그 뒤에 벌어진 광경은 그보다 더 끔찍했다. 도기가 반봉의 몸과 팔다리에 깊은 상처를 만들어 냈다.

자기 피를 흠뻑 뒤집어쓴 반봉은 비명을 지르며 도망쳤다. 그러나 진이연은 비도 여섯 개를 조정해 도망치는 반봉을 찔러 갔다. 비도가 반봉의 머리, 심장, 단전, 허벅지, 발목을 자르며 지나갔다. 그야말로 사분오열(四分五裂)이었다.

반봉이 육편(肉片)으로 변하는 순간, 뒤에 있던 경호원들이 일제히 함성을 질렀다. 우건이 윤산동을 쓰러트릴 때는 얼떨떨해 미처 함성을 지를 여유가 없었지만 지금은 아니었다.

그들은 이번 싸움에서 살아남았다는 안도감과 승리에 대한 기대로 목청이 찢어져라 함성을 질렀다. 윤산동과 반봉을 쓰러트린 우건과 진이연이 함께한다면, 남은 적 20여 명을 해치우는 일은 그야말로 누워서 떡 먹기보다 쉬울 것이다.

그때였다.

남영준이 달려와 2번 부대와 3번 부대, 그리고 4번 부대를 항복시켰던 방법대로 반봉이 지휘하던 1번 부대를 설득했다.

개죽음당할 거라 생각해 잔뜩 겁에 질려 있던 1번 부대 대원들은 살려 준다는 남영준의 말이 떨어지기 무섭게 무기를 버리며 항복했다. 우건은 진이연에게 그들의 내력을 금제하라 명했다. 진이연은 우건의 부하가 아니었지만 그 명을 충실히 따랐다. 그 역시 대원들까지 주살할 생각은 없었다.

진이연이 급히 다가와 우건에게 물었다.

"본관으로 돌아갈 건가요?"

우건은 그녀의 질문에 대답하지 않았다.

그 대신, 다른 지시를 내렸다.

"진 소저는 반봉과 윤산동의 시신을 수습해 본관으로 돌아가시오. 그리고 수습한 시신을 잘 보이는 도로에 놔두시오. 아마 그곳에 이개심의 다른 제자들인 전용진과 주이강의 시신이 있을 것이오. 그 시신들 역시 반봉과 윤산동의 시신처럼 잘 보이는 곳에 놔두시오. 그럼 일이 잘 풀릴 것이오."

지시를 내린 우건은 남서쪽으로 몸을 날렸다.

점점 멀어지는 우건의 등을 바라보며 짧게 한숨을 짧게 내쉰 진이연은 이내 이동할 채비를 갖췄다.

계속 한숨만 쉬고 있을 수는 없었다.

그들은 아직 승리한 것이 아니었다.

진이연은 부하들을 통솔해 제압한 특무대 대원들을 본관으로 이송했다. 그리고 죽은 반봉과 윤산동의 시신을 수습해 본관 앞 도로에 가져다 놓으란 우건의 지시를 수행했다. 무슨 생각으로 그들의 시신을 도로에 가져다 놓으라는 것인지는 몰랐지만 우건에게 뭔가 생각이 있는 것이 틀림없었다.

진이연은 우건을 깊이 신뢰했다.

이유는 말해 주지 않았지만 그가 시키는 대로 해서 손해본 역사가 없었다. 이번 역시 그의 지시를 따르기로 마음먹었다.

한편, 남서쪽 방향으로 일보능천을 전개한 우건은 잘 꾸며 놓은 청와대 경내를 지나 싸움이 벌어지는 장소에 도착했다.

그곳에서는 좀 전보다 훨씬 치열한 싸움이 벌어지는 중이었다. 바로 장대영이 이끄는 경호팀 10여 명과 월인탈 손주성이 지휘하는 이곽연합 5번 부대 20여 명의 싸움이었다.

경호원 몇 명이 목숨을 잃은 듯 바닥에 쓰러져 움직이지 않았다. 그리고 그들을 지휘하던 장대영 역시 중상을 입은 듯 피를 흘리며 도로 연석 위에 거의 누워 있다시피 하였다.

우건은 급히 월인탈 손주성을 찾았다.

월인탈 손주성은 한 쌍의 월(鉞)을 이용해 경호원 하나를 공격해 가는 중이었다. 월은 보름달을 닮은 기문병기였다. 보름달과 다른 점이라면 보름달은 안이 차 있지만 월은 가운데가 비었다는 점이었다. 원형인 월의 테두리에는 날카로운 날이 붙어 있어 휘두르거나 던지는 방법으로 적을 공격했다.

손주성처럼 월 한 쌍을 쓸 경우, 보통 원앙월(鴛鴦鉞)이나 건곤권(乾坤圈)일 경우가 많았다. 손주성은 건곤권을 썼다.

서른이 막 넘었을 것 같은 손주성은 오른손에 쥔 건권(乾圈)으로 경호원의 가슴을 베어 갔다. 장법을 익힌 듯한 경호원은 재빨리 장력을 발출해 막았지만, 이는 손주성의 허초였다. 건권을 끌어당긴 손주성이 재빨리 오른쪽으로 이동하며 왼손에 쥔 곤권(坤圈)으로 경호원의 옆구리를 베어 갔다.

경호원은 옷 안에 방탄조끼를 착용해 내장까지 다치지는 않았지만 살이 벌어지며 피가 흐르는 일까지는 막지 못했다.

부상당한 경호원이 물러나며 장력을 정신없이 날렸다.

장력이 만든 손 그림자가 손주성을 에워싸는가 싶은 순간, 곤권을 휘둘러 장력을 가른 손주성이 물러나는 경호원에게 건권을 던졌다. 건권이 빙글빙글 돌며 경호원에게 날아갔다.

"젠장!"

경호원은 급히 왼쪽으로 몸을 날려 피했지만 손주성이 던진 건권 역시 그럴 줄 알았다는 듯 왼쪽으로 회전하며 덮쳐왔다.

이젠 꼼짝없이 당했다 싶었는지 경호원의 얼굴이 와락 일그러졌다. 그때였다. 우건이 던진 청성검이 손주성의 건권을 요격해 땅에 떨어트렸다. 손주성은 낭패한 표정으로 급히 손을 흔들어 3미터 거리에 떨어져 있던 건권을 회수하였다.

물론 이기어권(以氣御圈)이나 격공섭물과 같은 고절한 수법은 아니었다. 그저 건권에 달아 둔 실을 끌어당겼을 뿐이었다.

손주성은 건곤권에 달아 둔 투명한 실을 조종해 건권과 곤권을 마치 암기처럼 사용했다. 그리고 접근전을 펼쳐야 하는 상황에선 건권과 곤권 밑에 달린 손잡이를 이용해 싸웠다.

우건은 부상당한 경호원 앞을 막아서며 전음으로 물었다.

-고수가 당신들을 도와주러 오지 않았소?

경호원이 서쪽에 있는 춘추관(春秋館)을 가리켰다.

-그, 그분은 제로팀 소속 고수와 싸우며 저쪽으로 갔습니다.

우건은 부상당한 경호원에게 다시 전음을 보냈다.

-당신은 가서 다친 장 경호원을 돌보아주시오.

거의 숨이 넘어가기 직전인 장대영을 돌봐주라는 지시였다.

경호원이 고개를 저었다.

-저, 전 더 싸울 수 있습니다.

-내 말대로 하시오.

지시를 내린 우건은 곧장 손주성 쪽으로 몸을 날렸다. 손주성은 사부에게 배운 건곤음양권(乾坤陰陽圈)으로 우건을 상대해 보았지만, 우건의 전력을 다한 공격에는 힘이 부치는 듯 곧 꽁지가 빠지게 도망쳤다. 그러나 우건은 후환을 남겨 둘 생각이 없었다. 바로 금선지를 연속 다섯 번 펼쳤다.

빨랫줄처럼 늘어진 다섯 가닥의 황금색 광채가 앞다투어 날아가 손주성의 혈도를 관통했다. 그중에는 사혈이 끼어 있었다. 손주성은 허공을 몇 번 허우적대다가 털썩 쓰러졌다.

손주성이 죽는 순간, 기다렸다는 듯 남영준이 다시 뛰어나와 입심 좋게 5번 부대 대원들을 설득했다. 그들 역시 우건이 손주성을 몇 초 만에 쓰러트리는 모습을 똑똑히 봤던 터라, 주저 없이 바닥에 무기를 버리며 항복 의사를 전달했다.

우건은 남영준을 불러 부상당한 장대영을 위해 팀을 지휘하게 했다. 남영준은 입심만큼이나 뛰어난 머리를 지녔다.

그는 먼저 살아남은 팀원들로 하여금 내력을 금제한 특

무대 대원들을 본관으로 호송하게 하였다. 그리고 장대영 등 부상당한 경호원을 의무실로 후송한 다음엔 죽은 경호원의 시신을 영현 가방에 담아 미리 마련해 둔 안치 장소로 옮겼다.

경호실은 사상자가 많이 나올 것에 대비해 부상자를 치료할 방법과 사망자를 안치할 공간을 미리 확보해 둔 상태였다.

남영준은 눈치까지 빨랐다.

따로 지시하기 전에 손주성의 시신을 어깨에 둘러멨다.

"이자의 시신도 반봉, 윤산동 옆에 가져다 놓을까요?"

"그렇게 하시오."

남영준이 머리를 넙죽 숙였다.

"편하게 말씀해 주십시오."

"나는 외인이오. 편하게 대하는 건 서로에게 예의가 아니오."

남영준은 아쉬운 듯 입맛을 다시며 손주성의 시신을 옮겼다.

남영준은 우건을 마음 속 깊이 존경했다.

사실, 남영준과 우건의 첫 만남은 그리 좋지 않았다.

남영준은 특무대 1팀장 최무환과 함께 우건을 죽이러 왔다가 구사일생으로 목숨을 건졌다. 목숨을 건진 후엔 우건의 주선으로 경호실에 들어가 그럭저럭 밥벌이는 하는 중이었다.

한데 몇 달 만에 청와대 안에서 다시 만난 우건은 전음으로 그에게 생각지 못한 지시를 내렸다. 청와대에 쳐들어온 이곽연합 수괴가 죽으면 그 부하들을 설득해 항복하게 만들라는 지시였다. 일전에 남영준이 한 말을 우건이 허투루 넘긴 것이 아니었다.

당시 남영준은 특무대에 남은 사람들이 다 이곽연합 소속은 아니라는 정보를 우건에게 전했다. 반정회를 따라가지 않았다고 해서 그들이 꼭 이곽연합 소속은 아니라는 뜻이었다.

이른바 특무대 내의 중도파였다.

중도파가 반정회를 따라 청와대 경호실로 옮겨 가지 않은 데는 미래가 불확실하단 이유가 크게 작용했다. 특무대에 남으면 꼬박꼬박 나오는 월급으로 가족을 먹여 살릴 수 있었다. 특무대는 특수 활동비에 위험수당까지 받기 때문에 같은 직렬의 같은 호봉 공무원보다 훨씬 많은 월급을 받았다.

거기다 퇴직하면 퇴직금에 연금까지 나와 직장을 옮기기가 쉽지 않았다. 더욱이 그게 기반이 불안하기 짝이 없는 최민섭 정권 하에서의 경호실로 옮기는 얘기라면 더 쉽지 않았다. 5년 후에 정권이 바뀌면 실업자 신세로 전락하게 될지도 몰랐기 때문이었다.

그러나 월급이 목숨보다 중요할 순 없었다.

남영준이 한 말을 용케 기억하고 있던 우건이 남영준을 통해 중도파 대원들의 항복을 유도하려 한 것이다. 남영준은 우건이 시키는 대로 항복을 유도해 큰 공을 세울 수가 있었다.

그런 마당이니 우건에게 존경심이 생기지 않을 도리가 없었다.

한편, 우건은 장대영의 팀을 지원하러 온 고수가 제로팀 고수와 싸우며 춘추관으로 갔단 말을 들었기 때문에 춘추관으로 출발했다. 춘추관은 기자들이 상주하는 프레스센터였다.

물론 상주하던 기자들은 물론이거니와 숙직하던 기능직 공무원들까지 모두 내보낸 탓에 지금은 텅 비어 있는 상태였다.

우건은 귀혼청을 끌어올려 무기 부딪치는 소리를 찾았다. 곧 옷자락이 펄럭이는 소리와 무기와 권장이 부딪치는 소리가 들려왔다. 우건은 소리가 들려온 방향으로 신법을 펼쳤다.

춘추관 뒷마당에서는 원공후가 머리카락을 길게 기른 장발 사내와 악전고투를 벌이는 중이었다. 장발 사내는 바로 제로팀 소속 고수로 장발귀조(長髮鬼爪) 육항(陸抗)이라는 자였다.

소혈랑 주이강의 숨통을 끊은 원공후는 5번 부대를 도와주라는 우건의 전음을 듣기 무섭게 남동쪽으로 신법을 펼쳤다.

다행히 얼마 지나지 않아 5번 부대와 싸우는 장대영의 팀을 발견할 수 있었는데, 상황이 좋지 않았다.

두 번째로 아끼는 제자인 월인탈 손주성이 실수할 것을 염려한 이개심은 제로팀 소속 장발귀조 육항을 딸려 보냈던 것이다.

장대영이 장발귀조 육항에게 중상을 당하는 바람에 풍전등화의 위기에 몰려 있었다. 원공후는 두 번 생각할 거 없이 곧바로 육항에게 달려들어 그를 이곳 춘추관까지 몰아붙이는 데 성공했다.

원공후가 육항을 맡지 않았다면, 장대영의 팀은 우건이 도착하기 전에 이미 손주성이 이끄는 5번 부대에 의해 전멸했을 것이다.

특무대 제로팀은 팀장을 제외하면 서열이 명확하지 않았다. 그러나 장발귀조 육항은 파천권 윤산동과 함께 서열 꼴지를 다투는 실력이었다. 애초에 원공후의 상대가 아니었다.

거기다 원공후의 지원군으로 보이는 우건까지 모습을 드러낸 상황이었다. 금세 손 쓸 겨를 없이 손발이 어지러워진 육항은 결국 원공후가 휘두른 묵애도에 목이 잘려 즉사했다.

　육항을 쓰러트린 원공후가 거칠어진 숨을 천천히 내쉬어들끓는 기혈을 서둘러 안정시켰다. 원공후의 실력이 일취월장했다고는 하지만 천중추권 서균, 소혈랑 주이강, 그리고 장발귀조 육항과 연달아 사투를 벌인 탓에 기혈이 들끓었다.

　우건은 원공후의 명문혈에 장심을 붙여 내력을 밀어 넣었다.

　천지조화인심공으로 연성한 내력은 기의 순수한 정화였다. 원공후가 연성한 일목구엽심법의 내력과 쉽게 조화를 이뤘다.

　"도와주셔서 감사합니다."

　우건은 안정을 되찾은 원공후와 함께 본관으로 돌아갔다. 물론, 돌아갈 때 죽은 육항의 시신을 가져가는 것을 잊지 않았다. 두 사람이 본관에 거의 도착했을 때 진한 피비린내가 훅 풍겨 왔다. 사실 피는 냄새가 거의 없었다. 후각이 예민한 사람이 아니면 피 냄새를 구분하는 것이 쉽지 않았다.

　그러나 피가 흘러넘칠 정도로 많이 쏟아지면 후각이 둔한 사람이라도 그 냄새를 구별할 수 있었다. 피 냄새는 녹슨 구리선을 만졌을 때 나는 냄새와 비슷했다. 우건과 원공후가 맡은 냄새가 바로 그 구리선을 만졌을 때 나는 냄새였다.

두 사람이 본관 앞에 도착했을 때, 가장 먼저 눈에 들어온 광경은 고목처럼 살갗이 말라붙어 있는 말라깽이 노인과 우아하기 짝이 없는 미모의 중년 여인이 벌이는 한판 대결이었다.

고목처럼 살갗이 말라붙어 있는 말라깽이 노인이 바로 한때 대막에서 왕으로 군림하던 대막혈랑존자 이개심이었다. 그리고 이개심을 상대로 비도 아홉 개를 자유자재로 사용해 공격해 가는 중년 여인은 경호실 차장 냉미화 당혜란이었다.

우건은 방금 전에 맡았던 피 냄새를 쫓아 시선을 돌렸다. 바닥에 널브러진 시신 10여 구에서 흘러나온 피가 마치 웅덩이처럼 고여 있었다. 시신의 상태는 그야말로 참혹하기 이를 데 없었다. 시신은 마치 짐승이 내장을 빼먹기 위해 사람의 가슴을 파헤쳐 놓은 것 같았다. 손으로 뜯어낸 것처럼 갈비뼈가 옆으로 벌어져 있었다. 그리고 심장과 폐, 간, 내장이 몽땅 밖으로 쏟아져 나와 여기저기에 흩어져 있었다.

시신 대부분은 경호원이었다. 복장으로 쉽게 알아볼 수 있었다. 개중 몇 명은 인민복 비슷한 복장을 입은 자들이었는데 전에 보지 못한 걸 보면 이개심과 함께 온 자들인 듯했다.

우건의 예상은 정확했다.

사부와 이개심의 대결을 초조한 눈빛으로 지켜보던 진이연의 설명에 따르면, 이개심은 갑작스레 끊긴 무전에 놀라호위 몇 명과 함께 급히 청와대 담을 넘어 쳐들어왔다.

그러나 그를 반긴 것은 최민섭의 머리가 아니라, 피를 흘리며 누워 있는 제자들의 모습이었다. 대제자인 음풍귀수 반봉과 둘째 제자인 금안군 전용진의 주검이 그를 도발하려는 듯 도로 위에 나란히 눕혀 있었다. 반봉과 전용진의 죽음이 슬프기는 했지만 그에게 막대한 타격을 줄 정돈 아니었다.

한데 반봉과 전용진 주검 뒤에 그가 평소에 사랑해마지 않던 두 제자, 즉 소혈랑 주이강과 월인탈 손주성의 주검이 놓여 있었다. 이개심은 사랑스러운 제자의 죽음에 극도로 분노했다. 화가 정수리까지 치민 듯 심지어 각혈까지 하였다.

거기다 파천신권 봉조양이 보내 준 제자인 파천권 윤산동의 시신은 덤이었다. 분노로 인해 거의 이성을 상실한 대막혈랑존자 이개심은 거의 드러낸 적 없는 지독한 살기를 피워 올리며 본관으로 달려갔다. 그때, 경비본부장인 김석은 급한 대로 부하들을 앞으로 내보내 이개심의 접근을 막았다.

그러나 김석의 선택은 이개심에게 피 맛만 보게 해 줬을 뿐이었다. 이개심의 개심(開心)은 그의 성명절기인 낭아쇄심수에서 따온 이름이었다. 낭아쇄심수는 말 그대로 늑대가 사람의 내장을 헤집듯 가슴을 열어젖혀 심장을 꺼내는 잔인한 수법이었다. 그에게 달려들었던 경호원은 낭아쇄심수에 당해 끔찍한 방법으로 죽임을 당했다. 뒤늦게 실책을 깨달은 김석이 직접 그를 상대했다. 그러나 그 역시 30합을 채 넘기기 전에 가슴에 중상을 입어 황급히 물러나야 했다.

본관에 모인 사람들이 이개심의 엄청난 위압감에 주눅이 들어 어찌할 바를 모를 때, 본관에서 차분하게 기식을 다스리던 당혜란이 뛰쳐나와 이개심과 일진일퇴의 공방을 벌였다.

이개심은 당혜란을 자신의 적수로 여기지 않았다. 100여 합이 넘기 전에 충분히 제압할 수 있을 거라 여겼다. 그러나 사랑하는 제자의 죽음에 거의 이성을 상실한 이개심은 당혜란의 차분한 대응과 냉철한 반격에 뜻을 이루지 못했다.

오히려 치명적인 파탄을 드러내며 부상까지 입었다. 부상당한 이개심은 시간이 지날수록 미친 사람처럼 마구 날뛰었다.

우건의 눈짓을 받은 원공후가 둘러메고 온 장발귀조 육항의 시신을 이개심이 잘 볼 수 있는 곳에 냅다 던져 버렸다.

4장. 복마전(伏魔殿)

육항의 시신을 본 이개심은 실핏줄이 끊어진 듯 피눈물
이 뚝뚝 떨어지는 눈으로 당혜란을 노려보며 저주를 퍼부
었다.

"네놈들의 살을 찢어발겨서 내장은 개새끼에게 주고 심
장은 내가 씹어 먹을 것이다! 첫 번째 제물은 당혜란 네년
이다!"

이개심의 상태를 확인한 우건은 원공후에게 말했다.

"우린 이동합시다."

우건의 말을 들은 진이연이 깜짝 놀라 물었다.

"어딜 가게요?"

"이곽연합의 곽은 아직 모습을 드러내지 않았소."

진이연이 다급하게 말했다.

"낙일마도(落日魔刀) 곽윤(郭尹)이 지금까지 나타나지 않았단 말은 그가 이번 공격에서 한발 빠졌다는 뜻이 아닐까요?"

그녀로서는 사부가 저 미친놈에게 산 채로 붙잡혀 심장이 뽑히는 참형을 당하기 전에 우건이 사부를 도와주길 기대하는 게 최선이었던 것이다. 그리고 그러려면 우건이 계속 이곳에 있어야 했다. 다른 곳에 가 있을 때 결판이 나 버리면 우건이 급히 돌아온다고 해도 사부를 살릴 방도가 없었다.

우건은 고개를 저었다.

"놈들은 이번에 특무대 전 대원을 동원했소. 실패하면 두 번째 기회는 없단 뜻이오. 그런 상황에서 가장 강한 전력이라 할 수 있는 제로팀 최강고수를 썩혀 둘 리 만무할 것이오."

그러나 진이연 역시 물러서지 않았다.

그녀에게 당혜란은 단순한 사부가 아니었다.

고아이던 그녀를 정성스레 키워 준 친어머니와 다를 바 없었다.

당혜란 역시 진이연을 친딸처럼 자상하게 보살펴 주었다.

"사부님이 저 미친놈의 손에 돌아가시게 할 순 없어요!"

진이연의 외침에 우건은 쓴웃음을 지었다.

"당신 사부는 지지 않소. 아니, 오히려 이길 확률이 더 높소."

진이연은 우건의 말이 이해되지 않았다.

저 미친개처럼 달려드는 이개심의 흉포한 기세는 일찍이 본 적이 없을 정도로 무시무시했다. 반면 그녀의 사부인 당혜란은 공격만 받아넘길 뿐, 반격조차 제대로 하지 못했다.

누가 봐도 그녀의 사부인 당혜란이 불리한 상황이었다.

한데 우건은 그녀의 사부가 지지 않는 거라 말했다. 아니, 지지 않는 수준을 넘어 이길 거라 말했다. 물론, 우건은 허튼소리를 할 사람이 아니었다. 사람이 워낙 진중한 탓에 진이연을 안심시키기 위해 거짓말을 할 정도로 경박한 성격이 아니었다. 우건이 그렇다면 그렇게 믿는 수밖에 없었다.

그러나 우건의 장담조차 진이연의 걱정을 완전히 없애지는 못한 듯했다. 진이연은 우건이 가려는 곳을 계속 캐물었다.

"대체 보이지 않는 곽윤을 어디 가서 찾는단 거죠?"

"어딘가에는 있지 않겠소?"

대답한 우건은 원공후와 함께 곧장 몸을 날렸다. 진이연이 물어봤을 때는 두루뭉술하게 대답했지만 우건은 정해진 목적지가 있다는 듯 북쪽으로 곧장 나아갔다. 잠시 후, 청와대 관저가 모습을 드러냈다. 그러나 관저로 들어가지는 않았다.

우건은 그 자리에 서서 귀혼청을 끌어올렸다.

이런 상황에선 선령안은 쓸모가 없었다. 나무와 건물이 시야를 가리는 곳이 태반이라, 백 길 물속을 관통하는 안력이 있다 한들 별 소용이 없었다. 그러나 청력은 달랐다. 물론, 소리 역시 장애물에 부딪치면 돌아가거나 처음보다 작아졌다. 그러나 그 소리가 완전히 사라지지는 않는 법이었다.

우건은 그 소리를 쫓아 움직였다.

영문을 모르겠다는 얼굴로 우건의 뒤를 쫓아가던 원공후는 점점 크게 들려오는 대결 소리에 깜짝 놀란 표정을 지었다.

족히 100미터를 이동한 후에야 그는 누군가가 다른 사람과 싸우는 소리를 들을 수 있었다. 그렇다면 우건은 그 소리를 100미터나 더 먼 지점에서 정확히 포착했단 뜻이 아닌가.

원공후는 새삼스러운 눈으로 우건을 쳐다보았다.

사람의 안력이나 청력은 눈과 귀를 발달하게 해 주는 특수한 무공을 익히지 않은 이상, 무인이 수련한 내력에 기인했다. 내력이 높아지면 감각 역시 같이 좋아져 전에는 보이지 않던 것이 보이고 들리지 않던 것이 들리기 마련이었다.

한데 원공후와 우건의 내력은 엇비슷한 수준이었다. 아니, 내력의 양만 따지면 원공후가 더 많을지 몰랐다. 어쨌든 원공후는 우건보다 수십 년 먼저 이곳에 넘어와 내력을 회복했다. 한데 소리를 감지하는 거리에 100미터란 차이가 났다.

원공후는 우건이 특수한 능력을 동원했단 사실을 간파했다. 우건을 따라다니며 본 게 있어 가능성이 높은 추측이었다.

우건, 아니 그를 배출해 낸 태을문은 신비에 쌓인 문파였다. 우건이 많은 정보를 공개하지는 않았지만 이번 역시 태을문 비전 수법으로 원래는 듣지 못해야 할 소리를 들은 듯했다.

그로부터 다시 100미터를 갔을 때, 마침내 전장이 나타났다.

전장은 복잡했다.

온몸이 피에 젖어 거의 혈인처럼 보이는 어떤 사내가 작달막한 중년 사내와 각자가 지닌 권장지각으로 겨루는 중이었다.

대결이 어찌나 흉험한지, 주먹을 휘두르거나 발길질을 한 번 할 때마다 피와 살점이 후두둑 소리를 내며 쏟아져 내렸다.

그들로부터 조금 떨어진 곳에 검을 쓰는 고수 하나가 죽어 있었다. 외가무공에 당한 듯 온몸의 관절이 비틀려 있었다. 그리고 부러진 뼈가 살을 찢고 나와 있었으며 목은 사람이라면 돌아가서는 절대 안 되는 각도까지 돌아가 있었다.

흠칫한 원공후가 우건에게 귓속말로 속삭였다.

"저기 죽어 있는 놈은 꼴을 보아하니, 아무래도 제로팀 소속이라는 운림고학(雲林孤鶴) 성민준(成敏俊)인 것 같습니다. 저놈까지 합치면 이제 제로팀 중에 일곱이 당한 셈이군요."

원공후의 말대로였다.

우건은 도중도 양척기와 파천권 윤산동을 쓰러트렸다. 또, 교오랑 황도진은 오른손에 큰 부상을 입은 채 도망쳤다. 여기에 원공후에게 패해 항복한 천중추권 서균과 목숨을 잃은 장발귀조 육항까지 더할 경우, 총 다섯이었다.

거기다 무언객 최욱이 전향한 탓에 여섯이 전력에서 이탈한 셈이었는데 남은 넷 중 운림고학 성민준까지 죽은 것이다.

원공후의 말대로 제로팀은 이제 열에서 셋으로 줄어들었다.

우건은 원공후의 말을 들으며 대결을 계속 주시했다.

온몸에 피를 뒤집어쓴 채 작달막한 중년 사내와 살벌한

대결을 펼치는 사내의 정체는 바로 규정문주 무언객 최욱이었다.

최욱은 차에서 내림과 동시에 우건의 은밀한 전음을 받았다.

바로 대통령 관저 근처에 숨어 있으란 것이었다.

최욱은 주공의 지시대로 관저 근처 정원에 몸을 숨겼다.

그때, 다시 우건의 전음이 들려왔다.

우건의 전음을 들은 최욱은 그제야 우건이 무엇을 걱정해서 그에게 잠시 숨어 있으란 지시를 내렸는지 알 수 있었다. 그건 바로 경호실에 있을지 모르는 첩자에 대한 우려였다.

특무대를 나와 경호실로 자리를 옮긴 반정회에 이곽연합이 첩자를 심는 것은 너무나 쉬운 일이었다. 아니, 반정회를 결성할 때부터 첩자가 있었다고 가정하는 게 이치에 맞았다.

우건의 예상대로 경호실 내부에 이곽연합의 첩자가 있다면 당혜란이 우건 일행을 외부에서 초빙했다는 정보 역시 넘어갔을 게 틀림없었다. 우건은 최욱에게 잠시 몸을 숨겨 경호실 내부에 있을지 모르는 첩자를 속이라는 지시를 내렸다.

최욱이 첩자를 제대로 속였다면 첩자는 이개심과 곽윤에게 틀린 정보를 전달했을 것이다. 그리고 첩자에게서 그 정보를 건네받은 이개심과 곽윤은 작전을 황급히 수정했을 것이다.

우건의 작전은 정확히 맞아떨어졌다.

가용한 모든 고수가 이개심의 주력을 상대하기 위해 본관 방향으로 이동했다는 연락을 받은 곽윤은 고수 몇 명과 함께 관저 쪽으로 은밀히 이동해 최민섭의 목을 직접 노렸다.

관저로 가는 길은 말 그대로 무주공산이었다.

경호원 대여섯 명이 지키고 있었지만 곽윤 일행의 상대가 아니었다. 가로막는 경호원을 손쉽게 해치우며 관저 근처에 이르렀을 때였다. 수풀 속에서 갑자기 시커먼 인형이 튀어나와 기습을 가했다. 처음엔 경호원 중 하나라 생각해 별다른 주의를 기울이지 않았다. 한데 그 시커먼 인형은 보통내기가 아니었다. 운림고학 성민준이 30여 합 동안 상대를 쓰러트리지 못했다. 아니, 40여 합이 지났을 때는 오히려 성민준이 목이 한 바퀴나 돌아간 처참한 모습으로 즉사했다.

비록 시커먼 인형이 먼저 암습을 가하며 대결이 시작된 탓에 성민준이 불리했다고는 하지만, 이는 생각지 못한 결과였다.

더욱이 그 시커먼 인형의 정체가 사라졌던 무언객 최욱임이 밝혀졌을 때는 좀체 놀라는 일이 없던 곽윤의 표정에도 당황한 기색이 역력했다.

　제로팀 소속이던 최욱은 전 주미대사 윤치경을 경호하라는 곽윤의 명을 받고 김포공항에 갔다가 행방이 묘연해져 버렸다. 윤치경을 살해한 고수에게 당했다면 그의 시신 역시 격납고나 비행기 안에 있어야 했는데, 싸운 흔적만 있을 뿐 시신은 없었다. 곽윤은 최욱이 복귀가 불가능할 정도로 중상을 입은 탓에 어딘가에 숨어 요양 중이거나, 아니면 윤치경을 죽인 흉수가 시신을 없애 버렸다고 결론을 내렸다.

　한데 그 최욱이 청와대 관저에서 튀어나와 성민준을 죽였다. 최욱은 애초에 사라진 게 아니라, 그들을 배신했던 것이다.

　그때였다.

　퍼어엉!

　가죽 북을 찢는 것 같은 소음과 함께 최욱이 상대하던 작달막한 사내가 뒤로 날아갔다. 최욱은 성치 않은 몸으로 끝까지 추격해 철산벽의 견검으로 사내의 가슴을 쾅 들이받았다.

　콰직!

　작달막한 사내는 갈비뼈가 부러진 듯 검은 피를 토해 냈다. 최욱은 양 팔꿈치를 번갈아 휘두르는 쌍괴(雙壞)로 작달막한 사내의 양 관자놀이를 후려갈겼다. 목뼈가 부러진 듯했다. 작달막한 사내의 커다란 머리통이 제멋대로 움직였다.

그러나 최욱은 멈출 생각이 없어 보였다.

작달막한 사내의 머리채를 틀어쥐어 밑으로 끌어당긴 최욱은 오른 무릎을 올려 찍어 사내의 얼굴을 완전히 뭉개 버렸다.

철산벽의 고절한 수법 중 하나인 슬파(膝破)였다.

작달막한 사내의 숨통을 끊은 최욱이 무릎을 꿇었다. 이번 일격에 모든 힘을 실은 듯했다. 완전히 탈진한 모습이었다.

최욱이 방금 쓰러트린 작달막한 사내는 제로팀 소속 금강일두(金剛一頭) 제경욱(諸慶郁)이란 고수였다. 최욱이 혼자서 제로팀 운림고학 성민준과 금강일두 제경욱 두 명을 쓰러트린 셈이었다. 최욱은 제로팀 소속 고수 열 명 중에서 중상위에 드는 실력자였지만 혼자서 제로팀 소속 고수 두 명을 쓰러트릴 정도의 실력은 아니었다. 제로팀에서 그런 실력을 가진 사람은 팀장 곽윤을 포함해 두 명밖에 없었다.

그러나 가짜 철무조화련 대신, 진짜 철산벽을 전수받은 최욱은 실력이 몰라보게 좋아져 오늘과 같은 결과를 낼 수 있었다.

"규정문주!"

원공후가 급히 달려가 기진맥진한 최욱의 상태부터 살폈다.

최욱은 운림고학 성민준의 검기에 당해 오른 어깨와 왼 허벅지, 그리고 복부 왼쪽에 검상이 나 있었다. 온몸이 피에 젖어 있던 이유였다. 또 금강일두 제경욱의 권법에 가슴과 등, 그리고 왼쪽 어깨에 부상을 입어 온몸이 상처로 가득했다.

최욱은 원공후가 명문혈로 밀어 넣어 준 내력 덕분에 정신이 조금 돌아온 듯했다. 우건은 내, 외상에 모두 효과를 발휘하는 영단 하나를 원공후에게 주어 최욱에게 먹이도록 했다.

자기 힘으로 앉는 데 성공한 최욱이 급한 어조로 말했다.

"곽윤과 삼절도(三絕刀) 하선웅(河善熊)이 관저 안으로 들어갔습니다. 그 두 사람이 대통령에게 손을 쓰기 전에 막아야 합니다. 저는 신경 쓰지 말고 어서 가십시오."

원공후가 급히 물었다.

"그들이 언제 떠났소?"

최욱이 원공후의 팔을 덥석 잡으며 간절한 음성으로 부탁했다.

"두 분이 오시는 소리를 듣고 갔으니까 2, 3분 전일 겁니다. 저는 이제 괜찮습니다. 어, 어서 관저로 가 보십시오."

우건과 원공후는 다친 최욱을 사람들 눈에 띄지 않는 풀숲에 데려다 놓았다. 운이 조금 따른다면 치료를 위해 운기요상하는 동안, 적의 방해를 받지 않을 수 있을 것이다.

최욱을 옮긴 우건과 원공후는 관저 안으로 몸을 날렸다.

관저는 한옥과 양옥을 적절히 섞어 놓은 것 같은 형태였다. 구조가 직관적이지 않았다. 관저 지하에 벙커가 있다는 사실은 알지만 지하로 내려가는 통로를 찾기는 힘든 구조였다.

게다가 관저를 아는 경호실 직원을 데려오기에는 이미 늦었다.

그때, 원공후가 자신 있는 목소리로 말했다.

"제가 앞장서겠습니다. 저를 따라오십시오."

그는 원래 도둑이었다.

심지어 그냥 도둑이 아니라, 천하를 훔치려 들던 대도(大盜)였다.

도둑은 집주인이나, 경찰이 들이닥치기 전에 그 집에서 가장 값비싼 물건을 훔쳐 달아나야 했다. 그리고 대게 값비싼 물건은 그 집에서 가장 은밀한 곳에 보관해 두기 마련이었다.

원공후는 관저의 가장 은밀한 곳을 찾아 나섰다.

우건은 원공후 뒤를 따라가며 주위를 둘러보았다. 문이 모두 닫혀 있었다. 그리고 물건을 건드린 흔적 역시 보이지 않았다.

곽윤과 하선웅이 벙커로 내려가는 입구를 한 번에 찾아 냈단 뜻이었다. 즉 그들이 첩자를 통해 관저의 설계도를

입수했거나, 아니면 첩자가 직접 그들을 안내 중이라는 뜻
이었다.

둘 다 별로 좋은 상황은 아니었다.

그때, 원공후가 다용도실로 보이는 방의 문을 가리켰다.

―저라면 이곳에 벙커 입구를 만들었을 겁니다.

―그렇게 생각한 이유가 무엇이오?

―간단합니다. 사람들이 올 이유가 없는 곳이기 때문입니
다.

고개를 끄덕인 우건은 문고리를 살짝 돌려 보았다.

문은 다행히 열려 있었다.

귀혼청으로 문 뒤에서 나는 소리를 들어보았다.

끼이익.

육중한 금속 물체를 움직일 때 나는 소리가 조그맣게 들
려왔다.

원공후에게 신호를 보낸 우건은 문을 연 다음 안을 들여
다보았다. 콘크리트로 만든 복도 끝에 문이 하나 더 있었
다.

우건은 복도를 지나 두 번째 문을 열었다. 두 번째 문 역
시 쉽게 열렸다. 그러나 첫 번째 문과 달리, 두 번째 문 뒤
에는 사람이 서 있었다. 그것도 우건이 본 적 있는 사람이
었다.

바로 경호실장 이명호(李明護)였다. 이명호는 무공을 전혀

익히지 않은 일반인으로, 경호실에서만 30년 가까이 근무한 베테랑이었다. 전 정권에서 경호실 차장으로 있다가 이번 정권 들어 실장으로 승진했는데, 당혜란의 반정회 사람들이 경호실에 녹아들 수 있게 물심양면 지원을 아끼지 않았다.

그런 이명호가 놀란 음성으로 물었다.

"두 사람이 여긴 어쩐 일입니까?"

원공후가 지하로 이어진 계단을 내려가며 되물었다.

"이곳으로 이곽연합 제로팀 놈들이 오지 않았소?"

이명호가 금시초문이라는 듯 고개를 살짝 저었다.

"내가 문 앞을 계속 지켰는데 수상한 사람은 보지 못했습니다."

이명호의 대답을 들으며 주변을 살펴보던 원공후가 더 안으로 들어갔다. 벙커 출입구로 보이는 육중한 방폭문이 보였다.

한데 닫혀 있어야 할 방폭문이 10센티미터쯤 열려 있었다.

원공후가 방폭문으로 걸어가며 뒤따라온 이명호에게 물었다.

"이 문은 왜 열려 있는 거요?"

그때였다.

살기가 진득이 묻어 있는 중년 사내의 굵직한 목소리가 들렸다.

"그 이유는 내가 가르쳐 주마."

"역시 쥐새끼가 숨어 있었구나!"

원공후는 기다렸다는 듯 묵애도를 뽑아 목소리가 들린 방향에 휘둘렀다. 굵직한 목소리의 주인공은 살짝 놀란 듯했다. 원공후가 이렇게 빨리 반응할 줄 전혀 예상 못 한 듯했다.

어쨌든 그 역시 수중의 장도로 원공후의 묵애도에 맞서 갔다.

콰아앙!

묵애도와 장도가 부딪치는 순간, 그 여파가 사방으로 퍼져 갔다.

"으아악!"

여파가 그리 작지 않아 무공을 익히지 않은 이명호의 몸이 태풍에 휩쓸린 조각배처럼 붕 떠올랐다. 그러나 원공후는 이명호가 죽든 다치든 별로 신경 쓰지 않았다. 이명호가 멀쩡한 모습으로 적과 함께 있다는 말은 그가 배신했다는 말이나 다름없었기 때문이었다. 더욱이 그 장소가 10센티미터쯤 열린 관저 벙커의 방폭문 앞에서라면 더 들을 필요조차 없었다.

뒤로 날아간 이명호는 단단한 벽에 머리를 부딪쳐 기절했다. 눈이 완전히 풀린 상태로 봐서는 뇌진탕을 입은 듯했다.

한편, 그사이 천장에 숨어 있던 적이 밑으로 내려와 모습을 드러냈는데 장도 두 개를 손에 쥔 40대 초반의 도객이었다.

움푹 들어간 눈두덩이 쪽에서 회색빛에 가까운 안광이 쉴 새 없이 번쩍였다. 그리고 살집이 거의 없는 얼굴에는 광대뼈가 유독 두드려져 있어 다소 강팍한 인상을 풍기는 자였다.

그가 바로 제로팀 서열 2위 삼절도 하선웅이었다.

원공후와 하선웅의 대결은 금세 격해졌다. 원공후가 일목구엽심법으로 연성한 불문의 장중한 내력을 묵애도에 담에 뿌려낼 때마다 하선웅은 장도 두 개로 칼춤을 추듯 맞서 왔다.

그때였다.

파파팟!

전혀 예상치 못한 방향에서 붉은색 도기 한 가닥이 섬전처럼 날아들었다. 붉은색 도기는 원공후가 뿌려낸 검은색 도광을 가볍게 가르며 파죽지세(破竹之勢)의 기세로 짓쳐 갔다.

기세가 얼마나 흉험한지 원공후를 상대하던 하선웅조차 자신이 뿌린 도기가 붉은색 도기에 희생당할까 봐 전전긍긍했다.

마침내 붉은색 도기가 원공후의 등을 베려는 순간.

위이잉!

넓은 통로 전체를 새파랗게 물들일 정도로 엄청난 섬광이 폭발하듯 일어나 원공후를 암습한 붉은색 도기를 튕겨 냈다.

물론, 새파란 섬광을 발출해 붉은색 도기를 요격한 사람의 정체는 우건이었다. 우건은 기파를 퍼트려 벙커 입구 근처에 두 명의 적이 숨어 있단 사실을 처음부터 간파한 상태였다.

우건은 바로 원공후에게 전음을 보내 적 두 명이 숨어 있다는 사실을 알려 주었다. 알았다는 듯 고개를 미세하게 끄덕인 원공후는 삼절도 하선웅이 기습하려는 순간, 재빨리 반격해 오히려 기습의 이점을 먼저 챙기는 노련함을 보였다.

그러나 두 번째 적은 끝까지 모습을 드러내지 않았다.

우건은 두 번째 적이 원공후의 빈틈을 노릴 거라 생각해 차분히 기다렸다. 그리고 마침내 두 번째 적이 붉은색 도기를 쏘아 보내 원공후의 허점을 찌르려 들었다. 우건 역시 지체 없이 후량추전을 펼쳐 두 번째 적의 기습을 막아 냈다.

두 번째 적이 어둠 속에서 천천히 걸어 나오며 그 모습을 드러냈다.

쇠꼬챙이처럼 마른 자였다. 나이는 많이 잡아야 40대 중

후반으로 보였는데 반백인 머리카락 때문에 원래 나이보다 조금 더 늙어 보였다. 무엇보다 강렬한 안광이 인상적인 사내였다.

그가 바로 특무대 중의 특무대라 불리는 제로팀의 팀장이며 이개심과 함께 이곽연합을 구축한 낙일마도 곽윤이었다. 낙일마도 곽윤은 특무대 창설멤버인 제로신도 나자양이 두 번째로 거두어들인 제자였다. 그러나 무공에 대한 재능은 첫 번째 제자인 창천신도 김석을 능가해 이개심과 당혜란을 제외하면 특무대 안에 적수가 없다는 평가를 들었다. 아니, 이대로 4, 5년만 더 지나면 당혜란은 물론이거니와 특무대 대장인 이개심까지 꺾을 수 있다는 평가가 지배적이었다.

곽윤이 카랑카랑한 목소리로 물었다.

"당혜란이 외부에서 초청했단 고수가 너희들인가?"

우건은 대답하지 않았다.

대신 손가락으로 천장을 가리켰다.

여긴 이미 임자가 있으니까 밖으로 나가자는 뜻이었다.

곽윤이 슬쩍 웃으며 고개를 끄덕였다.

"원하던 바다. 너와 같은 고수와 싸울 기회는 많지 않으니까."

우건은 곽윤의 대답이 채 끝나기 전에 청성검을 앞세워 천장으로 솟구쳤다. 철근을 넣어 만든 벙커의 천장이 두부처럼 갈라졌다. 1층으로 올라온 우건은 나무로 만든 한옥 벽에 다시 청성검을 휘둘러 밖으로 나가는 통로를 뚫었다.

관저 뒷마당으로 나온 우건은 고개를 들어 하늘을 보았다. 달의 위치로 봐서는 새벽 3, 4시에 가까운 듯했다. 즉 앞으로 두, 세 시간 후에는 동쪽 하늘에 해가 뜬다는 뜻이었다.

우건의 계획은 해가 뜨기 전에 일을 마무리 짓는 것이었다.

해가 뜨면 대테러 훈련을 한다는 핑계로 내보낸 직원들이 출근하기 시작할 것이다. 그리고 기자들 역시 춘추관으로 하나둘 모여들 것이다. 기자들은 인민군복을 걸친 수상한 침입자들과 참혹한 모습의 시신들, 그리고 엉망으로 변한 청와대 경내를 보는 순간, 미친 듯이 기사를 쏟아 낼 것이다. 그리고 이는 대통령의 손발을 묶어 버리는 결과를 초래할 것이다. 북한 문제가 순식간에 모든 이슈를 덮어 버릴 테니까.

이는 대통령이 원한 결과가 아니었다.

목숨은 건졌지만 결과는 죽었을 때와 크게 다르지 않은 것이다.

뒤에서 인기척을 느낀 우건이 돌아섰다.

5미터 앞에 낙일마도 곽윤이 유령처럼 서 있었다.

"초조한가?"

우건은 평소와 같은 어조로 반문했다.

"당신 눈엔 내가 초조해 보이오?"

곽윤이 앙상한 어깨를 으쓱거려보였다.

"조급해 보이지는 않는군. 하지만 상황이 널 조급하게 만들겠지."

"왜 그럴 거라 생각하오?"

곽윤이 실망했다는 듯 고개를 살짝 흔들었다.

"뻔한 걸 묻는군. 난 벙커에 틀어박힌 당신네 대통령이 곧 출근할 직원과 기자들에게 이 난장판을 뭐라 설명할지 아주 기대가 큰데 말이야. 죽은 놈들이 입은 인민군 복장과 그 복장 안에 든 북한 인민무력부, 정찰총국과 관련한 신분 증과 서류 등이 드러나는 순간, 게임은 끝난 거 아니겠어?"

우건은 청성검을 천천히 들어올렸다.

"해가 뜨기 전까지 버틸 자신이 있소?"

곽윤이 어이없다는 표정으로 물었다.

"누굴 상대로? 설마 널 상대로 버틸 자신이 있느냐 물은 건가?"

"그렇소."

곽윤이 냉소를 지었다.

"꿈이 아주 야무지군."

"그럼 그 꿈이 얼마나 야무진지 이제부터 확인해 봅시다."

우건은 생역광음으로 곽윤의 어깨를 찔러 갔다. 곽윤은 도를 휘둘러 생역광음을 정확히 요격했다. 빈틈없는 솜씨였다.

우건은 섬영보를 비스듬히 밟으며 선도선무, 유성추월, 오검관월을 연속해 펼쳤다. 곽윤은 즉시 그가 연마한 창천낙일도법의 절초로 맞상대를 해 왔다. 곽윤의 도가 허공을 가를 때마다 피처럼 붉은 도광이 긴 꼬리를 만들며 날아들었다.

캉캉캉캉!

검과 도가 부딪칠 때마다 폭음이 연속해 울렸다. 그리고 그 여파로 인해 한지를 발라 만든 관저 뒷마당의 문과 창문이 사정없이 찢겨 나갔다. 부서진 곳을 수리하려면 꽤 많은 비용이 들 테지만 지금은 그것까지 신경 쓸 여유가 없었다.

서로 간을 보는 듯한 10여 합이 지났을 때였다.

곽윤이 먼저 전력을 다하기 시작했다.

파파파팟!

곽윤이 도를 휘두를 때마다 붉은색 도기가 사방을 난자했다.

우건은 청성검으로 천지검법의 절초를 펼쳐 곽윤의 도기를 막았다. 우건이 청성검으로 뿌린 푸른색 검광과 곽윤이 쏟아 낸 붉은색 도기가 용과 봉황처럼 한데 뒤엉키기 시작했다.

우건은 방어로 일관하며 곽윤이 진짜 실력을 드러내길 기다렸다. 곽윤은 우건의 진짜 정체를 알지 못했다. 당연히 우건이 익힌 태을문 무공에 대한 지식 역시 있을 리 만무했다.

그러나 우건은 곽윤이 익힌 무공, 즉 그가 익힌 창천낙일도법에 대해 잘 알았다. 최욱, 당혜란, 진이연 등이 창천낙일도법의 특징과 장단점을 그에게 자세히 설명해 준 덕분이었다.

곽윤은 도법을 펼치는 틈틈이 우건의 표정을 관찰했다.

그러나 우건의 표정은 처음과 달라진 점이 없었다.

우건이 수련한 부동심의 뛰어난 공능 덕분이었다.

그러나 이를 알 리 없는 곽윤은 자기가 먼저 초조해하기 시작했다. 우건의 표정과 행동에 변화가 전혀 없는 이유를 우건이 진짜 실력을 드러내지 않은 것으로 오해한 탓이었다.

곽윤은 결국 먼저 숨겨 둔 패를 꺼냈다.

도를 당겼다가 밑으로 내려치는 순간.

파파파팟!

붉은색과 푸른색 도기 두 가닥이 우건의 요혈을 찔러 왔다. 마침내 창천낙일도법이 그 진가를 드러내기 시작한 것이다.

창천낙일도법은 도법 중에서는 드물게 음양의 조화를

추구하는 도법이었다. 푸른 하늘을 의미하는 창천(蒼天)과 해가 지는 모습을 뜻하는 낙일(落日)은 대비를 이루는 단어였다.

창천이 융성, 젊음, 용맹한 기상(氣像)과 같은 좋은 의미를 가지는 반면, 낙일은 쇠락, 죽음, 멸망과 같은 나쁜 의미를 지녔다. 창천낙일도법을 만든 고인은 이 반대의 의미를 가진 두 단어를 무공명에 사용해 탄생과 죽음, 융성과 쇠락, 양과 음의 심오한 진리를 제자들에게 가르쳐 주려 하였다.

제로신도 나자양 역시 창천낙일도법 안에 들어 있는 심오한 진리를 대제자 김석과 둘째 제자 곽윤에게 가르치려 애썼다.

그러나 결과는 썩 좋지 못했다.

김석은 창천낙일 중 창천, 즉 양의 기운에 매료당해 낙일, 즉 음의 기운을 소홀히 했다. 김석이 창천신검이란 별호를 얻은 이유 역시 그가 창천에 집착한 이유가 크게 작용했다.

반면, 둘째 제자 곽윤은 사형 김석과 달리 창천과 낙일을 같이 수련해 실력이 금세 사형을 뛰어넘었다. 그러나 곽윤 역시 정도는 다르지만 김석과 비슷한 길을 걷기 시작했다. 창천과 낙일 중 낙일에 더 마음을 빼앗겨 정신을 차렸을 때는 어느새 낙일의 성장 속도가 창천을 훨씬 뛰어넘은 상태였다.

덕분에 곽윤은 낙일마도라는 별호를 얻었다.

곽윤의 별호에 마(魔) 자가 들어간 데서 알 수 있듯, 그는 고강한 무공만큼이나 야심 역시 커서 사부 나자양의 눈 밖에 나는 신세로 전락했다. 그러나 사부 나자양이 죽은 다음에는 이개심과 이곽연합을 조직해 특무대를 쥐락펴락했다.

그런 곽윤이 숨겨 두었던 창천을 마침내 꺼내 보인 것이다. 낙일이 만든 기존의 붉은색 도기와 창천이 만든 푸른색 도기가 서로를 보완하는 순간, 위력이 금세 몇 배나 강해졌다.

위잉!

푸른색 도기가 우건의 상체를 채찍처럼 베어 왔다. 우건은 섬영보로 피하며 오검관월로 반격해 갔다. 검광 다섯 가닥이 곽윤의 요혈을 찔러 갔다. 곽윤은 바로 붉은색 도기를 쏟아부어 오검관월이 만든 검광 다섯 가닥을 동시에 막아 냈다.

그때였다.

바닥을 스치듯이 접근해 온 붉은색 도기가 우건의 사타구니를 향해 갑자기 솟구쳐 올라왔다. 예상치 못한 공격이었던 탓에 몸을 띄운 우건은 공중에서 제비를 넘어 간신히 피했다.

그러나 이는 시작에 불과했다.

푸른색 도기가 빗살처럼 날아와 우건의 상체나 하체,

121

목과 같은 중요 부위를 베려는 순간, 은밀히 다가온 붉은색 도기가 등이나 옆구리와 같은 사각지대를 날카롭게 베어 왔다.

곽윤이 도 하나로 성질이 전혀 다른 두 개의 도기를 자유자재로 조종하는 모습은 우건의 감탄을 불러일으킬 정도였다.

우건은 푸른색 도기를 천지검법으로 막았다. 그리고 붉은색 도기는 섬영보나 철판교, 비룡번신과 같은 경신법으로 피했다. 그러나 시간이 지날수록 도기가 날아드는 속도가 점점 더 빨라지는 탓에 피하기가 쉽지 않았다. 어쩔 때는 푸른색 도기와 붉은색 도기가 거의 동시에 덮쳐 오는 듯했다.

푸른색 도기를 막아 내면 어느새 붉은색 도기가 등을 갈라 왔다. 그리고 붉은색 도기를 간발의 차이로 피해 내면 푸른색 도기가 머리 위에서 섬전을 방불케 하는 속도로 날아들었다.

조금씩 힘이 부친다는 느낌이 들 때였다.

촤아악!

붉은색 도기가 등을 스치며 지나갔다.

방탄소재로 만든 전투조끼가 잘리며 분무기로 뿌린 것처럼 핏물이 훅 튀었다. 뒤이어 푸른색 도기가 허벅지 살을 한 움큼 베어 냈다. 우건의 검은색 전투복은 금세 피에 젖어 검

붉은 색으로 물들어 갔다. 곽윤은 승기를 잡았다는 생각에 더 매서운 공격을 펼쳤다. 온 세상이 푸른색과 붉은색의 도기가 만들어 낸 촘촘한 그물에 갇힌 듯한 착각을 일으켰다.

그때였다.

곽윤이 전혀 예상하지 못한 광경이 눈앞에서 벌어졌다.

우건이 갑자기 수중의 청성검을 앞으로 던진 것이다.

곽윤은 우건이 수중의 무기를 던져 공격해 올 줄 전혀 예상하지 못한 듯 조금 놀란 표정으로 뒤로 보법을 밟아 피했다.

곽윤은 설마 하는 표정으로 우건이 던진 청성검을 주시했다.

비검술 따위는 애초에 그의 안중에 없었다.

그가 걱정하는 유일한 상황은 우건이 이기어검술을 펼쳐 공격해 오는 것이었다. 우건이 전설상의 경지라는 이기어검술을 펼친다면 곽윤에게 남은 것은 도망치는 일밖에 없었다.

그러나 청성검은 평범한 비검술을 펼쳤을 때처럼 직선으로 날아왔다. 아니, 오히려 평범한 비검술에 훨씬 못 미쳤다.

날아드는 속도가 느리기 짝이 없었던 것이다.

눈으로 쉽게 따라잡을 수 있는 비검술에 당할 멍청이는 그렇게 많지 않았다. 물론, 곽윤 역시 당해 줄 생각이 전혀 없었다.

곽윤은 그가 자랑하는 붉은색 도기와 푸른색 도기를 동시에 쏟아 내 푸른색 도기는 청성검을, 붉은색 도기는 우건을 공격해 왔다.

같은 도에서 튀어나온 두 가지 색 도기가 전혀 다른 모습과 성질을 가진 채 쏘아져 오는 모습은 무공을 익힌 사람이라면 누구나 탄성을 자아낼 만큼 멋진 장면이었다.

그때였다.

우건은 기다렸다는 듯 양손을 앞으로 빠르게 뻗었다.

그 순간, 우건의 양손 장심에서 붉은색과 푸른색 강기 두 개가 레이저처럼 쏘아져 나갔다. 잠시 후, 붉은색 강기는 곽윤이 청성검을 요격하기 위해 발출한 푸른색 도기를, 푸른색 강기는 우건의 목을 베어 오는 붉은색 도기에 각각 맞서 갔다.

바로 태을문 최강 절예 중 하나인 태을음양수였다.

콰콰쾅!

폭음과 함께 곽윤이 쏘아 보낸 두 도기는 태을음양수에 막혀 산산조각 났다. 표정의 변화가 많지 않던 곽윤의 얼굴에 그제야 다급함이 어렸다. 우건이 창천낙일도법으로 펼쳐 낸 두 도기를 이렇게 쉽게 격파할 줄은 전혀 예상하지 못한 듯했다.

곽윤은 다시 도기를 뽑아내기 위해 도를 미친 듯이 휘둘렸다.

그때였다.

위이잉!

천천히 날아가던 청성검이 갑자기 속도를 높여 곽윤의 심장으로 쏘아져 갔다. 곽윤의 얼굴에 떠올라 있던 다급함이 순식간에 두려움으로 바뀌었다. 곽윤은 반격을 포기했다. 아니, 반격할 새가 없다는 말이 더 맞을 듯했다. 그는 허리를 뒤로 젖혀 청성검을 피하려 했다. 그러나 청성검은 마치 그럴 줄 알았다는 듯 그대로 급전직하해 곽윤의 심장을 꿰뚫었다.

콰앙!

청성검은 그대로 곽윤을 꼬치 꿰듯 관통한 채 바닥에 박아 버렸다.

청성검이 내리꽂히는 속도가 워낙 빨라 바닥과 강하게 충돌한 곽윤의 몸이 막 뭍으로 올라온 물고기처럼 파닥거렸다.

바닥에 쓰러진 곽윤은 떨리는 손길로 심장에 박힌 청성검을 뽑아내려 했다. 그러나 곽윤의 심장을 관통한 청성검이 땅속 깊이 박힌 터라, 그의 힘으로는 뽑아낼 방법이 없었다.

5장. 실전경험(實戰經驗)

　　우건은 참았던 숨을 크게 내쉬다가 검은색에 가까운 피
를 한 모금 토했다. 그가 방금 전에 쓴 수법은 내상을 불러
올 만큼 순간적으로 엄청난 양의 내력을 소진하는 수법이
었다.

　　우건은 먼저 천지검법의 비검만리 수법으로 청성검을 던
졌다. 그러나 지금까지 펼쳐 왔던 비검만리와는 차원이 달
랐다.

　　비검술보다는 어검술(馭劍術)에 가까웠다.

　　일단 여기서 엄청난 내력을 소비한 탓에 내상을 약간 입
었다.

그러나 우건은 이런 초보적인 어검술로는 곽윤을 한 번에 없애기 어렵다는 사실을 누구보다 잘 알았다. 우건은 곧장 태을음양수를 양손으로 쏟아 내 곽윤의 반격부터 제압해 갔다.

이미 내상을 입은 상태에서 다시 엄청난 내력이 필요한 태을음양수를 연달아 펼친 탓에 내상이 더 심해져 죽은피가 목구멍까지 차올랐다. 그러나 우건은 피를 토할 수 없었다.

죽은피를 빨리 내보내지 않으면 그 탁기(濁氣)가 오장육부에 미친다는 사실을 알지만 입을 벌리면 어검술을 조종하던 내력이 끊어져 지금까지의 노력이 한순간에 물거품으로 돌아갈 수 있었다.

우건은 한계까지 끌어올린 부동심으로 극심한 통증을 견뎌 내며 청성검에 실은 내력이 끊어지지 않게 하는 데 집중했다.

그때, 태을음양수가 곽윤이 발출한 붉은색과 푸른색 도기를 순식간에 제압해 냈다. 애초에 음양의 조화는 태을문을 따라올 문파가 없었다. 더욱이 곽윤이 익힌 창천낙일도법은 낙일에 치우쳐져 있어 완벽한 음양의 조화로 보기 어려웠다.

그런 상황에서 음은 더 강한 양으로, 양은 더 강한 음으로 제압해 오는 태을음양수에 곽윤의 도기는 버틸 재간이 없었다.

곽윤의 도기를 제압한 우건은 청성검에 마지막 남은 내력을 모두 밀어 넣었다. 그러나 그가 쏟아 부은 내력 대부분은 허공으로 날아가 버렸다. 이는 내력이 가진 특성 탓이었다.

단전에 있는 내력을 팔에 밀어 넣는 데 1할의 내력을 소비하는 것으로 계산했을 때, 손에 쥔 검과 칼, 각종 무기 등에 내력을 싣는 데 다시 2할의 내력을 소비해야 했다. 즉 무기에 내력을 싣는 순간, 이미 3할의 내력이 사라지는 셈이었다.

그렇다면 손에서 멀리 떨어져 있는 청성검에 내력을 불어넣는 일은 그보다 훨씬 큰 내력의 손실을 불러올 수밖에 없었다.

이것이 어검술을 사용하는 데 막대한 내력이 필요한 이유였다.

우건은 허공에 뜬 검을 불과 몇 초 동안 움직이기 위해 가진 내력을 전부 동원해야 했다. 그리고 그 말은 어검술을 처음부터 사용하기 위해선 그 몇 배의 내력이 필요하단 뜻이었다.

우건이 쏟아부은 내력 중 불과 1할만이 청성검에 전해졌다.

그러나 승부를 판가름 짓는 데는 그 1할로 충분했다.

우건이 허공을 격해 전해 준 내력을 흡수한 청성검은 곽윤이 허리를 젖혀 피하려는 순간, 재빨리 방향을 바꿔 수직으로 떨어져 내렸다. 그리고 곽윤의 심장을 꼬치 꿰듯 꿰었다.

손등으로 핏자국을 닦은 우건은 천천히 곽윤에게 걸어갔다.

부들부들 떨리는 손으로 가슴에 박힌 청성검을 뽑아내려던 곽윤은 기력이 다한 듯 힘없이 누워 거친 숨을 몰아쉬었다.

"이, 이번에는 내가 패했다. 하, 하지만 이곽연합이 패한 것은 아니다. 내, 내 말의 의미를 잘 생각해 보는 게 좋을 거다."

그 말을 남긴 곽윤이 고개를 옆으로 꺾었다.

우건은 곽윤의 심장에 박힌 청성검을 뽑아 관저 안으로 향했다.

당장 치료하지 않으면 내상이 더 심해질 테지만 곽윤이 남긴 유언이 왠지 마음에 걸려 그를 가만있지 못하게 만들었다.

❖ ❖ ❖

수연은 벙커에 남은 사람들의 면면을 다시 한 번 확인했다.

최민섭과 윤미향 부부, 그리고 부부의 무남독녀인 최아영까지 해서 경호가 필요한 인원은 총 세 명이었다. 그리고그 세 명을 경호하기 위해 총 여섯 명의 경호원이 벙커에있었다.

여섯 명의 경호원 중 세 명은 반정회 출신 경호원이었다. 그리고 남은 세 명은 강정훈이 지휘하는 일반 경호원이었다.

거기에 수연 본인을 더할 경우, 총 열 명이 벙커 안에 있었다.

수연은 직감에 따라 일반 경호원 세 명의 우두머리에 해당하는 강정훈의 일거수일투족을 주시했다. 최아영의 설명에 따르면 강정훈은 최민섭이 경기도지사로 재직할 때부터경호를 맡아 온 측근으로 최민섭 가족과 아주 가까운 사이였다.

원래는 전직 대통령의 파면 이후에 치러진 민정당 경선과 19대 대통령선거 역시 강정훈이 경호실장을 맡아 최민섭을 경호할 계획이었다. 그러나 당혜란이 추천한 우건이끼어들며 상황이 급변했다. 우건은 최민섭이 민정당 경선에서 승리하는 것을 방해하려는 한정당과 제천회의 음모를분쇄해 최민섭이 무사히 경선과 대선을 치를 수 있게 해 주었다.

이를 테면 강정훈이 맡아야 할 자리를 우건이 빼앗은 셈이었다.

강정훈을 포함한 일반 경호원 세 명은 벙커 문을 교대로 지키며 모니터로 외부를 감시했다. 벙커 문 옆에는 벙커 외부를 감시하는 모니터가 두 대 있었다. 한 대는 관저 1층 거실을, 다른 한 대는 벙커 출입구를 감시하는 모니터였다.

반면, 반정회 출신 경호원 세 명은 벙커 안쪽 벽에 걸린 대형 모니터를 조작해 전체적인 작전 진행 상황을 점검하는 중이었다. 청와대 경내 곳곳에 설치해 둔 수십 대의 감시 카메라가 실시간으로 영상을 보내오면 경호원 세 명이 콘솔을 조작해 상황이 일어난 곳의 영상을 대형 모니터에 출력했다.

콘솔을 조작하는 경호원 세 명 뒤에 선 수연과 최아영은 모니터를 통해 우건 일행의 활약을 지켜보았다.

우건 일행은 가장 먼저 이곽연합이 선봉으로 보낸 20여명을 가볍게 물리쳤다. 우건이 강적인 교오랑 황도진을 패퇴시키는 사이, 원공후는 천중추권 서균에게 항복을 받아냈다.

강적이 하나둘 쓰러질 때마다 최아영은 박수를 치거나 소리를 지르며 기뻐했다. 반면, 수연은 조마조마한 심정으로 지켜보다가 아군의 승리로 끝나면 안도의 숨을 작게 내쉬었다.

뒤이어 이곽연합이 100여 명에 이르는 대규모 부대를 파견했을 때는 잠시 긴장했지만, 우건과 원공후 등의 활약 덕분에 적이 각개 격파당하는 모습을 본 다음에는 마음이 놓였다.

수연은 모니터 화면에 우건이 등장할 때마다 두근거리는 마음으로 그가 무사하길 기도했다. 그녀는 화면을 지켜보는 동안 숨을 쉬지 않는단 사실을 잠시 잊어버릴 정도로 긴장해 있다가, 대결이 끝나면 그제야 참았던 숨을 내쉬었다.

아군이 적 주력을 막 격파했을 때였다. 분노한 이개심이 등장해 그를 저지하는 경호원 몇 명을 참혹한 모습으로 살해했다.

비록 모니터 속의 영상에 불과하지만 이개심이 뿜어내는 엄청난 분노가 생생하게 느껴져 몸에 소름이 돋을 지경이었다.

최아영이 다급하게 소리쳤다.

"주공과 사부님은 대체 어디 계신 거지? 그 두 분이 아니면 특무대 대장 이개심을 막을 만한 고수가 근처에 없을 텐데."

최아영의 말을 들은 경호원은 급히 콘솔을 조작해 우건과 원공후를 찾았다. 경호원은 최아영이 말한 주공과 사부의 정체를 몰랐지만 밤새 모니터를 지켜보는 동안, 그들이 최아영과 함께 온 신비의 고수들이란 사실을 눈치 챌 수 있었다.

경호원이 오늘 밤에 가장 두드러진 활약을 보인 두 사람을 찾아내기 위해 수십 개의 화면을 빠르게 검색할 때였다.

오늘 처음 모습을 드러낸 당혜란이 이개심의 살수를 저지했다.

수연과 최아영은 그제야 조금 안도할 수 있었다.

이개심이 무시무시한 실력자이긴 하지만 경호실 차장 냉미화 당혜란이라면 쉽게 쓰러지지 않을 거란 생각이 들었다.

수연은 당혜란, 이개심과 같은 절정고수들이 대결하는 광경을 화면으로 지켜보다가 우건의 말에 담긴 의미를 깨달았다.

청와대로 떠나기 직전, 우건은 사람들에게 무인이 성장하기 위해서는 고수의 대결을 많이 보는 게 좋다는 말을 했었다.

그때는 그 말의 의미를 이해하지 못했는데, 당혜란과 이개심의 대결을 보는 순간 그 말이 의미하는 바를 깨달을 수 있었다.

절정고수는 하수처럼 동작에 쓸데없는 움직임이 섞여 있지 않았다. 또 모든 초식이 빠르며 정확했다. 무엇보다 한수, 한 수에 담겨 있는 의미가 아주 복잡해 상대가 펼치는 초식을 보자마자 바로 눈치 채지 못하면 낭패를 볼 수 있었다.

고수들은 가벼운 손짓조차 그 안에 복선을 깔아두었다.

그리고 실초는 어느새 허초로, 허초는 어느새 실초로 바뀌었다.

상대의 의도를 간파해 그에 맞는 최적의 수법으로 대응하지 못하면, 그야말로 눈 깜짝할 사이에 패배를 맛볼 수 있었다.

물론 그 패배의 대가는 너무나 엄청났다.

가벼우면 중상이었다. 그리고 심하면 목숨까지 내놓아야 했다.

어쩌면 목숨보다 소중한 무인의 명예가 땅에 떨어질 수 있었다.

절정 수준에 이른 고수들은 그런 엄청난 중압감 속에서 본인이 가진 실력을 오롯이 끌어내기 위해 집중하고 또 집중하였다.

수연은 어느새 당혜란과 이개심의 대결에 깊이 빠져 그들이 보여 주는 무학의 진수를 스펀지처럼 흡수하기 시작했다. 그러나 실력이 떨어지는 최아영에게 있어서 좀처럼 끝날 기미가 보이지 않는 당혜란과 이개심의 대결은 지루하기 짝이 없었다.

최아영은 지루한 표정을 지으며 수연에게 몇 차례 말을 걸어 보았지만 대결에 집중한 수연은 그녀의 말을 듣지 못했다.

수연은 지금 무인으로서 한 단계 성장하는 중이었다.

좀처럼 목격하기 힘든 절정고수 간의 대결을 지켜보는 동안 흡수한 무학의 진수가 그녀가 가진 놀라운 재능에 더해져 그녀를 전보다 한 차원 높은 무인의 세계로 인도해 준 것이다.

그때였다.

모니터 화면을 다른 장소로 넘기던 경호원 하나가 소리쳤다.

"관저 방향으로 들어오는 적을 찾았습니다!"

그 말에 소파에 앉아 차를 마시던 최민섭 부부와 벙커 문을 지키던 강정훈이 벽에 걸린 대형 모니터 앞에 모여들었다.

경호원은 재빨리 콘솔을 조작해 자기가 보던 작은 모니터 화면을 대형 모니터에 옮겼다. 곧 관저 좌측 나무숲에 적으로 보이는 다섯 명이 모습을 드러냈다. 경호원 대부분은 검은색 전투복에 검은색 헬멧을 착용한 탓에 인민군 복장을 한 적들과 쉽게 구분이 가능했다. 잔디밭에 나타난 적들 중 네 명은 인민군 복장을, 한 명은 회색 정장을 착용했다.

그러나 영상을 촬영한 카메라가 관저 옥상에 있는 탓에 나무숲에 나타난 적의 인상착의를 자세히 확인할 방법이 없었다.

최민섭이 답답한 표정을 지으며 물었다.

"줌 인이 가능한가?"

콘솔을 조작하던 경호원이 얼른 대답했다.

"가능합니다."

"그럼 어서 해 보게."

"예."

대답한 경호원이 콘솔을 조작해 적이 있는 부분을 줌 인했다.

한데 적의 인상착의가 막 드러나려는 순간, 경호원 복장을 한 사내 하나가 갑자기 화면에 나타나 검을 든 적을 기습했다.

적을 기습한 경호원이 누군지 아는 듯 최아영이 소리를 질렀다.

"앗, 저분은……."

그때였다.

수연이 급히 전음을 보내 최아영의 다음 말을 잘랐다.

ㅡ지금은 그냥 지켜보는 게 좋겠어.

최아영이 황당한 얼굴로 물었다.

ㅡ왜요?

ㅡ그냥 그래야 할 것 같은 느낌이 들었어.

최아영이 어깨를 으쓱해 보였다.

ㅡ알았어요. 언니의 직감을 믿어 볼게요.

그 순간, 콘솔을 조작하던 경호원이 다시 소리쳤다.

"어, 이거 안 좋은데요……."

그 말이 끝나기 무섭게 새까만 비도가 대형화면을 가득 채웠다.

화면은 곧 검은색으로 변했다가 파란 화면으로 바뀌었다.

최민섭이 급히 물었다.

"무슨 일인가?"

"파란 화면은 카메라가 송출을 못한다는 뜻입니다. 아마 놈들 중 하나가 관저 옥상에 있는 카메라를 부순 것 같습니다."

"다른 카메라로 촬영할 순 없나?"

경호원이 고개를 저었다.

"저 지역은 옥상에 있는 회전카메라 하나만 잡을 수 있습니다."

최민섭이 의자 등받이를 손으로 잡으며 중얼거렸다.

"거리가 얼만가?"

경호원이 이해하지 못했다는 표정으로 되물었다.

"어떤 거리 말씀이십니까?"

"옥상의 회전카메라와 싸움이 벌어진 장소와의 거리 말이네."

"5, 60미터는 족히 넘을 겁니다."

"그렇다면 적은 5, 60미터 떨어진 거리에서 자기가 원하는 지점을 정확히 공격할 수 있는 실력의 소유자라는 뜻이겠군.”

최민섭이 고개를 돌려 사람들을 살펴보다가 수연 앞에서 시선을 멈추었다. 최민섭은 무인에 대해 잘 모르지만 벙커에 있는 다섯 명의 무인 중에 수연이 가장 믿음직스러웠다.

모니터 콘솔을 조작하는 경호원 세 명은 실력이 괜찮아 보이지만 이런 문제를 상의하기에는 왠지 믿음이 가지 않았다.

그리고 그가 이 세상 그 누구보다 사랑해 마지않는 외동딸은 아직 천방지축기가 좀 남아 있어 상의 상대로 적합하지 않았다. 경호원 셋과 최아영을 제외하면 결국 수연만 남았다.

최민섭이 수연에게 물었다.

“무인 중에 저런 거리에서 공격이 가능한 사람이 있소?”

수연은 우건을 떠올리며 대답했다.

“있습니다.”

“그럼 엄청난 강적이 곧 당도하겠군.”

“그럴 겁니다. 하지만 우리가 안에서 벙커 문만 열어 주지 않으면 걱정하실 만한 일은 없을 거라 생각합니다. 방금 카메라를 부순 적과 같은 고수들이 상상하기 힘든 능력을 발휘하고는 하지만 수십 센티미터 두께의 방폭문을 단숨에 파괴하지는 못할 것입니다. 그들 역시 인간일 뿐이니까요.”

미간에 주름을 만든 최민섭이 잠시 생각하다가 물었다.

"그들에게 문을 파괴할 시간이 충분히 주어졌을 때는 어떻소?"

수연은 다시 한 번 머릿속으로 우건을 떠올렸다.

그녀가 알기로 우건은 금(金)의 기운을 가진 모든 것을 파괴하는 파금장이란 신공절학을 익혔다. 만약 지금 관저로 오는 중인 강적이 우건의 파금장과 비슷한 무공을 익혔다면, 시간이 좀 더 걸린다는 차이만 있을 뿐 결국 돌파당할 터였다.

신중한 수연은 머릿속에서 말을 좀 더 다듬은 후에 대답했다.

"적이 벙커 문을 돌파하기 전에 우리 쪽 고수들이 저지할 수 있을 겁니다. 어떤 면에서는 대통령님이 저보다 더 잘 아시겠지만 우리 쪽 고수들 역시 그에 못지않게 강하니까요."

"우 경호원을 말하는 것이오?"

"그렇습니다. 그리고 아영이 사부님 역시 그에 못지않은 고수입니다. 두 사람이 힘을 합치면 막지 못할 적이 없습니다."

대화를 듣던 영부인 윤미향이 겁을 잔뜩 먹은 얼굴로 물었다.

"그 두 명이 제때 달려오지 못하면 그때는 어떻게 할 생각이죠?"

윤미향의 말에 일리가 있었다.

우건과 원공후가 아무리 강하다 해도 타이밍을 제때 맞추지 못한다면, 벙커 안에 있는 사람들이 살아남을 가능성은 아주 희박했다. 강물이 아무리 많아도 자기 집에 붙은 불을 꺼 주지 못하는 것과 같은 이치라 할 수 있었다.

전파차단기로 통신을 차단하지 않았으면 휴대전화나 무전기를 통해 연락할 수 있을 테지만, 지금은 둘 다 소용이 없었다.

수연이 바지 주머니에 들어 있는 도화륜을 꺼냈다.

"그때는 제가 밖으로 나가서 이걸로 신호를 보낼 생각입니다."

우건은 수연을 설악산 태을문 비고에 처음 데려간 날, 그녀에게 영사검과 녹주검, 백봉침, 도화륜을 주었다. 그중 도화륜은 목숨이 경각에 처했을 때 사용하는 신병이기(神兵利器)였다. 도화륜은 끝에 달려 있는 심지를 당기면 폭발하는데, 5초 동안 눈을 멀게 하는 엄청난 섬광이 뿜어져 나왔다.

그리고 섬광이 사라지는 순간, 만독불침이 아니면 버티기 힘든 독연이 사방으로 뿜어져 나와 주위의 적들을 중독시켰다. 장님처럼 눈을 못 뜨는 상태에서 도화륜이 뿜어낸 극독에 중독당하면 살아날 가능성이 없는 것이나 마찬가지였다.

물론 수연은 도화륜을 그런 식으로 사용할 생각이 아니었다.

　도화륜이 만든 엄청난 섬광은 신호탄과 같은 역할을 수행해 우건에게 관저에 급한 일이 생겼단 신호를 보낼 수 있었다.

　그때였다.

　벙커 문을 지키던 일반 경호원 두 명이 소리쳤다.

　"이쪽으로 와 보십시오!"

　대형 모니터 콘솔을 조작하던 경호원 세 명을 제외한 나머지 사람들이 벙커 문 방향으로 달려갔다. 수연은 경호원의 설명을 듣기 전에 이미 무슨 일이 일어났는지 알 수 있었다.

　벙커 통로를 비추는 모니터에 중년 사내가 하나 나타난 것이다.

　중년 사내가 모니터에 얼굴이 잘 나오도록 문에 바짝 다가섰다.

　그는 다름 아닌 경호실장 이명호였다.

　수연은 재빨리 이명호 주위를 살폈다.

　그러나 이명호 외에 다른 사람의 모습은 보이지 않았다.

　강정훈이 최민섭에게 물었다.

　"경호실장인데 어떻게 할까요?"

　"먼저 인터폰으로 무슨 일인지 알아보게."

"알겠습니다."

대답한 강정훈이 인터폰을 개방해 이명호와 통화를 시도했다.

-무슨 일입니까?

-대통령님은 무사하신가?

-예, 무사하십니다.

-다행이군. 급히 보고드릴 일이 있어 왔네. 문을 좀 열어주게.

강정훈이 결정을 내려 달라는 듯 최민섭을 보았다.

최민섭은 잠시 고민하다가 고개를 끄덕였다.

"열어 주게."

"알겠습니다."

강정훈은 인터폰 옆에 있는 방폭문 개방 버튼을 눌렀다.

그때, 수연은 인터폰 옆 모니터를 살펴보는 중이었다. 방폭문 통로에는 이명호 외에 다른 사람의 모습이 보이지 않았다.

한데 그 순간, 수연의 직감이 갑자기 경고를 발했다.

정확히 뭐가 이상하다 꼬집어 말할 수는 없지만 그녀의 신경을 건드리는 무언가가 존재했다. 수연은 모니터 앞으로 가까이 걸어가 화면에 비친 이명호의 모습을 자세히 살폈다. 수연의 갑작스러운 행동에 다들 놀라 그녀를 쳐다보았다.

수연은 이명호를 머리부터 발끝까지 다시 한 번 자세히 살펴보았지만 이상한 점을 찾지 못했다. 수연은 초조해져 갔다.

그녀의 신경을 잔뜩 건드리는 무언가가 있는데, 그 점을 찾을 수 없어 미칠 지경이었다. 그때, 불현듯 우건이 떠올랐다.

우건이라면 이런 상황에서 어떻게 행동할까?

그녀가 아는 우건이라면 이런 상황에서 오히려 더 침착하게 행동했을 것이다. 초조한 마음은 집중을 방해한다. 그리고 집중력이 흐트러지면 평소에는 보이던 게 잘 보이지 않는다.

수연은 즉시 우건에게 배운 부동심을 끌어올렸다.

그녀의 부동심은 이제 막 초보딱지를 뗀 상태였지만 초조한 마음을 물처럼 차분하게 만들어 주는 데는 효과가 있었다.

수연은 부동심을 끌어올린 상태에서 이명호를 다시 샅샅이 훑었다. 그 순간, 이명호의 와이셔츠 차림이 눈에 들어왔다.

경호실장은 왜 상의를 입지 않았을까?

더워서 그랬을 거라는 예상은 가장 먼저 쓰레기통으로 향했다.

경호원은 덥다는 핑계로 양복 상의를 벗지 않는다.

그들은 양복 상의 안에 권총이 든 홀스터를 착용했다.

그런 경호원이 양복 상의를 벗은 상태에서 청와대 경내를 활보하는 일은 있을 수가 없었다. 이는 수십 년 동안 청와대 경호원으로 살아온 이명호가 수연보다 더 잘 알 것이다.

그렇다면 이명호가 와이셔츠 차림인 이유가 따로 있단 뜻이었다.

수연의 시선이 이명호가 입은 바지로 향했다.

이명호가 카메라 앞에 바짝 다가선 탓에 바지는 잘 보이지 않았지만 회색 정장바지라는 사실은 금세 알 수가 있었다.

그리고 그 순간, 관저 좌측에 나타나 옥상에 설치한 360도 회전이 가능한 고성능 감시 카메라를 박살 낸 적들의 인상착의가 떠올랐다. 그중 네 명은 그녀가 모니터의 영상을 통해 밤새도록 지겹게 보아온 인민군 복장을 착용했었다.

그러나 한 명은 아니었다.

그는 아래위로 회색 정장을 착용한 상태였다.

다행히 청와대가 사용하는 고성능 감시 카메라는 비용을 아끼기 위해 흑백으로만 색을 표현하는 싸구려 제품이 아니었다.

그는 아래위가 모두 회색인 정장을 입은 상태였다.

적과 함께 있던 자가 회색 정장을 입었다는 것은 별문제가 아니었다. 그가 회색을 입든 노란색을 입든 상관없었다. 하지만 그가 경호실장이라는 직함을 단 채 벙커 문 밖에서 대통령을 만나야겠다며 문을 열어 달라면 얘기가 달라졌다.

수연은 잠시 고민했다.

그러나 고민이 길지는 않았다.

이는 개인적인 일이 아니었다.

한 국가의 운명을 좌지우지하는 일이었다.

그녀가 만약 실수한 거라면 깨끗이 사과할 생각이었다.

그러나 실수가 아니라면 오늘 밤은 비극으로 끝날 것이다.

수연은 재빨리 방폭문을 살폈다.

문이 10센티미터쯤 열려 있었다.

방폭문이 생각보다 더 천천히 열린다는 사실이 떠오른 수연은 그녀가 아는 모든 신에게 감사드렸다. 그리고 주저 없이 버튼을 눌렀다. 갑작스러운 정지 명령에 당황한 듯 문이 끼익거리는 마찰음과 함께 덜컹거리다가 움직임을 멈추었다.

강정훈이 놀라 물었다.

"이게 무슨 짓입니까?"

수연은 즉시 그녀가 알아낸 사실을 사람들에게 말해 주었다.

최민섭은 믿을 수 없다는 표정으로 물었다.

"아가씨 말은 경호실장이 우릴 배신했다는 거요?"

"배신했을 가능성이 있다는 뜻입니다."

그때, 인터폰이 울렸다.

이명호가 방폭문이 열리지 않는 이유를 물어보려는 듯했다.

최민섭이 미간을 찌푸리며 강정훈에게 지시했다.

"받아 보게."

수연을 살짝 노려본 강정훈이 최민섭에게 물었다.

"그에게 뭐라 말해야 합니까?"

"적당히 둘러대게. 기계고장이 좋겠군."

"알겠습니다."

강정훈이 수연을 한 차례 더 노려본 다음에 인터폰을 받았다.

-예.

-문이 열리다 만 것 같은데 이유가 뭔가?

-기계가 고장 난 것 같습니다.

-어떤 부분이 고장 났다는 건가?

-제가 엔지니어가 아닌 탓에 정확히 어디에 고장이 난 건지는 모르겠지만, 제 생각엔 유압기 쪽 문제가 아닌가 싶습니다.

-고칠 수 있는 건가?

-당분간은 어려울 것 같습니다.

-알겠네.

대답한 이명호가 인터폰을 끄며 뒤로 물러섰을 때였다.

벙커 통로 쪽을 비추는 모니터 화면에 붉은 섬광이 번쩍였다.

불길함을 느낀 수연은 재빨리 방폭문 근처에 서 있던 최민섭과 윤미향을 옆으로 밀어내며 녹주검을 뽑아 손에 쥐었다.

파파파팟!

그 순간, 10센티미터쯤 열린 방폭문 틈으로 붉은 섬광이 빗발치듯 쏟아져 들어왔다. 최민섭과 윤미향은 수연의 재빠른 조치 덕분에 화를 면했지만 모든 사람이 다 면하진 못했다.

"으아악!"

일반 경호원 하나가 붉은 섬광에 온몸이 찢겨 날아갔다.

경호원의 몸에서 쏟아져 나온 엄청난 양의 피와 살점이 하얀색으로 도색한 벙커 벽을 순식간에 붉은색으로 바꾸어 버렸다.

붉은 섬광에 직격당해 즉사한 경호원은 뒤로 몇 바퀴를 굴러간 다음에야 쓰러졌다. 그리고 쓰러지는 순간, 잘린 목과 팔다리가 몸통에서 뚝 떨어져 나와 벙커 사방으로 날아갔다.

"꺄아아악!"

참혹한 시신을 목격한 윤미향이 비명을 지르다가 졸도했다.

"엄마!"

"여보!"

최아영과 최민섭이 바닥에 쓰러진 윤미향을 부축할 때였다.

수연은 대통령의 가족에게 날아가는 붉은 섬광을 향해 급히 몸을 날렸다. 대통령 가족 앞을 막아선 다음엔 지체 없이 수중의 녹주검을 미친 듯이 휘둘러 붉은 섬광을 막아 갔다.

탕탕탕탕타!

섬광이 녹주검을 때릴 때마다 손목이 부러질 것처럼 아팠다. 그러나 손목이 아프다는 핑계로 검을 회수할 순 없었다.

검을 회수하는 즉시, 섬광이 대통령 가족을 난도질할 터였다.

"피하셔야 합니다!"

그때, 강정훈과 무공을 익힌 경호원 한 명이 양쪽에서 달려와 최민섭과 기절한 윤미향, 최아영을 안전한 위치로 옮겼다.

수연은 대통령이 안전한 위치까지 이동한 모습을 확인한

후에야 옆으로 몸을 날려 피했다. 그녀를 지나쳐 간 섬광이 벙커 안에 있던 소파와 테이블, 탁자, 컴퓨터 등을 박살 냈다.

마치 고양이가 굴 안에 든 쥐를 사냥하듯 벙커 안을 헤집던 붉은 섬광은 그로부터 한참이 지나서야 모습을 감추었다.

강정훈이 수연에게 다가와 물었다.

"다친 데는 없습니까?"

수연은 고개를 끄덕이는 것으로 대답을 대신했다.

강정훈이 싫어 대답하지 않은 것은 아니었다. 사실, 그녀는 처음 느껴본 절정고수의 지독한 살기에 얼어붙은 상태였다.

수연은 우건과 수백 번의 대련을 했지만 살기가 섞인 대련은 아니었다. 한데 대통령 가족과 그녀를 향해 날아든 붉은 섬광에는 지독한 살기가 서려 있었다. 진짜 살기를 처음 접해 본 수연은 손발이 얼어붙어 한동안 몸을 움직이지 못했다.

손에 흥건한 땀을 옷에 닦은 수연은 녹주검으로 10센티미터쯤 열려 있는 방폭문을 겨누며 문 밖의 동정에 귀를 기울였다.

한데 방금 전 있었던 일이 마치 꿈인 양, 문 밖은 조용하기 짝이 없었다. 얼마나 조용한지 숨소리조차 들려오지 않았다.

그때였다.

방폭문 밖에서 사람들이 대화하는 소리가 어렴풋이 들려왔다.

수연은 우건에게 배운 귀혼청으로 청력을 끌어올렸다.

잠시 후, 이명호가 누군가와 대화하는 소리가 들려왔다. 수연은 목소리로 이명호와 대화하는 사람의 정체를 알 수 있었다.

그는 바로 원공후였다.

원공후가 관저 벙커 밖에 나타난 것이다.

수연은 그제야 조금이나마 마음을 놓을 수 있었다.

원공후가 왔다면 방금 전에 그녀를 얼어붙게 만든 붉은 섬광이 벙커로 쏟아져 들어오는 일은 다시 일어나지 않을 것이다.

어쩌면 아직까지 모습을 드러내진 않았지만 우건 역시 이미 도착해 있을지 모르는 일이었다. 그리고 우건이 정말 도착했다면 오늘 이 전례 없는 싸움은 아군의 승리가 확실했다.

수연이 긴장의 끈을 약간 놓았을 때였다.

카앙!

벙커 밖에서 고막을 찢을 것 같은 날카로운 소음이 들려왔다.

원공후가 다른 사람과 대결을 벌이는 듯했다.

수연은 다시 긴장하며 살짝 열린 방폭문 틈으로 밖을 살폈다.

그러나 검은색 도광과 회색빛 도광이 서로 얽혀 있는 모습만 보일 뿐, 정확히 무슨 일이 일어나는 것인지는 알 수 없었다.

그때였다.

"어?"

누군가의 의문에 찬 음성이 등 뒤에서 들려왔다.

수연은 재빨리 돌아섰다.

그러나 수연은 순간적으로 그녀가 목격한 광경을 이해하지 못했다. 마치 있어선 안 되는 일을 목격한 그런 기분이었다.

대형 모니터 콘솔을 조작하던 반정회 출신 경호원 하나가 벌떡 일어났다. 거기까지는 문제없었다. 그 경호원에게 갑자기 자리에서 일어나야만 하는 일이 생겼을 수 있었던 것이다.

기억력이 뛰어난 수연은 그 경호원의 이름이 윤준호(尹俊昊)라는 사실을 금세 기억해 냈다. 그러나 벌떡 일어난 윤준호가 그 다음에 벌인 일은 눈으로 보면서도 믿기지 않았다.

윤준호가 옆에 있는 동료의 목을 잡아 한 바퀴 돌려 버렸다.

우두둑!

목이 돌아가다가 인체가 허락해 준 범위를 벗어나는 순간, 소름끼치는 소리가 들려왔다. 동료에게 기습당한 경호원이 즉사한 듯 혀를 빼물며 의자 옆으로 쓰러졌다. 그때, 동료를 살해한 윤준호가 세 번째 경호원을 향해 수도를 휘둘렀다.

"이 미친 새끼가!"

세 번째 경호원은 두 번째 경호원처럼 그리 쉽게 당하지 않았다. 의자를 뒤로 튕겨 내며 일어나 곧장 장력을 발출했다.

그러나 세 번째 경호원 역시 윤준호를 막아 내기에는 무리였다.

윤준호가 그동안 실력을 철저히 숨겨 왔던 게 분명했다.

휙!

왼손을 비스듬히 내리쳐 세 번째 경호원이 날린 장력을 가볍게 해소한 윤준호는 수도로 세 번째 경호원의 심장을 찔렀다.

푸욱!

윤준호가 찌른 수도는 마치 쇠로 만든 주걱 같았다.

수도가 세 번째 경호원의 가슴을 두부처럼 쉽게 갈라 버렸다. 갈비뼈가 통째로 잘린 듯 장기가 밖으로 쏟아져 나왔다.

윤준호는 만족하지 않았다.

그는 동료의 가슴 속에 손을 깊이 집어넣어 심장을 꺼냈다. 윤준호의 손바닥 위에 방금 전까지 사람의 몸속에서 인체 곳곳에 피를 공급해 주느라 바쁘던 선홍빛 심장이 들려 올라왔다.

대통령을 포함해 벙커 안에 있는 모든 사람이 움직임을 멈췄다. 마치 어떻게 반응해야 할지 잊어버린 듯한 모습이었다.

사람들이 보여 주는 반응에 만족했다는 듯 미소를 지어 보인 윤준호는 손에 쥔 동료의 심장을 허공으로 던졌다. 사람들의 시선이 그 심장을 따라 움직였다. 그때였다. 허공에 멈춘 심장이 폭발하며 피와 선홍빛 파편이 사방으로 비산했다.

수연은 그녀에게 날아드는 피와 살점을 막기 위해 녹주검을 휘둘렀다. 과연 녹주검은 명검이었다. 마치 부정한 기운을 몰아내는 것처럼 그녀를 향하던 피와 살점을 막아 주었다.

그때, 강정훈의 급박한 목소리가 들렸다.

"안 돼!"

외침을 들은 수연이 강정훈 쪽으로 급히 돌아설 때였다.

동료 두 명을 무참히 살해한 윤준호가 강정훈이 보호하는 대통령 가족에게 몸을 날리는 모습이 수연의 눈에 들어

왔다.

수연은 급히 녹주검을 앞세워 달려갔지만 심장을 터트려 사람들의 눈을 속인 윤준호의 움직임이 그보다 훨씬 빨랐다.

"멈춰라!"

고함을 지른 강정훈이 홀스터에 있는 권총을 뽑으려는 순간.

윤준호가 허공을 격해 날린 장력이 강정훈의 가슴을 후려쳤다.

퍼엉!

폭음과 함께 떠오른 강정훈이 5미터 뒤에 있는 벽에 날아가 부딪쳤다. 옷 안에 방탄조끼를 걸친 덕분에 즉사는 면했지만 장기에 큰 충격을 받은 듯 피를 토하며 정신을 잃었다.

강정훈의 부하가 홀스터에서 권총을 뽑아 윤준호를 겨누며 방아쇠를 당겼다. 그러나 윤준호는 권총을 겨누는 순간, 이미 재빨리 보법을 밟아 경호원 옆으로 이동한 상태였다.

타앙!

빗나간 탄환이 강철 방폭문에 튕겨 바닥으로 떨어질 때였다.

윤준호가 총을 든 경호원의 오른팔을 잡아 반대쪽으로 당겼다.

두둑!

팔이 부러진 경호원이 고통스런 비명을 토해 냈다.

그러나 비명은 윤준호의 손을 멈추게 하지 못했다.

부러진 팔을 뒤로 당긴 윤준호가 수도로 경호원의 등을 찔렀다.

푸욱!

수도가 경호원의 등을 관통해 앞으로 튀어나왔다.

윤준호는 잔인한 미소를 지으며 수도를 다시 밖으로 꺼냈다. 그리고 그런 윤준호의 손에는 어김없이 심장이 들려 있었다.

마치 심장만을 찾아 먹어치우는 들개 같은 모습이었다.

"그만해요!"

그때, 최아영이 벌떡 일어나 윤준호 앞을 막아섰다.

최민섭이 팔을 잡으며 말렸지만 최아영은 꿈쩍하지 않았다.

오히려 쾌영산화수의 자세를 잡으며 다부진 표정을 지었다.

"내가 살아 있는 한, 내 부모님에게 손을 댈 수 없을 거예요!"

"후후. 이거 영광이군. 영애께서 직접 상대해 주시다니 말이야."

히죽 웃은 윤준호가 손에 힘을 주어 심장을 터트렸다.

피와 찢어진 살점이 최아영의 얼굴과 옷에 튀었지만 그녀는 쾌영문의 쾌영산화수 기수식 자세를 풀지 않았다. 아니, 풀지 않았을 뿐 아니라 오히려 먼저 공격까지 하였다.

"어쭈, 제법인데?"

고개를 옆으로 젖혀 최아영이 휘두른 수공을 막아 낸 윤준호가 왼발을 갑자기 뻗었다. 백사보를 밟은 최아영은 비스듬히 움직이며 윤준호의 각법을 피했다. 그러나 윤준호가 뻗은 왼발은 허초였다. 윤준호는 최아영이 왼발을 피하기 위해 물러선 틈을 노려 왼팔로 최아영의 목을 틀어쥐려 하였다.

허초와 실초가 교묘히 섞여 있는 상승 수법이었다.

"아악!"

비명을 지른 최아영은 보법을 밟아 피하려 했지만 윤준호의 수공은 섬전을 방불케 하는 속도를 지녔다. 최아영이 지금보다 두 배로 강해지기 전엔 피할 수 없는 그런 빠르기였다.

부모님을 지키지 못할 것 같다는 생각이 들기 무섭게 최아영의 눈에 눈물이 살짝 맺혔다. 그때였다. 옆에서 녹색 광망(光芒)이 빨랫줄처럼 쏘아져 나와 윤준호의 팔을 찔러 갔다.

"제길!"

윤준호는 최아영의 목을 잡아 가던 손을 거두어들임과

동시에 오른팔을 빙글 돌려 그를 노리는 녹색 광망부터 막
았다.

카앙!

윤준호는 녹색 광망과 부딪친 충격으로 몸이 살짝 흔들
렸다.

양 우리에 뛰어든 늑대처럼 거칠 것이 없던 윤준호가 처
음으로 저항에 부딪친 순간이었다. 윤준호가 뒤로 돌아섰
다.

그 순간, 수연이 녹주검으로 윤준호의 심장을 곧장 찔러
갔다.

녹색 광망이 다시 한 번 벙커 안을 갈랐다.

6장. 독전(獨戰)

　수연은 결정을 내리면 지체 없이 그 결정을 행동으로 옮겨야 한다는 조언을 우건에게 수차례 들었다. 그러나 지금까지는 그 말이 가진 의미를 피상적으로만 이해했을 뿐이었다.

　수연은 그 말의 진정한 의미를 첫 실전을 치른 후에야 깨달을 수 있었다. 결정은 이미 윤준호가 자기 동료의 목을 부러트렸을 때 처음 내렸다. 아니, 따로 결정을 내릴 필요조차 없었다. 윤준호를 막지 않으면 벙커 안에 있는 사람들은 모두 죽은 목숨이었다. 대통령 부부와 최아영을 구하기 위해서, 그리고 윤준호의 작은 반란에 가담하지 않은 것처럼 보이는 경호원을 살리기 위해선 그녀가 전선에 서야 했다.

그러나 날카로운 흉기로 살아 있는 사람을 찌르는 일은 말처럼 쉽지 않았다. 이는 당연히 마취시킨 환자의 몸에 메스를 대는 일과는 본질적으로 다른 문제였다. 메스로 환자의 살을 가르는 행위는 치료의 목적이 크지만, 검과 같은 흉기로 살아 있는 사람을 찌르는 행위는 도덕률에 반하는 행위였다.

한데 그 찰나의 망설임이 엄청난 피해로 이어졌다.

그사이, 윤준호의 실수에 경호원 두 명이 더 목숨을 잃었다. 그리고 강정훈은 부상을 당해 의식불명에 빠졌다. 급기야는 한 나라의 영애가 그녀의 부모인 대통령과 영부인을 지키기 위해 적을 직접 막아야 하는 상황까지 벌어졌다.

그러나 수연 역시 평범한 여인이 아니었다.

그녀는 몇 백만 명 중에 한 명 나온다는 천품(天稟) 선골(仙骨)의 소유자였다. 우리 주위엔 부모님에게 좋은 재능, 여기 말로 좋은 유전자를 물려받은 사람들이 다수 존재했다.

뛰어난 신체능력을 지녀 운동을 잘하는 사람, 머리가 명석해 공부를 잘하는 사람, 외모가 아름다워 연예인으로 성공한 사람 등등 부모에게 좋은 유전자를 물려받아 성공한 사람들의 예는 차고 넘쳤다. 한데 도가에서는 이런 좋은 유전자를 물려받은 사람들을 선골을 타고난 사람이라 불렀다.

그러나 세상사가 으레 그렇듯 선골 역시 그 재능의 크기와 그 재능이 미치는 범위에 따라 단계가 나눠지는데, 크게 하품(下品), 중품(中品), 상품(上品) 등 세 단계로 나눌 수가 있었다. 이 세 단계에 해당하는 선골을 타고난 사람이 내외공을 원만히 성취하면 산선(散仙)의 경지에 오를 가능성이 있었다.

한데 아주 가끔 상품을 뛰어넘는 선골을 타고난 자들이 세상에 태어나는데, 이들을 따로 지품(地品)과 천품으로 불렀다.

지품과 천품은 그야말로 재능의 결정체인 셈이었다. 그들은 내외공을 원만히 성취하여 우화등선(羽化登仙)에 성공할 경우, 지선(地仙)과 천선(天仙)의 경지에 오를 수가 있었다.

수연은 마음을 먹는 순간, 인간의 눈으로는 따라잡기 불가능한 것처럼 보이던 윤준호의 팔을 정확히 찔러 갈 수 있었다.

윤준호는 최아영의 목숨보다 자신의 왼팔이 더 소중한 듯했다.

바로 몸을 돌려 수연을 공격해 갔다.

그러나 윤준호가 돌아섰을 때, 수연은 이미 녹주검으로

그를 찔러 가는 중이었다. 더구나 수연이 그를 찌르는 데 사용한 검법은 무초검법이라 불리는 태을문의 일로추운검법이었다.

일로추운검법은 태을문 수십 개의 검법 중에서 천지검법, 월하선녀무무검법과 함께 삼대검법으로 꼽히는 검법이었다.

일로추운검법이 다른 검법보다 월등히 뛰어나지 않았으면 후세에 반드시 전해야 할 33종 절예에 들어갈 리 없었다. 그리고 검법에 배정한 세 자리 중 하나를 차지할 리 없었다.

어쩌면 윤준호가 일단 수연의 초반 공세를 막아 낸 다음에 강력한 수법으로 반격하여 그녀를 거꾸러트리겠다는 마음을 먹은 순간, 이미 승부는 끝난 것이나 다름없을지 몰랐다.

수연은 녹주검으로 윤준호의 심장을 찔러 갔다. 윤준호는 재빨리 심장을 찔러 오는 검을 막기 위해 수공을 펼쳤다. 손을 감싼 회색빛 강기가 녹주검의 검봉을 찍어 누르려 하였다.

그러나 강기가 그 자리에 도착했을 때는 이미 녹주검이 궤도를 바꿔 윤준호의 단전을 찔러 가는 중이었다. 윤준호가 녹주검을 막기 위해 다시 수공을 펼쳤을 때, 궤도를 재차 변경한 녹주검이 이번엔 윤준호의 목덜미를 빠르게 찔러 갔다.

심장, 단전, 목 모두 요처였다. 제아무리 고수라 할지라도 검에 찔리면 즉사할 수 있는 부위였다. 윤준호는 녹주검이 치명적인 급소를 찔러 올 때마다 등에 식은땀이 흐르는 것을 느꼈다. 처음에 보여 주었던 패도적인 기세는 이미 온 데간데없이 사라진 상태였다. 그리고 그 자리에 두려움이 자리를 잡았다.

수연이 녹주검으로 윤준호의 심장을 처음 찔러 갔을 때, 녹주검의 검봉과 윤준호와의 거리가 30센티미터를 상회했다. 그러나 10여 합이 채 지나가기 전에 그 거리는 1센티미터로 줄어들었다. 수연이 검기를 펼칠 수 있는 일류고수였다면 그는 이미 검기에 혈도를 찔려 이 세상 사람이 아니었을 것이다.

윤준호는 순식간에 10여 미터를 물러났다.

검을 저지할 방법이 없는 탓에 뒤로 물러날 수밖에 없었다.

윤준호는 벙커 벽이 1미터 뒤에 있는 것을 확인했다.

여기서 더 물러서면 등이 벽에 닿을 것이다. 그리고 등이 벽에 닿으면 좌우로밖에 피하지 못해 명절 제사상에 올라가는 산적처럼 꼬치 꿰이듯 검에 꿰여 세상을 하직하게 될 것이다.

윤준호는 결국 결정을 내렸다.

그 역시 다른 많은 고수들이 그랬던 것처럼 일로추운검

법을 양패구상, 동귀어진과 같은 극단적인 수법으로 막으려 했다.

승기를 잡은 쪽이 양패구상, 동귀어진과 같은 수법에 당해 패색이 짙은 상대와 똑같은 피해를 입는다면, 이는 손해일 수밖에 없었다. 윤준호는 수연이 양패구상이나 동귀어진과 같은 일이 일어나는 일을 막기 위해 물러설 거라 예측했다.

그러면 저 거머리처럼 달라붙는 검 역시 떨어질 테니 그때 반격하면 승부를 다시 원점으로 돌릴 수 있을 거라 믿었다.

결정을 내린 윤준호는 바로 실행에 옮겼다.

수연이 찌른 녹주검이 그의 미간을 찔러 오는 순간.

윤준호는 보법을 밟아 앞으로 뛰어들었다. 마치 죽길 기다리는 게 지루해 녹주검에 먼저 뛰어드는 것 같은 형국이었다.

윤준호는 그러면서 두 손을 수도처럼 만들어 수연을 찔러 갔다. 왼손은 수연의 목을, 오른손은 단전을 각각 찔러 갔다. 그에게 수공을 가르쳐 준 사부가 그의 목숨이 경각에 처했을 때만 쓰라 알려 준 쌍호대노(雙虎代奴)라는 수법이었다.

쌍호대노는 과연 그 속도와 위력이 남달랐다. 수연이 녹주검을 계속 찔러 가면 윤준호의 미간을 정확히 꿰뚫을 수 있었다.

그러나 그녀 역시 쌍호대노에 목과 단전이 같이 박살 날 것이다. 그녀가 목숨을 건지기 위해선 검을 회수해 물러나야 했다.

그러나 윤준호는 아직 일로추운검법이 지닌 진짜 위력을 경험해 보지 못한 상태였다. 사실, 이는 윤준호만이 아니었다.

일로추운검법의 진짜 위력을 경험해 본 사람은 극히 드물었다. 검법을 상대로 살아난 사람이 극히 드물었기 때문이다.

윤준호는 그가 펼친 비장의 절초 쌍호대노와 수연이 찌른 녹주검이 거의 동시에 상대에게 날아갈 거라 예상했다. 두 초식의 속도만 보면 그의 예상이 맞아떨어지는 것처럼 보였다.

그때, 수연의 녹주검이 마치 자동차 기어를 바꾼 것처럼 눈 깜짝할 사이에 빨라져 윤준호의 미간을 섬전처럼 찔러 갔다.

윤준호의 동공이 찢어질 것처럼 커졌다.

이미 쌍호대노 초식을 펼친 상황이라 막을 수단이 없었다. 당연히 뒤나 옆으로 보법을 밟아 검봉을 피할 여유 역시 없는 상황이었다. 꼼짝없이 미간이 관통당해 즉사할 판이었다.

흙빛으로 바뀐 윤준호의 얼굴에 죽음의 공포가 드리워졌다.

그때였다.

수연은 손목을 조금 틀어 녹주검의 검봉이 옆으로 비껴가게 만들었다. 곧 검봉이 윤준호의 왼쪽 눈을 스치듯이 지나가며 귀와 관자놀이에 깊은 검상을 만들었다. 상처가 꽤 중해 두개골에 금이 가며 붉은 핏물이 수증기처럼 뿜어졌다.

그와 동시에 윤준호가 펼친 쌍호대노 중 왼손으로 펼친 수공이 수연의 가슴 윗부분을 강타했다. 윤준호가 먼저 녹주검에 찔려 부상을 입은 탓에 수공의 궤도가 약간 틀어진 것이다. 그렇지 않았으면 수공이 그녀의 목을 절단 냈을 것이다.

수연은 뒤로 정신없이 밀려나다가 부서진 테이블 다리에 걸려 넘어졌다. 그리고 윤준호는 급히 왼손으로 상처 주위를 틀어막으며 한쪽 무릎을 꿇었다. 왼쪽 눈과 관자놀이에 입은 부상이 꽤 심각한 듯 피가 그의 얼굴 한쪽을 덮어 버렸다.

그러나 중요한 것은 윤준호가 죽지 않았다는 점이었다.

그때, 예상치 못한 일이 발생했다.

"으아아악!"

괴성을 지른 윤준호가 그대로 몸을 돌려 최민섭에게 달려들었다. 최아영이 다시 윤준호 앞을 막아섰다. 그러나 이번에는 쾌영산화수를 펼치지 못했다. 얼굴 한쪽이 피에 젖은 탓에 악귀처럼 변한 모습으로 달려드는 윤준호에게 질려 버린 탓이었다. 아니, 얼어붙었다는 표현이 더 정확해 보였다.

최아영의 저항을 가볍게 뿌리친 윤준호가 오른손을 길게 뻗어 최민섭의 목덜미를 잡아 갔다. 이번에는 기필코 최민섭을 죽여 목적한 바를 이루겠다는 의지가 온몸에 드러났다.

그때, 새하얀 섬광이 날아와 윤준호의 목덜미에 틀어박혔다.

"크아아악!"

비명을 지른 윤준호가 바닥을 데굴데굴 굴렀다.

섬광의 정체가 뭔지는 모르겠지만 극심한 고통을 주는 듯했다.

두 손으로 섬광이 틀어박힌 목을 부여잡은 윤준호가 극독을 마신 사람처럼 미친 듯이 바닥을 뒹굴다가 움직임을 멈췄다.

마침내 벙커 안을 죽음의 공포로 몰아넣었던 윤준호가 숨을 거둔 것이다. 죽은 윤준호의 얼굴은 고통으로 잔뜩 일그러져 있었다. 죽는 순간까지 극심한 고통을 느낀 것 같았다.

윤준호의 목에는 사기그릇처럼 표면이 반질반질한 암기가 깊숙이 박혀 있었다. 최아영과 최민섭이 섬광이 날아온 방향으로 고개를 돌렸다. 그곳에는 숨을 거칠 게 몰아쉬는 수연이 서 있었다. 수연은 내상을 입은 듯 입가에 피가 약간 묻어 있었지만 몸을 움직이는 데는 큰 지장이 없는 모습이었다.

수연이 부녀에게 달려와 물었다.

"괜찮습니까?"

최아영이 떨리는 목소리로 물었다.

"바, 방금 그건 뭐였어요?"

"사문에 전해 내려오는 암기야."

수연 말대로 윤준호를 죽인 하얀 섬광의 정체는 바로 태을문에 전해 내려오는 백봉침이었다. 백봉침은 우건과 함께 설악산 태을문 비고에 들렀다가 얻은 진산지보(鎭山之寶)로, 방금처럼 적에게 사용할 경우 침에 들어 있는 바늘 같은 가시가 밖으로 튀어나와 적에게 엄청난 극통을 선사했다.

수연은 윤준호의 목에 박힌 백봉침을 뽑았다.

과연 태을문의 진산지보답게 피 한 방울 묻어 있지 않았다. 수연은 회수한 백봉침을 발목에 착용한 가죽집에 도로 넣었다.

최민섭 부녀가 무사한 것을 확인한 수연은 기절한 윤미

향을 먼저 진찰했다. 다행히 정신적인 충격 외에 다른 부상
은 보이지 않았다. 최아영에게 윤미향을 보살피게 한 수연
은 벽에 부딪쳐 쓰러진 강정훈에게 걸어갔다. 강정훈은 갈
비뼈가 넉 대나 부러졌지만 그 외에 다른 부상은 없는 듯했
다.

부러진 테이블 다리와 테이블보로 응급조치를 마친 수연
은 방폭문에 걸어가 밖의 동정에 귀를 기울였다. 방금 전까
지 들려오던 무기 부딪치는 소리가 지금은 들려오지 않았
다.

그때, 인터폰에 불이 들어왔다.

수연은 주위를 둘러보았다.

인터폰을 받을 사람이 그녀밖에 없었다.

강정훈은 중상을 입어 고통을 호소하는 중이었다. 그리
고 최아영은 다친 데는 없지만 정신적인 충격을 받아 다른
일을 할 수 없는 상황이었다. 또, 대통령은 기절한 부인을
옆에서 간호하느라 그 외의 다른 일에 신경을 쓸 틈이 없었
다.

수연은 인터폰 통화 버튼을 눌렀다.

-여보세요.

-사매?

우건의 목소리였다.

긴장이 풀린 수연은 다리가 떨리는 것을 억지로 참으며

물었다.

　-사형은 괜찮아요? 다친 데 없어요?

　-난 괜찮아. 그보다 안은 어때? 무슨 일 없었어?

　우건의 질문을 받은 수연은 고개를 돌려 벙커 안을 둘러
보았다. 마치 가축 도살장에 끌려와 있는 것 같은 기분이
들었다.

　윤준호의 실수에 당한 참혹한 시신이 여기저기 널려 있
었다. 그리고 그 시신에서 빠져나온 것이 분명한 피와 살
점, 내장 조각, 대소변이 역한 냄새를 풍기며 흩어져 있었
다. 그녀는 외과의사였다. 더구나 수술을 전문적으로 하는
흉부외과 의사였다. 그러나 사람의 몸에서 이렇게 많은 피
가 나올 수 있다는 사실을 방금 전까지는 전혀 실감하지 못
했다.

　수연은 우건에게 안에서 일어난 일을 간략히 설명했다.

　-문을 열어. 나와 쾌영문주가 안으로 들어가서 살펴봐야
겠어.

　-알았어요.

　수연은 지체 없이 방폭문 오픈 버튼을 눌렀다.

　10센티미터쯤 열려 있던 방폭문이 다시 금속끼리 부딪치
는 마찰음을 내며 서서히 열리기 시작했다. 수연은 방폭문
앞에 서서 천천히 열리는 문을 원망스러운 눈길로 쳐다보
았다.

벙커를 처음 찾았을 때, 천천히 열리는 방폭문을 향해 불평을 터트리는 최아영을 보며 성격이 참 급하다는 생각을 했었다. 한데 지금은 그녀가 최아영과 같은 마음이었다.

천천히 열리는 방폭문이 그렇게 원망스러울 수 없었다.

방폭문이 반쯤 열리는 순간, 익숙한 실루엣이 눈에 들어왔다.

훤칠한 신장에 태평양처럼 넓은 두 어깨가 먼저 보였다. 뒤이어 호수의 물처럼 담담한 눈빛과 잘빠진 검을 연상케 하는 쭉 뻗은 눈썹이 벙커 조명을 받아 신비한 매력을 풍겼다.

틀림없는 우건이었다.

수연은 벙커에 다른 사람이 있다는 사실을 자각하지 못할 정도로 기뻐 우건의 품에 덥석 안겼다. 우건은 그녀의 어깨를 몇 번 쓰다듬어 준 다음에 벙커 안을 천천히 둘러보았다.

그야말로 처참한 광경이었다.

수연과 대통령 가족이 비교적 멀쩡한 모습으로 살아 있는 게 기적처럼 보일 지경이었다. 뒤따라 벙커 안으로 들어온 원공후가 우건과 수연의 모습을 발견하곤 잠시 헛기침을 하였다.

헛기침 소리에 현실로 돌아온 수연이 부끄러워하며 우건의 품에서 빠져나왔다. 우건은 품에서 빠져나가는 수연을 지켜보다가 원공후에게 눈짓으로 지시를 내렸다. 고개를 끄덕인 원공후는 우선 최민섭의 가족부터 벙커 밖으로 빼냈다.

기절한 영부인을 생각하면 장소를 다른 곳으로 옮기는 게 맞아 보였다. 정신을 차린 영부인이 주변에 흩어져 있는 처참한 시신들에 놀라 다시 기절하면 골치만 아플 따름이었다.

어검술로 낙일마도 곽윤을 쓰러트린 우건은 그에게서 심상치 않은 얘기를 듣기 무섭게 관저로 돌아갔다. 벙커 방폭문 앞에선 원공후와 삼절도 하선웅이 여전히 대결 중이었다.

그러나 그 대결은 오래가지 못했다.

우건이 혼자 돌아온 모습에서 곽윤이 패했다는 사실을 유추해 낸 하선웅은 결국 항복을 택했다. 스스로 중과부적임을 선언한 셈이었다. 원공후 하나조차 제대로 이기지 못하는 상황에서 곽윤을 쓰러트린 우건이 가세하면 그가 이길 확률은 없는 것이나 마찬가지였다. 그리고 이개심이 지휘하던 양동공격 역시 당혜란과 김석이 지휘하는 경호실 주력에 막혔다는 소식을 들었던 터라, 그는 주저 없이 항복했다.

원공후가 하선웅을 제압하는 모습을 보며 우건은 인터폰으로 연락을 시도했다. 우건은 마음이 급한 상태였다. 귀혼청으로 들어본 결과, 벙커 안에서 그들이 모르는 어떤 급박한 상황이 펼쳐진 게 분명했다. 한데 다행히 수연이 맹활약한 덕분에 대통령 가족이 다치는 일은 일어나지 않았다.

원공후가 대통령 가족을 관저에 있는 방으로 데려가는 동안, 우건은 수연과 함께 대형 모니터로 밖의 상황을 관찰했다.

대형 모니터는 한창 진행 중인 당혜란과 이개심의 대결을 보여 주고 있었다.

두 사람이 얼마나 싸웠는지는 모르지만 이개심의 손발이 먼저 느려지는 중이었다. 모니터가 출력한 영상 속에서조차 확연히 느껴질 지경이었다. 이개심은 당혜란보다 나이가 열 살 가까이 많았다. 즉, 여든에 가까운 나이란 뜻이었다.

내력은 아직 괜찮을지 모르지만 체력적인 면에서는 문제가 생길 수밖에 없었다. 또 사랑하는 제자들의 시신을 연달아 목격한 터라, 체력배분을 전혀 하지 않은 상태였다. 머릿속을 가득 채운 분노가 이개심의 냉철함을 앗아가 버린 것이다.

물론 그를 그렇게 만든 사람은 우건이었다.

그로부터 10여 합이 더 지났을 때, 당혜란은 구도탈명비라는 이름대로 아홉 개의 비도를 전부 꺼내 이개심을 몰아붙였다. 그리고 아홉 개의 비도에서 전부 도기를 발출해 이개심의 요혈을 찔러 갔다. 땀을 비 오듯이 흘리던 이개심은 결국 대추혈(大椎穴)과 거궐혈(巨闕穴)이 찔려 비틀거렸다.

당혜란은 옛 동료에 대한 배려를 하려는 듯 재차 사혈을 짚어 이개심이 고통 없이 이승을 하직하도록 만들어 주었다.

이개심의 죽음으로 경호실과 특무대 이곽연합의 대결은 경호실의 완벽한 승리로 돌아갔다. 경호실은 무공을 익힌 경호원과 일반 경호원을 합쳐 20여 명의 사상자가 나왔지만, 이곽연합은 40여 명이 죽거나 다쳤으며 60여 명이 투항했다.

우건은 고개를 돌려 벙커 벽에 걸린 시계를 보았다.

새벽 4시 50분이었다.

조간신문을 실은 트럭이 청와대에 도착할 시간이었다.

당혜란과 김석 등은 손가락 하나 까딱하기 힘들 정도로 지쳤지만 직원과 기자들이 출근하기 전에 경내를 청소해야 했다.

그들은 먼저 부상자부터 수도권 지역의 각 병원에 분산 후송했다. 그리고 시신은 선팅을 짙게 한 승합차에 실어 모처로 날랐다. 시신의 장례 절차는 나중에 다시 의논할 계획이었다. 그리고 우건이 설치한 운중비선건곤진법 역시 해체했으며 핏자국과 발자국 등을 없애 최대한 흔적을 제거했다.

물론 시간이 촉박해 움푹 파인 도로와 중간부터 뚝 잘려 나간 아름드리나무, 유성이 떨어진 것 같은 현장까지 치울 수는 없었다. 출근한 직원과 기자들이 그 모습을 보면 의심 스러운 눈초리를 보낼 테지만, 지금은 어젯밤에 한 경호실 주도의 대테러 훈련 여파 때문으로 설명하는 수밖에 없었 다.

우건 일행은 그들이 처음 청와대에 나타났던 방식대로 조용히 청와대를 다시 나가야 했다. 정신을 차린 윤미향은 쾌영문으로 다시 돌아가려는 최아영의 양손에 옷가지와 반 찬거리를 잔뜩 안겨 주었다. 쾌영문에는 청와대 요리사보 다 요리를 더 잘하는 김철이 있었지만, 어머니의 사랑을 마 냥 무시할 수만은 없는 탓에 짐 한 보따리와 함께 차에 올 랐다.

여러 사람들의 만류에도 불구하고 차가 있는 곳까지 굳 이 따라 나온 최민섭은 우건과 그의 일행에게 귀에 딱지가 앉을 정도로 고맙다는 말을 반복했다. 사실, 우건 일행이 나타나 도움을 주지 않았으면 최민섭 부부는 지금쯤 끔찍 한 모습으로 출근한 직원들에 의해 발견되었을 것이다. 그 들의 시신을 수습해 줄 경호원들까지 전부 죽었을 테니까 말이다.

최민섭은 대통령이기 이전에 딸을 둔 아버지였다. 더욱이 그 딸이 눈에 넣어도 아프지 않을 무남독녀였던지라, 딸에 대한 그의 지극한 사랑은 가끔 아내의 질투마저 부를 지경이었다.

한데 그 딸이 다시 그의 품을 떠나려는 중이었다.

물가에 내놓은 어린아이를 보듯 조마조마할 수밖에 없었다.

원공후의 손을 잡은 최민섭이 거듭 당부했다.

"제 여식이 아직 여러모로 부족한 점이 많습니다. 아영이가 잘못하면 사부님께서 제 대신에 따끔하게 혼을 내 주십시오."

원공후가 연신 고개를 숙이며 대꾸했다.

"걱정 마십시오. 아영이는 제가 친딸처럼 잘 보살피겠습니다."

원공후에게 거듭 당부한 최민섭이 수연에게 걸어갔다.

"오 선생 덕분에 우리 가족이 목숨을 건졌소. 이 은혜는 절대 잊지 않으리다. 나중에 내 도움이 필요한 일이 생기면 언제든 연락을 주시오. 내 힘닿는 데까지 최선을 다해 보겠소."

"말씀만으로도 감사해요."

수연에게 고마움을 표현한 최민섭이 우건 쪽을 보았다.

"장 경호원, 아니 우 경호원에게 또 한 번 큰 신세를 졌소. 매번 도움을 받기만 하는 탓에 그대를 볼 면목이 없을 지경이오."

"그러실 필요 없습니다. 이는 제가 짊어져야 하는 사명이니까요."

최민섭이 영문을 모르겠다는 얼굴로 물었다.

"사명이라니? 그게 무슨 소리요?"

"언젠가는 그 이유를 말할 수 있는 날이 올 겁니다."

알겠다는 듯 고개를 끄덕인 최민섭이 목소리를 낮춰 물었다.

"내 제안은 생각해 봤소?"

"당시에 말씀드린 대로 전 제도권 안에서 활동할 수 없는 몸입니다. 따님을 통해 제 상황을 들으셨을 거라 생각합니다."

최민섭이 고개를 저었다.

"나는 대통령이오. 비록 힘이 없는 대통령이긴 하지만 우 경호원에게 새로운 신분을 만들어 줄 수 있는 능력 정돈 있소."

우건 역시 고개를 저었다.

"저는 제도권 밖에 있어야 더 쓸모 있는 사람입니다."

최민섭이 한숨을 푹 내쉬었다.

"우 경호원이 그렇게까지 말한다면야 할 수 없지. 하지만 내 제안은 계속 유효할 것이오. 생각이 바뀌거든 바로 연락 주시오."

"그리하겠습니다."

우건과 최민섭이 다른 사람들은 이해하기 힘든 주제로 대화를 나누는 동안, 그와 조금 떨어진 장소에서는 마찬가지로 최욱과 남영준이 대화를 나누었다. 최욱은 전음으로, 남영준은 자기 목소리로 대화하는 탓에 다른 사람들 눈에 약간 괴이하게 비춰졌지만 당사자는 신경 쓰지 않는 눈치였다.

우건이 진심이 가득 들어간 뜨거운 악수를 끝으로 최민섭과의 대화를 마쳤을 때였다. 최욱이 남영준을 그에게 데려왔다.

-며칠 전 다 같이 식사하는 자리에서 쾌영문주가 저에게 제자를 키워 보는 게 어떻겠냐는 제안을 했던 걸 기억하십니까?

-당연히 기억하오.

-그때, 제가 주공에게 특무대에 남아 있는 대원들 중에 한 명을 제자로 염두에 둔 적 있다는 말을 한 적이 있을 겁니다.

-역시 기억하오.

최욱이 남영준을 가리켰다.

-그 친구가 바로 이 남영준입니다.

우건은 피식 웃었다.

최욱이 이유를 모르겠다는 표정으로 물었다.

-왜 그러십니까?

－난 원래 운명이란 말을 싫어하오. 피할 수 없는 현실을 운명이란 말로 포장하려는 순간, 도망치는 것 같은 느낌이 들기 때문이오. 하지만 이번엔 그 말을 믿어야 할 것 같소.

최욱 역시 빙그레 웃었다.

평소에 표정이 거의 없어 딱딱해 보인다는 평을 받는 최욱을 생각하면 너털웃음을 터트린 것이나 마찬가지일 것이다.

－주공과 같은 생각입니다. 영준이가 방금 특무대에 있을 때 한성미디어랩 사건으로 최무환을 도와 주공을 치러 갔다가 주공의 은혜를 입어 혼자 살아남았단 말을 해 주더군요. 그 후엔 경호실에 연락해 자리까지 마련해 주셨단 말을 들었습니다. 운명이란 말 외엔 달리 설명할 방도가 없을 겁니다.

－그를 제자로 받아들일 생각이오?

－주공께서 허락하신다면 그럴 생각입니다.

－제자를 받는 일인데 내 생각은 별로 중요하지 않을 것 같소.

－그럼 허락하신 것으로 알겠습니다.

고개를 끄덕인 최욱이 전음으로 남영준에게 무언가를 전했다.

전음을 들은 남영준은 우건 앞에 넙죽 엎드렸다.

"규정문 입문을 허락해 주셔서 감사합니다."

그 모습을 본 다른 사람들이 남영준에게 축하의 말을 건 넸다. 남영준 역시 기뻐하며 사람들의 축하에 서둘러 답례 했다.

당혜란의 허락을 받은 남영준은 그날 바로 규정문에 합 류했다.

우건 일행은 청와대 직원과 청와대 출입기자들이 출근하 기 전에 경호실이 내준 승합차에 올라 수연의원으로 돌아 갔다.

청와대를 출발한 승합차가 경복궁을 막 지났을 때였다.

옆자리에 앉은 수연이 우건에게 물었다.

"아까 대통령이 사형에게 뭘 제안했던 거예요?"

"나에게 특무대 대장을 맡아 달라더군."

그 말에 선잠이 들었던 사람들이 하나둘 일어나 우건을 보았다.

원공후가 급히 물었다.

"청와대가 특무대를 재건할 생각인 겁니까?"

우건이 고개를 끄덕였다.

"그런 것 같소."

수연이 급히 물었다.

"대통령의 제안을 왜 거절한 거예요?"

"대통령에게 한 대답과 같아. 난 제도권 밖에 있을 때 더 쓸 모가 있는 사람이야. 법이나 규제는 나와 맞지 않는 옷이지."

이해한다는 듯 고개를 끄덕인 수연이 의자에 기대 눈을 감았다.

밤새도록 긴장을 풀지 못한 탓에 잠이 쏟아지는 모양이었다. 다른 사람들 역시 다르지 않은 듯 승합차가 곧 조용해졌다.

주변을 둘러본 우건이 원공후에게 전음으로 물었다.

-태을양의미진진에 있던 고수들 중에 화산파 출신이 있었소?

원공후가 전음으로 되물었다.

-청와대에서 제가 모르는 일이 있었습니까?

우건은 교오랑 황도진을 상대할 때 있었던 일을 자세히 얘기해 주었다. 원공후는 제로팀에서 세 손가락에 드는 고수인 황도진이 우건에게 패해 도망친 것으로 알았지만, 그 속에는 좀 더 복잡한 이야기가 숨어 있었다. 황도진은 오른 손으로 그가 자랑하는 전뢰십삼도법을 펼쳐 우건을 몰아붙였다.

그때, 우건은 내력 소모를 줄이기 위해 천지검법 대신 수연에게 가르쳐 주던 일로추운검법으로 그를 상대했다. 작전은 대성공이었다. 황도진은 우건의 일로추운검법에 당해 오른 손목이 절반 이상 잘려 나갔다. 오른손을 쓰는 도수가 도를 쥐는 오른손을 잃었다면 이미 죽은 목숨이나 진배없었다.

한데 상황이 전혀 예상치 못한 방향으로 흘러갔다.

황도진이 갑자기 우수도(右手刀)에서 좌수검(左手劍)으로 전환한 것이었다. 즉, 오른손으로 도법을 펼치던 고수가 왼손으로 검법을 펼치기 시작했다는 말이었다. 심지어 왼손으로 펼친 검법이 구파일방의 하나인 화산파의 매화삼십육검이었다. 우건은 친한 친구가 화산파 대제자였던 탓에 매화삼십육검을 누구보다 잘 알았다. 그가 잘못 볼 리 없었다.

한데 더욱 큰 문제는 전뢰십삼도법보다 왼손으로 펼치는 매화삼십육검의 경지가 더 높다는 점에 있었다. 이는 황도진이 화산파 검법이 담긴 비급을 훔쳐 배웠거나, 우연한 기회에 연이 닿아 화산파 검법을 배운 게 아니라는 뜻이었다.

즉, 아주 어렸을 때부터 화산파 존장의 체계적인 지도를 받아 가며 전력으로 검법을 연성한 본산 제자의 솜씨란 뜻이었다.

우건은 황도진이 태을양의미진진에 갇혀 있던 화산파 출신 고수였을 가능성과 화산파 출신 고수에게서 검법을 배운 후예일 가능성을 알아보기 위해 원공후에게 질문을 던졌다.

우건의 설명을 들은 원공후가 고개를 저었다.

-제가 알기론 없습니다. 그날 제천회 대청에 소림에서 파계당한 파계승과 무당파 속가제자, 그리고 공동파와

청성파, 점창파, 개방 출신은 있었지만, 화산파 출신은
없었습니다.

　-확실하오?

　-확실합니다. 기억력은 제가 가장 자신 있어 하는 분야
니까요.

　-그럼 황도진은 대체 어디서 화산파 무공을 배웠단 것이
오?

　-저 역시 그게 의문입니다. 좌수를 쓰는 검객은 흔하지
않은데…….

　그때였다.

　원공후가 뭔가를 떠올린 듯 미간을 잔뜩 찌푸렸다.

　잠시 후, 뭔가를 떠올리려 애쓰던 원공후가 눈을 크게 떴
다.

　-화산파 출신 중에 좌수검을 쓰는 자는 한 명 압니다.

　-그게 누구요?

　-매천소검랑(梅天小劍郎) 황세광(黃世光)입니다.

　-어떤 자요?

　-화산파 일대제자였는데 화산파 장문 직계제자와 허락
받지 않은 비무를 벌이다가 직계제자의 한 팔을 잘라 버렸
답니다.

　-그 일로 쫓겨난 거요?

　-쫓겨났다기보다는 화산파가 그를 징벌하려들 때 먼저

도망쳤단 표현이 더 맞을 겁니다. 나중에 화산파의 추적을 피해 강남 모용세가(慕容世家)에 적을 뒀단 소문을 들었습니다.

–강남 모용세가면 오대세가 중에 하나가 아니오?

–그렇습니다. 화산파의 세가 강하다곤 하지만 무섭게 성장한 오대세가 전체를 상대로 전쟁을 벌일 순 없어 물러났다 들었습니다.

우건은 고개를 끄덕였다.

구파일방은 지금으로 따지면 느슨한 연방에 가까웠다. 남마교의 출현처럼 다 함께 뭉쳐야 할 때를 제외하면 다른 문파를 간섭하지 않았다. 반대로 간섭받는 일 역시 꺼려 하였다.

독립성과 자주성을 중시하는 것이다.

반도 하나 때문에 구파일방 전체를 동원할 수 없단 뜻이었다.

반면, 오대세가는 혈연과 혼사를 이용해 맹방을 구축했다. 즉, 어떤 세가가 공격을 받으면 다른 네 세가는 맹약에 의해 자동으로 참전할 수밖에 없었다. 화산파가 모용세가에 쳐들어가 황세광을 죽이려면 오대세가와 싸워야 한단 뜻이었다.

우건은 다시 전음으로 물었다.

–제로팀 황도진과 매천소검랑 황세광이 연관이 있는 것 같소?

원공후는 고개를 저었다.

–잘 모르겠습니다. 황도진은 청와대서 봤지만 황세광은 말만 들었지 직접 본 적이 없으니까요. 그런 이유로 두 사람 사이에 어떤 연관이 있는지 지금으로선 알 방법이 없습니다.

원공후의 말을 들은 우건이 잠시 생각한 후에 물었다.

–제천회 대청에 황세광이 없었던 건 확실하오?

–제 기억력을 믿지 못하시는 겁니까?

–믿지 못해서가 아니라, 확실히 해 두기 위해서요.

–없었습니다.

고개를 끄덕인 우건은 눈을 감으며 등받이에 머리를 기댔다.

원공후의 대답은 우건에게 많은 생각을 하게 만들었다.

가장 먼저 든 의문은 황도진이 누구에게, 그리고 어디에서 화산파 무공을 배웠는지의 여부였다. 가장 먼저 떠오른 가능성은 화산파가 400년 넘게 명맥을 고스란히 유지해 제자를 키운 경우였다. 그러나 그 가능성은 떠오름과 동시에 기억에서 지워졌다. 그럴 가능성은 없는 것이나 마찬가지였다.

태을문 제자의 후손으로 보이는 송대길이 불완전한 무공 비급을 물려받았긴 했지만 검귀 소우, 패천도 강익, 무령신녀

천혜옥을 만나기 전에는 초식을 연마하는 수준에 불과했다.

한데 송대길의 예는 극히 드문 경우였다. 화산파에 똑같은 일이 일어났을 가능성은 확률로 보면 복권 당첨보다 어려웠다.

그렇다면 두 번째 가능성을 생각해 봐야 했다.

두 번째 가능성은 황도진이 태을양의미진진에 갇혀 있다가 현대무림으로 넘어온 고수 중 한 명이거나, 아니면 그 고수의 후예일 가능성이었다. 그러나 기억력에 자신 있다는 원공후에 따르면 그중에 화산파 무공을 익힌 자는 없었다.

세월이 많이 지난 탓에 원공후의 기억력에 오류가 생겼을 수 있었다. 아니면 대청에 갇혀 있던 100여 명의 고수 중에 원공후가 모르는 비밀을 간직한 고수가 있었을 수 있었다.

물론 우건은 이 두 번째 가능성에 가장 큰 점수를 주었다. 원공후의 견문이 아무리 넓다 해도 고수 100여 명이 무명을 얻기 전에 어떤 삶을 살았는지까지 다 알 순 없는 노릇 아닌가.

고수들 중 한 명이 젊은 시절에 화산파 전대 고인(高人)을 만나 화산파 무공을 배웠을 가능성이 있었다. 그에게 무공을 가르친 이유야 붙이기 나름이었다. 전대 고인이 남긴 사생아라든가, 아니면 죽을 고비에 처한 고인을 도와주는 은혜를 베풀었다든가, 그도 아니면 그저 운이 억수로 좋은 걸지도 몰랐다.

그러나 화산파 전대 고인에게 화산파 무공을 배운 고수는 화산파 기명제자(記名弟子)로 인정을 받지 못하는 탓에 화산파 무공을 사용하는 즉시, 무공의 외부 유출을 극히 꺼리는 화산파가 보낸 살수들에 의해 죽임을 당할 가능성이 높았다.

그 고수는 그런 이유로 화산파 무공을 숨긴 채 평생을 살아오다가 제천회 대청에서 현대무림으로 넘어왔을 수 있었다.

그리고 현대무림에 넘어와 거둔 제자에게 전뢰십삼도법과 화산파 무공을 같이 전수했을 가능성도 있었다. 이러면 황도진이 화산파 무공을 사용하는 게 그리 이상한 일은 아닐 것이다.

더욱이 도법을 펼치는 오른손을 다쳐 목숨이 위급한 상황에서라면 왼손으로 화산파 무공을 쓸 수밖에 없었을 것이다.

우건은 심정적으로 두 번째 의견에 더 지지를 보냈지만 세 번째 경우를 생각해 보지 않을 수 없었다. 가능성이 희박하기는 하지만 그들과는 전혀 다른 방법으로 현대무림으로 넘어온 무인이 이곳에 존재할 가능성이었다. 만일 세 번째 경우라면, 원공후가 들어본 적 있다는 매천소검랑 황세광이 우건이 맞닥뜨린 교오랑 황도진과 동일인물일 가능성이 아주 높았다.

왼손으로 화산파 검법을 펼치는 고수는 극히 적을 수밖에 없었다. 지금이야 주로 쓰는 손이 왼손이든 오른손이든 상관하지 않지만, 당시엔 왼손을 쓰는 행동이 순리를 거스르는 행동이나 같았다. 더욱이 그 대상이 무인이라면 더 심했다.

오른팔을 다쳐 왼팔을 쓸 수밖에 없는 상황이 아닌 다음에야, 멀쩡한 오른팔 대신 왼팔로 무공을 익히는 무인은 없었다.

우건은 세 번째 경우가 아니기를 마음속으로 빌었다.

만일 세 번째 경우라면, 중원 무림에서 현대무림으로 넘어온 무인의 숫자가 몇 명인지 갈피조차 잡을 수 없단 뜻이었다.

태을양의미진진에 갇혀 있다가 현대무림으로 넘어왔을 때는 100여 명에 불과했지만 5, 60년이 지난 지금은 수천, 아니 수만 명에 달하는 상황이었다. 한데 그런 상황에서 태을양의미진진이 아닌 다른 방법으로 이곳에 넘어온 고수들이 존재한다는 말은 그 숫자가 더 늘어날 수 있단 뜻이었다.

그리고 무인이 늘어나면 늘어날수록 일반 국민들은 피해를 볼 수밖에 없었다. 전혀 새로운 양상이 펼쳐지는 것이다.

우건은 눈을 감은 상태에서 계속 두 번째 가능성이 맞길 기도했다. 그러나 기도할 때마다 알 수 없는 불안감이 등줄기를 서늘하게 만드는 것을 느껴야 했다. 결국, 우건은 경호실 승합차가 목적지에 도착할 때까지 잠 한숨 자지 못했다.

7장. 인간관계(人間關係)

　우건은 철저했다.

　당혜란과 진이연은 믿지만 경호실에 근무하는 모든 경호원을 다 믿지는 않았다. 아니, 믿을 수 없다는 표현이 맞았다.

　나중에 밝혀지기는 했지만 벙커 안에서 최민섭을 암살하기 위해 애쓰던 윤준호는 이개심이 숨겨 놓은 제자였다. 그런 점에서 보면 윤준호가 동료를 살해할 때 이개심의 성명절기인 낭아쇄심수를 사용한 것이 그리 이상한 일이 아니었다.

　지금까지 이개심이 거둔 제자는 열한 명으로 알려져

있었지만 실제로는 윤준호를 더해 열두 명이었다. 다만, 윤준호는 처음부터 당혜란을 감시할 목적으로 받아들인 제자라 성격이 조금 달랐다. 윤준호는 원래 당혜란 제자 중 한 명에게 무공을 배워 특무대 가입 초기부터 당혜란 일파에 속했다.

그러나 윤준호는 야망이 큰 사내였다. 세력이 약한 당혜 란보다는 강한 세력을 구축한 이개심 쪽에 마음이 기울어 있었다. 이를 귀신같이 눈치 챈 이개심은 윤준호를 자신의 문하에 몰래 받아들여 그의 성명절기인 낭아쇄심수를 전수했다.

재능이 떨어진다는 이유로 당혜란의 성명절기인 구도탈 명비도법을 배우지 못한 윤준호로서는 선뜻 낭아쇄심수를 가르쳐 주는 새로운 사부 이개심의 배려에 감동할 수밖에 없었다.

이곽연합과 반정회가 본격적으로 반목하기 시작했을 때, 이개심은 윤준호에게 반정회와 함께 움직이라는 지시를 하달했다.

윤준호는 이개심의 지시를 충실히 수행했다. 당혜란이 청와대 경호실로 옮겨 갈 때 가장 먼저 합류 의사를 밝혔다. 그런 점이 당혜란의 신임을 얻는 데 크게 작용하여 관저 벙커를 지키는 세 명에 들어가는 데 성공했다. 가장 중요할 수 있는 최민섭의 근접경호를 아무에게나 맡길 수 없어 당혜란은 그녀가 신임하는 요원을 특별히 골라 그 임무를 맡겼다.

물론, 당혜란은 윤준호가 이개심이 몰래 거둔 제자라는 사실을 끝까지 몰랐다. 그리고 그 바람에 최민섭 부부가 목숨을 잃을 위기에 처했지만 수연의 활약 덕분에 무사히 지나갔다.

한데 경호실에 잠입한 첩자는 윤준호가 끝이 아니었다.

추가로 반정회 출신 경호원 세 명이 이곽연합 첩자로 밝혀졌다. 또 경호실에서 지위가 가장 높은 이명호 역시 이곽연합에 돈으로 매수당해 관저 벙커 방폭문을 열려고 했다.

만일 이명호의 낌새가 이상하다는 것을 눈치 챈 수연이 도중에 막지 않았으면, 천추의 한을 남길 뻔했다. 곽윤과 하선웅이 이명호의 도움으로 벙커 방폭문을 여는 데 성공했다면 최민섭 가족은 물론이거니와 수연 역시 무사하기 어려웠다.

경호실을 믿지 않은 우건은 수연의원과 여섯 블록 떨어진 곳에서 하차해 수연의원까지 도보로 이동했다. 일행이 수연의원과 쾌영문에 도착했을 땐 날이 이미 완전히 밝아 있었다.

다들 물을 잔뜩 먹은 솜처럼 몸이 무거워 보였다.

밤을 꼴딱 새운 데다 거의 대여섯 시간 가까이 긴장한 상태에서 적과 교전한 탓에 파김치처럼 어깨들이 축 쳐져 있었다.

그러나 돌아가 바로 쉴 수는 없었다.

우선 외상을 입은 사람들이 많아 치료가 먼저였다.

의원 문을 연 수연은 쾌영문 제자임과 동시에 수연의원 간호사란 직업을 가진 이진호의 도움을 받아 부상이 심각한 사람들부터 치료했다. 부상이 가장 심한 사람은 단연코 최욱이었다. 최욱은 혼자서 제로팀 소속 고수 운림고학 성민준과 금강일두 제경욱 두 명을 쓰러트리는 기염을 토했다. 물론, 그 바람에 외상과 내상을 크게 입어 치료가 시급했다.

최욱 다음에는 우건, 원공후, 김 씨 삼형제 등이 차례로 치료를 받았다. 실력이 떨어지는 탓에 사부와 사형들이 싸울 때 지켜보는 일이 더 많았던 임재민과 이진호조차 찰과상과 타박상을 입어 치료가 다 끝났을 때는 오전이 지나 있었다.

의원 문을 하루 닫기로 결정한 수연은 우건과 함께 옥상 연공실을 찾아 내상 치료에 나섰다. 우건의 내상은 적에게 당해 생긴 내상이라기보다는 짧은 시간 동안 내력을 과도하게 사용한 탓에 생긴 내상이었다. 더구나 운기요상 할 틈이 없어 내상이 오장육부를 넘어 골수에까지 미친 상황이었다.

반면 수연은 벙커 안에서 윤준호가 동귀어진을 노리며 낭아쇄심수의 쌍호대노를 펼친 윤준호를 일로추운검법으로 막을 때 내상을 입어 운기요상이 필요했다. 수연이 일로추운검법으로 윤준호의 미간을 그대로 찔러 갔으면 내상을 입는 일은 없었다.

그러나 사람을 죽인다는 게 마음처럼 쉽지 않았다.

수연은 마지막 순간에 녹주검의 검봉을 살짝 비틀어 윤준호의 관자놀이와 귀를 찢는 선에서 멈추었다. 평범한 사람에게는 그런 부상이 중상으로 느껴질 테지만 윤준호와 같은 지독한 자에게는 피육이 약간 찢어지는 정도에 불과했다.

부상을 당한 바람에 윤준호가 동귀어진을 노리며 날린 쌍호대노 역시 같이 빗나갔지만 불행히 완전히 빗나가지는 않았다. 그중 하나가 수연의 가슴을 때리는 데 성공한 것이다.

내상을 입은 수연이 물러서는 순간, 윤준호가 기다렸다는 듯 몸을 돌려 최민섭을 덮쳐 갔다. 윤준호는 부상을 당하기 전에 이미 수연의 상대가 아니었다. 한데 부상까지 입은 상황에서 수연을 이길 리 만무했다. 수연이 쓰러지는 모습을 본 윤준호는 원래 계획대로 최민섭의 암살을 시도하기 위해 그쪽으로 몸을 날렸다. 물론 정신을 차린 수연이 백봉침으로 윤준호의 목을 정확히 맞춰 버린 바람에 실패했다.

수연은 윤준호의 일로 우건이 평소에 즐겨하던 격언의 의미를 깨달을 수 있었다. 상대를 죽일 수 있을 때 죽여야 후환이 남지 않는다는 격언이었다. 그녀가 애초에 윤준호의 미간을 꿰뚫어 버렸으면 그녀가 내상을 입을 일이 생기지 않았다. 그리고 최민섭이 위험에 처하는 일 역시 생기지 않았다.

수연이 이번에 실전을 제대로 치러보지 않았으면 절대 깨닫지 못했을 격언이었다. 그녀는 이번 일로 한 단계 성장했다.

내상이 비교적 가벼운 수연은 다음 날 바로 수연의원에 정상 출근할 수 있었지만 내상이 심한 우건은 연공실에서 보름 가까이 운공요상한 후에야 원래 상태로 돌아올 수 있었다.

그러나 우건 역시 이번 일로 얻은 소득이 적지 않았다.

그는 아주 짧은 시간 동안 어검술을 사용하는 데 성공했다. 비록 그 바람에 내상을 크게 입어 보름간 운기요상해야 했지만 어쨌든 실전에서 어검술을 펼쳤다는 점이 중요했다.

우건은 운기요상하는 틈틈이 곽윤을 상대로 펼쳤던 어검술을 연구하며 한 단계 높은 경지로 가기 위한 초석을 쌓았다.

우건이 연공실에서 나왔을 때 세상은 그야말로 혼돈의 도가니로 변해 있었다. 이곽연합을 제거한 대통령은 바로 개혁의 칼을 꺼내 들었다. 먼저 이곽연합이 줄을 댄 경찰, 검찰, 법원, 각 행정부처 고위 관료들을 찾아내 발본색원하였다.

관료들의 반발이 거셌지만 최민섭은 뚝심 있게 밀어붙여 고위 관료들과 이곽연합의 연결 고리를 완전히 끊어 버렸다. 제천회, 한정당의 잔당이 여전히 남아 있어 고위 관료 전체를 일신하진 못했지만 어쨌든 개혁의 기반은 닦은 셈이었다.

최민섭이 정치권, 각 행정부처를 상대로 자비 없는 사정 (司正)의 칼날을 휘두르는 동안, 당혜란은 이곽연합의 청와대 습격 사건을 마무리 짓느라 정신없는 나날을 보내는 중이었다.

먼저 이곽연합과 내통해 국가원수인 대통령을 시해하려 한 경호실장 이명호는 즉각 경질조치에 취해졌다. 이명호는 그를 살려 줄 거란 생각을 전혀 못한 듯 두말없이 받아들였다.

국가원수를 시해하려 했다는 말은 국가반역죄를 저질렀다는 말과 다르지 않았다. 한데 그런 범죄를 저지른 자를 살려 주는 데다 연금까지 준다는데 기꺼워하지 않을 도리가 없었다.

경호실 입장에서야 적과 내통한 이명호가 곱게 보일 리 만무했지만 경호실장이 죽거나 감쪽같이 사라져 버리면 더 큰 문제로 이어질 가능성이 있었다. 경호실장은 장관급 인 사였다. 갑자기 사라져 버릴 수 없는 위치의 사람이라는 뜻 이었다.

기자들이 냄새를 맡는 날에는 시끄러워질 게 분명했다.

경호실 입장에선 울며 겨자 먹기인 셈이었다.

앞으로 한정당, 제천회, 언론과 접촉하지 말라는 당혜란 의 경고를 받은 이명호는 몇 달 후 도망치듯 한국을 떠나야 했다.

한편 비어 있는 경호실장 자리에는 대통령 가족을 지키 기 위해 주저 없이 적에게 몸을 던진 강정훈이 내정되었다. 강정훈은 윤준호에게 부상당해 갈비뼈가 넉 대나 부러졌지 만 태어날 때부터 강골인 듯 열흘 만에 복귀해 임명장을 받 았다.

그러나 강정훈은 언론과 국민을 속이기 위한 눈속임에 가까웠다. 속된 말로 바지사장에 가까워 경호실 전권은 거 의 다 경호실 차장인 당혜란의 손에 들어가 있었다. 그러나 강정훈은 불만을 드러내지 않았다. 경호실장 자리에 이름 을 올리기 전에 이미 당혜란에게 경호실 전권이 있으니까 옆에서 그녀를 잘 도와주라는 최민섭을 부탁을 받은 것이 다.

사람들은 초반에 당혜란과 강정훈 사이에 팽팽한 기 싸움이 있을 거라 예상했다. 전 경호실장 이명호가 그랬던 것처럼, 당혜란이 장악한 경호실 안에서 자기 세력을 구축하기 위해 어떤 방식으로든 움직임을 드러낼 거라 예상한 것이다.

그러나 사람들의 예상은 형편없이 빗나갔다.

강정훈은 오히려 당혜란을 찾아가 자신을 제자로 받아달라 간청했다. 그리고 간청이 받아들여진 후에는 당혜란을 사부로 모시며 무공을 배웠다. 강정훈은 대한민국 최강 대테러부대에서 교관까지 역임했던 사람이었다. 특히 사격에서는 전군을 통틀어 다섯 손가락 안에 들어가는 실력자였다.

한데 강정훈은 악귀처럼 덤벼드는 윤준호를 상대로 그가 자랑하는 사격 실력을 채 선보이기 전에 장력에 맞아 기절했다.

강정훈과 같은 일반 경호원이 윤준호와 같은 뛰어난 실력의 살수에게서 경호대상을 경호하려면 전투기로 미사일을 발사해 막거나, 아니면 포병에게 지원을 요청해야 할 판이었다.

강정훈은 그런 불상사를 미연에 방지하기 위해 직급만 보면 하급자에 해당하는 당혜란을 찾아가 머리를 숙이는 용기를 보여 주었다. 말이 쉽지, 이는 절대 쉽지 않은 일이었다.

이명호와 강정훈 일을 처리한 다음에는 그날 일로 목숨을 잃은 경호원과 특무대 대원들의 문제를 해결해야 했다. 경호원은 물론이거니와 특무대 대원들 역시 경찰 편제에 들어가 있는 정식 공무원이었다. 공무원 수십 명이 사라져 버린 지금 상황을 설명하려면 그에 맞는 변명거리가 필요했다.

당혜란은 경호실과 특무대가 함께 떠난 하계 대테러 합동훈련에서 사고가 발생한 것으로 발표했다. 육군 소속 수송헬리콥터가 사고로 바다에 추락해 사망한 것으로 발표한 것이다.

사망 27명, 부상 31명이 나온 대형 참사였다.

당혜란이 사고처럼 조작해 준 덕분에 사망한 경호원과 특무대 대원들의 유가족은 그에 합당한 보상을 받을 수 있었다. 당혜란이 사망한 사람들을 단순 실종처리를 했다면, 공무 중 순직처리가 불가능해 보상 한 푼 받기가 힘들었다.

사망자 처리까지 마친 당혜란은 바로 특무대 재편에 나섰다. 이곽연합 주요 수뇌부가 전부 사망한 상황이라, 당혜란의 의지를 꺾을 수 있는 인물은 현재 특무대에 남아 있지 않았다.

당혜란은 특무대 대장에 창천신도 김석을 임명했다. 그리고 제로팀 팀장에 이번에 펼친 활약 덕택에 옥수신녀(玉手神女)라는 별호를 얻은 진이연을 임명했다. 당혜란은 제천회가 언제 대통령을 노릴지 알 수 없는 탓에 몸을 빼기가 힘들어 김석과 진이연 두 명이 특무대 일을 상의해 처리했다.

특무대를 재건하려면 일단 특무대를 채울 대원이 필요했다.

다행히 후보는 많았다.

천중추권 서균, 흑수선 노선영, 삼절도 하선웅처럼 누군가에게 패해 항복한 대원들이 있는가 하면, 남영준의 설득을 받아 항복한 대원들 역시 많아 채우려면 금방 채울 수가 있었다.

그러나 항복한 대원들을 특무대에 몰아넣을 순 없는 일이었다.

그들이 다시 한데 뭉쳐 이곽연합의 후신을 만들면 김석과 진이연이 그들을 제어하지 못해 전과 같은 과오를 범할 우려가 있었다.

수십 명의 희생 덕에 간신히 재건한 특무대를 다시 예전처럼 이곽연합과 반정회 두 개로 쪼개 버릴 순 없는 노릇이었다.

당혜란은 이개심의 제자이긴 하지만 반정회에 그리 적대적이지 않은 태도를 보여 왔던 흑수선 노선영과 제로팀에서 가장 인품이 뛰어나다는 평가를 받는 천중추권 서균을 특무대에 보내는 한편, 곽윤과 가까웠던 삼절도 하선웅을 경호실로 적을 옮기게 하여 가까이서 그를 감시하기로 하였다.

그런 식으로 항복한 특무대원들 중 배반할 가능성이 남아 있는 자들은 경호실에, 아닌 자들은 다시 특무대에 돌려보냈다.

열흘 후, 조직을 개편한 특무대는 대장 김석과 제로팀 팀장 진이연의 영도 아래 활동을 재개했다. 물론 특무대의 새로운 목표는 정권을 전복하려 드는 제천회의 완벽한 말살이었다.

경호실과 특무대가 재편을 서두르는 사이, 내상 치료를 마친 우건은 뒤이어 열린 남영준의 규정문 입문 행사에 참석했다.

최욱은 개파대전, 제자 입문식과 같은 강호 행사에 대한 지식이 별로 없는 관계로, 원공후가 옆에서 적당히 도와주었다.

남영준의 입문식을 무사히 마친 다음에는 김철이 만들어 온 진수성찬과 원공후가 내놓은 명주로 다들 기분 좋게 취했다.

그로부터 며칠 동안은 평범한 일상이 이어졌다. 그러나 그 평범한 일상은 충격적인 어떤 소식으로 인해 무참히 깨어졌다.

물론 충격적인 소식이 꼭 나쁜 소식이란 법은 없었다.

우건이 수연과 함께 저녁식사를 마친 다음 차를 마실 때였다.

원공후가 수연의원 수간호사 정미경과 함께 예고 없이 방문했다. 원공후나 정미경이 의원 2층에 올라오는 일이 그다지 드문 일은 아니었다. 원공후는 수연의원을 찾아 우건과 무학을 주제로 담론하는 일을 아주 즐겼다. 수연 역시 원공후의 방문을 즐겼다. 원공후가 올 때마다 그녀가 경험해 보지 못한 강호무림에 대한 이야기를 해 주기 때문이었다.

구파일방, 오대세가, 마교, 배교, 사파, 녹림, 흑도 등 원공후의 입에서 강호와 관련된 이야기가 나올 때마다 수연은 마치 할머니에게 옛날이야기를 듣는 아이처럼 아주 좋아했다.

또 정미경은 요리 솜씨가 탁월해 각종 밑반찬과 사골곰탕처럼 오래 끓여야 맛있는 국을 냉동해서 가져다주고는 하였다.

그러나 원공후와 정미경이 같이 올라오는 일은 아주 드물었다.

아니, 이번이 처음이었다.

수연은 뭔가 눈치 챈 듯 보였지만 우건에게 말해 주진 않았다.

수연이 이제 손님이라기보다는 가족에 더 가까운 두 사람에게 커피와 과일을 가져다준 다음 우건 옆에 앉았을 때였다.

원공후가 머리를 긁적이며 쑥스러울 때 나오는 미소를 지었다.

우건이 원공후와 정미경을 번갈아 보다가 물었다.

"할 말이 있어 온 게 아니었소?"

"음, 에, 그러니까, 거시기……."

원공후가 헛기침을 하며 말을 더듬을 때였다.

한숨을 쉰 정미경이 원공후의 옆구리를 슬쩍 건드렸다.

그 순간, 원공후는 마치 작살을 맞은 물고기처럼 몸을 떨었다.

원공후와 같은 절정고수가 정미경의 가벼운 손짓에 저리 당황할 리 만무했다. 두 사람 사이에 뭔가 있는 게 분명했다.

그때, 자세를 바로 한 원공후가 비장한 표정으로 말했다.

"이번 가을에 여기 있는 미경 씨와 혼인하기로 마음먹었습니다."

수연이 박수를 치며 좋아했다.

"정말 축하드려요, 두 분."

우건은 깜짝 놀라 수연에게 물었다.

"사매는 알고 있었어?"

수연이 방긋 웃으며 대답했다.

"대충은요."

우건은 먼저 결혼을 약속한 두 사람에게 축하의 말을 건넸다. 그리고 수연에게 연공실에 있는 목곽을 가져오게 했다.

수연이 가져온 목곽을 보며 원공후가 물었다.

"그건 뭡니까?"

"원앙단(鴛鴦丹)이란 것이오."

우건 말대로 목곽 뚜껑에 원앙 한 쌍을 조각한 그림이 있었다.

우건은 목곽을 열어 원공후와 정미경에게 보여 주었다.

목곽에는 밤톨 크기만 한 연분홍색 영단이 두 개 들어 있었다.

우건은 영단을 원공후와 정미경에게 하나씩 나눠 주었다.

"원앙단은 태을문 비전으로 만든 영단인데, 부부가 함께 복용하면 백년해로할 수 있소. 초야에 하나씩 복용한 다음에 내가 말해 주는 구결에 따라 운기하면 부부 모두에게 큰 효험이 있을 것이오. 비록 약소하지만 두 사람의 혼인을 축하하는 뜻에서 드리는 선물이니까 사양치 않으셨으면 좋겠소."

원공후가 감동한 듯 코를 훌쩍거리며 영단을 받았다.

"약소하다니요. 저희 부부에게는 가장 뜻깊은 선물일 겁니다."

"그렇게 생각해 주면 고맙겠소."

우건은 원공후에게 전음으로 구결을 불러 주었다.

태을문은 음양의 조화를 중시하는 문파다 보니 남녀의 혼인에 관대했다. 아니, 관대함을 넘어 권장하기까지 했다. 음양이란 천지간에 존재하는 기운을 성질에 따라 구분하는 말인데, 그 대표적인 예가 남자가 가진 양기와 여자가 가진 음기였다.

양기와 음기가 조화를 이루기 위해서는 남녀가 혼인하여 서로가 지닌 기운을 상대에게 나눠 주는 것이 가장 확실했다.

도가에서 양생법(養生法)의 하나로 방중술(房中術)이 발전한 이유가 그것이었다. 구결은 그리 어렵지 않은 듯했다. 원공후는 두 번 물어보는 일 없이 구결을 한 번에 다 외웠다.

암기력이 좋아서라기보다는 원앙단, 초야, 방중술과 같은 단어가 주는 이미지가 그를 엄청나게 집중하게 만든 듯했다.

원공후와 정미경은 30분쯤 더 머무르다가 돌아갔다.

다음 날, 예비부부는 제자들과 최욱, 남영준 사제 등에게 두 사람의 혼인 사실을 알렸다. 소식을 들은 사람들은 두

사람의 혼인을 자기 일처럼 기뻐하며 백년해로를 기원했
다.

쾌영문이 문주의 혼인 준비로 떠들썩할 무렵.

쾌영문과 수연의원에 좋은 소식이 하나 더 날아들었다.

이번에 은수가 주연으로 출연한 영화가 새로 개봉한다는
소식이었다.

은수는 작년에 촬영한 사극영화의 흥행 덕분에 톱스타로
자리매김했다. 텔레비전을 틀면 은수가 찍은 광고가 연달
아 나왔다. 얼마 전엔 올 가을에 촬영이 들어가는 드라마와
내년에 크랭크인 예정인 영화 두 작품의 계약까지 마쳤다.

은수는 새로 개봉하는 영화의 VIP 시사 초대권 10여 장
을 쾌영문과 수연의원에 보내 주었다. 인피면구로 얼굴을
가린 쾌영문 문도들은 VIP 시사회에 참석한 모양이지만 우
건과 수연은 기자와 평론가, 연예인이 바글거리는 VIP 시
사회가 썩 내키지 않아 따로 표를 끊어 조용히 관람할 계획
을 세웠다.

수연은 쉬는 날에 맞춰 영화 티켓을 두 장 예매했다. 사람
이 많은 장소를 우건이 싫어하는 탓에 조조 시간대로 골랐
다. 영화 시작 시간은 조조가 으레 그러하듯 오전 10시였다.

그러나 영화를 보기로 약속한 날, 수연은 영화 시작 시간
보다 다섯 시간이나 앞선 새벽 다섯 시에 일어나 부산을 떨
었다.

샤워부터 한 수연은 머리카락의 물기를 말리며 방에 있는 전신 거울 앞에 서서 옷장 옷을 전부 꺼내 몸에 맞춰 보았다.

수연은 옷에 욕심이 많지 않았다. 덕분에 어울리는 옷을 고르는 데 많은 시간이 필요하지 않았다. 최종 후보에 오른 옷은 검은색 원피스 한 벌과 흰 티셔츠, 물이 빠진 청바지였다.

수연은 그중 검은색 원피스부터 다시 몸에 맞춰 보았다. 검은색 원피스는 그녀의 매끄러운 흰 살결과 그림처럼 잘 어울렸다. 마치 6, 70년대 할리우드 영화의 히로인을 보는 듯했다.

그러나 수연은 쓸쓸한 미소와 함께 원피스를 다시 침대 위에 내려놓았다. 옷이 마음에 들지 않아서가 아니었다. 오히려 가장 좋아하는 옷이었다. 그러나 저 원피스를 입은 모습으로 외출하면 사람들의 시선이 그녀에게 쏠릴 게 분명했다. 이는 우건과 수연 둘 다 원하지 않는 상황이었다.

수연은 결국 흰 티셔츠와 물 빠진 청바지를 입었다. 청바지는 7, 8년 전에 산 옷이지만 마치 어제 산 옷처럼 몸에 잘 맞았다. 무공을 수련한 덕분에 치수가 전혀 변하지 않았다.

머리카락을 묶어 뒤로 넘긴 수연은 그 위에 야구 모자를 깊이 눌러썼다. 얼굴이 작은 탓에 얼굴 반이 모자챙에 가려 보이지 않았다. 수연은 마지막으로 도수 없는 안경을 써서 자세히 보지 않으면 알아보기 힘들 정도로 얼굴을 가렸다.

수연이 맨 얼굴로 거리를 활보하는 상황을 끔찍이 싫어하는 우건은 그녀에게 원공후의 인피면구를 씌우려 들 테지만 야구 모자와 도수 없는 안경이 인피면구를 대신해 줄 것이다.

예상대로 수연을 본 우건은 그녀에게 인피면구를 쓰라 강요하지 않았다. 우건은 수연이 사 준 드레스 셔츠와 검은색 바지를 입었다. 그리고 원공후가 준 인피면구를 착용해 얼굴을 가렸는데 이번에는 약간 사나워 보이는 인상의 면구였다.

외출 준비를 마친 두 사람은 쾌영문이 가진 대포차 중 사람들 눈에 잘 띄지 않는 검은색 승용차에 올라 시내를 찾았다.

영화 시작 시간까지는 여유가 있던 덕분에 두 사람은 근처 쇼핑몰 푸드코트에 들러 아침을 해결했다. 아침을 먹은 다음에는 근처에 위치한 도심 공원을 산책하며 시간을 보냈다.

평일 오전이었던 탓에 공원을 이용하는 시민은 거의 다 아이와 함께 산책을 나온 젊은 여자들이었다. 공원 벤치에 앉은 우건과 수연은 커피숍에서 사온 테이크아웃 커피를 마시며 벤치 앞을 지나가는 여자와 아이들을 말없이 지켜보았다.

무료해진 우건은 고개를 돌려 수연을 보았다.

수연은 엄마로 보이는 젊은 여자의 손을 잡고 아장거리며 걸어가는 여자아이를 흐뭇한 미소와 함께 쳐다보는 중이었다.

그때였다.

"여보세요?"

걸음을 멈춘 엄마가 휴대전화를 꺼내 급히 전화를 받았다. 남편인 듯했다. 몇 시에 들어올 건지 묻는 목소리가 들렸다.

여자아이는 엄마의 통화보단 앞에서 모이를 쪼느라 정신없는 비둘기에 더 관심이 많은 듯했다. 고사리 같은 손을 꼼지락거리다가 결국 엄마 손을 빠져나갔다. 자유를 얻은 여자아이는 비둘기에게 손짓하며 앞으로 아장아장 걸어갔다.

"또 회식이에요?"

남편이 늦게 들어온다는 말을 들은 듯했다. 엄마의 목소리가 좀 더 커졌다. 그 순간, 반대편에 자전거를 탄 젊은 남자 두 명이 나타났다. 이십대 초반으로 보이는 그들은 친구인 듯 친구의 자전거를 슬쩍슬쩍 밀며 장난을 치느라 앞을 전혀 보지 않았다. 자전거를 탄 젊은 남자 두 명과 여자아이의 거리가 빠르게 좁혀졌다. 통화를 마친 엄마가 신경질적인 손놀림으로 통화 종료 버튼을 누르며 딸을 찾았다.

길가에 쪼그려 앉은 여자아이는 사람을 두려워하지 않는 비둘기 구경에 열중이었다. 한숨을 쉰 엄마가 이름을 부르며 손짓하는 순간, 비둘기를 구경하던 여자아이가 고개를 돌렸다.

그때였다.

자전거를 탄 남자 하나가 친구의 자전거를 갑자기 확 밀었다.

"어어!"

친구가 미는 바람에 잠시 균형을 잃은 젊은 남자의 자전거가 코스를 이탈해 엄마를 쳐다보는 여자아이 쪽으로 향했다.

"비, 비켜!"

당황한 젊은 남자가 급히 브레이크를 잡았지만 거리가 가까웠다. 자전거는 그대로 여자아이를 향해 돌진하듯 덮쳐 갔다.

"꺄악!"

엄마의 날선 비명 소리가 비둘기들을 놀래게 만든 듯했다. 살찐 비둘기 대여섯 마리가 날개를 퍼덕거리며 날아올랐다.

쿠웅!

육중한 충돌음이 울리는 순간, 자전거를 탄 남자가 붕 떠올라 날아갔다. 앞으로 몇 미터를 날아간 남자는 바닥에 쓰러져 신음 소리를 냈지만 크게 다치진 않은 듯 벌떡 일어났다.

반면 자전거와 충돌한 여자아이는 남자처럼 멀쩡히 일어나기 어려워 보였다. 조그만 여자아이가 빠른 속도로 달려온 자전거와 부딪혀 멀쩡히 일어나기란 기적에 가까울 것이다.

한데 기적이 실제로 일어났다.

여자아이는 멀쩡했다.

아니, 멀쩡함을 넘어 살갗에 생채기 하나 없었다.

모두 여자아이를 안은 채 등으로 자전거를 막은 어떤 여인 덕분이었다. 여자아이의 엄마가 달려와 여인에게 연신 고개를 숙이며 자기 딸을 살려 주어 고맙다는 인사를 하였다.

여자아이를 구한 여인의 정체는 다름 아닌 수연이었다.

우건은 자전거의 핸들이 꺾일 때, 즉시 일어나 여자아이를 구하려 했다. 한데 그보다 먼저 움직인 사람이 있었다. 바로 수연이었다. 일보능천을 이용해 섬전처럼 몸을 날린 수연은 자전거와 부딪히기 직전의 여자아이를 감싸 안으며 몸을 돌렸다.

호신강기를 익히지 못한 탓에 자전거와 부딪힌 충격을 온몸으로 견뎌 내야 했지만 수연의 표정은 더할 나위 없이 밝았다.

"괜찮니? 다친 데는 없어?"

울먹이던 여자아이가 말을 알아들은 듯 용케 고개를 끄덕였다.

곧 울음을 터트릴 것 같은 여자아이를 걱정하는 엄마에게 건네주며 일어서던 수연이 이마를 짚으며 살짝 비틀거렸다.

어느새 가까이 다가온 우건이 수연의 팔을 부축하며 물었다.

"괜찮아?"

수연은 희미하게 웃으며 고개를 끄덕였다.

"괜찮아요. 부딪힌 충격으로 머리가 조금 어지러웠을 뿐이에요."

그때, 자전거에서 떨어진 남자가 달려와 부서진 자전거를 이리저리 살펴보며 발을 동동 굴렀다. 탄소섬유로 만든 것 같은 자전거는 종잇장처럼 구겨진 탓에 수리가 힘들어 보였다.

돌변한 남자가 수연에게 삿대질을 하며 고함을 질렀다.

"내 자전거 어떻게 할 거야? 어?"

수연이 미간을 찌푸리며 물었다.

"그게 무슨 소리죠?"

"부서진 자전거 어떻게 보상할 거냐고? 너 때문에 망가졌으니까 네가 물어내야지! 이거 천만 원짜리인데 어떻게 할 거야?"

수연의 목소리가 대번에 차가워졌다.

"당신, 뭔가 착각한 거 아닌가요? 운전 부주의로 사고를 냈으면 먼저 피해자에게 괜찮은지 물어보는 게 순서 아닌가요?"

쌍심지를 킨 남자가 손을 들어 수연을 치려는 동작을 하였다.

"이 쌍년이 뭐가 잘났다고 어디서 꼬박꼬박 말대꾸야!"

그때, 우건이 남자가 치켜든 손을 붙잡아 밑으로 홱 꺾었다.

마치 악수하는 듯한 자세로 사내의 손을 잡은 우건은 왼손으로 무음무영지를 날려 사내의 아혈을 제압했다. 사내는 입을 벙끗거리며 뭐라 소리쳤지만 목소리가 나오지 않았다.

우건은 오른손으로 잡은 사내의 손에 내력을 밀어 넣었다. 분근착골이었다. 우건이 밀어 넣은 양강한 내력이 사내의 기경팔맥(奇經八脈)을 빠르게 휘도는 순간, 마치 수천수만 마리의 개미가 살갗을 물어뜯는 것 같은 고통이 엄습해왔다.

사내는 몸을 덜덜 떨며 식은땀을 비 오듯 흘렸다. 그러나 분근착골은 무공을 익히지 않은 일반인이 감당할 수준이 아니었다. 곧 사내의 바지가 축축해지며 지린내가 올라왔다.

우건은 오줌이 묻지 않게 비켜서며 사내 귀에 속삭였다.

"지금부터 내가 하는 말을 잘 들으시오. 당신이 무례하게 군 눈앞의 여인에게 당장 사과하시오. 그리고 당신 자전거에 치일 뻔한 여자아이 가족에게 절대 접근하지 마시오. 만약 내 말대로 하지 않으면, 지금 겪은 고통이 애들 장난처럼 느껴지는 고통을 감당해야 할 것이오. 내 말 알아들었소?"

눈이 뒤집혀 흰자만 남은 사내가 미친 듯이 고개를 끄덕였다.

우건은 사내의 손을 놓으며 한 발자국 뒤로 물러섰다. 그리고 그와 동시에 다시 무음무영지를 날려 점혈한 혈도를 풀었다.

사내는 혼이 나간 얼굴로 수연에게 연신 머리를 숙였다.

"죄송합니다……. 죄송합니다……. 제가 죽을죄를 지었습니다……."

우건은 사과를 받은 수연과 함께 공원을 떠났다. 공원을 산책하던 사람들이 모여드는 중이어서 오래 있을 수가 없었다.

여자아이를 안은 엄마가 쫓아와 수연에게 간청했다.

"저 혹시 연락처를 남겨 주실 수 있을까요?"

수연이 걸음을 멈추며 물었다.

"제 연락처는 왜?"

"나중에 아이 아빠와 함께 고맙단 인사를 꼭 드리고 싶어서요."

수연은 웃으며 고개를 저었다.

"괜찮아요. 그러실 필요 없어요."

대꾸한 수연이 엄마 품에 안긴 여자아이의 머리를 쓰다듬었다.

"엄마 아빠 말 잘 듣고 건강하게 자라야 한다."

용케 알아들은 여자아이가 고개를 끄덕였다.

아이 엄마에게 인사한 우건과 수연은 주차해 둔 차에 올라 영화관으로 출발했다. 영화관으로 가는 동안, 조수석에 앉은 수연은 말없이 차창 밖으로 지나가는 도시 풍경을 감상했다.

우건은 우건 대로 운전을 하며 방금 전의 상황을 떠올려 보았다. 여자아이가 자전거와 부딪히려 할 때, 우건은 자전거를 날려 버려 여자아이가 다치지 않게 해야겠단 생각을 하였다.

반면 수연은 자전거를 날려 버리는 대신 여자아이를 감싸며 그 충격을 자기가 고스란히 떠안았다. 수연의 실력이라면 그깟 자전거 하나쯤이야 충분히 요리할 수 있었지만, 그녀는 그와는 다른 선택을 했다. 짧은 시간 내에 벌어진 일이었기에 머리로 생각했다기보다는 본능이 그렇게 만든 듯했다.

우건은 자전거를 없애 위험 요소를 제거하는 것을 목표로 삼았지만, 수연은 여자아이의 안전부터 먼저 챙겼다. 우건은 이게 남녀의 차이인지, 아니면 그와 그녀의 차이인지 헷갈렸다.

영화관이 멀지 않았을 때였다.

우건은 조수석으로 오른손을 뻗어 컵홀더 위에 올라와 있는 그녀의 왼손을 잡았다. 움찔한 수연이 고개를 천천히 우건 쪽으로 돌렸다. 그러나 우건에게 잡힌 손을 빼지는 않았다.

"왜, 왜요?"

우건은 대답하지 않았다.

대신 수연의 맥문에 내력을 밀어 넣어 그녀의 몸을 진찰했다.

심장이 조금 빨리 뛰는 것 외에 이상한 점은 느껴지지 않았다.

그녀가 수련한 태을혼원심공의 오묘한 공능이 자전거에 부딪혔을 때 입은 충격을 말끔히 해소해 준 모양이었다. 태을혼원심공은 몸 안의 내력이 항상 조화를 이루도록 만들었다.

무인은 보통 외상을 입으면 양기가 강해진다. 그리고 내상을 입으면 음기가 강해져 음양의 조화가 깨지거나 불순해진다. 그런 이유로 빨리 치료하지 않으면 양기나 음기

둘 중 하나가 반대쪽 기운을 점점 찍어 눌러 병세가 깊어
진다.

한데 음양의 조화를 추구하는 태을혼원심공은 음양의
조화가 깨지거나 불순해지는 상황을 절대 그냥 두지 않았
다. 태을혼원심공이 알아서 부상을 치료하기 시작하는 것
이다.

부상이 비교적 가벼웠던 수연은 태을혼원심공의 오묘한
공능 덕에 따로 치료받을 필요 없이 완쾌할 수 있었던 것이
다.

손을 뗀 우건이 고개를 끄덕였다.

"자전거에 부딪힌 충격이 남아 있지는 않은 것 같군."

"그것 때문에 걱정했어요?"

"조금."

우건의 대답을 들은 수연이 방긋 웃었다.

우건은 이해할 수 없었지만 방금 전에 한 그의 대답이 우
울해 보이던 수연의 표정을 조금 밝게 만든 것은 맞는 듯했
다.

영화관에 도착한 두 사람은 다른 관객들처럼 콜라와 팝
콘을 구입해 안으로 들어갔다. 평일 오전이라 사람이 많지
않을 줄 알았는데, 객석이 반 가까이 차 있었다. 은수가 새
로 찍은 영화가 재밌어서 그런 건지, 아니면 그냥 한국 사
람들이 영화라는 영상 매체를 유독 좋아해서 그런 건지는

알 수 없었지만, 어쨌든 영화를 보러 온 관객이 많아 다행이었다.

우건은 이번이 세 번째 영화관 나들이였다. 그 세 번 모두 은수가 찍은 영화를 상영하는 영화관이었는데 첫 번째는 청춘 성장물, 두 번째는 사극, 그리고 이번엔 진한 멜로였다.

영화는 흔한 삼각관계 로맨스물이었지만 은수와 두 남배우의 호연에 힘입어 마지막까지 집중력이 흐트러지지 않는 꽤 괜찮은 영화였다. 수연은 감동을 받은 듯 가끔 손수건을 꺼내 눈물을 닦았다. 두 사람은 엔딩 크레디트가 올라오기 전에 자리에서 일어나 주차장에 주차해 둔 차로 돌아갔다.

우건이 차의 시동을 걸며 물었다.

"시간이 많이 남는데 다른 데 들렸다가 갈까?"

잠시 고민하던 수연이 아련한 목소리로 대답했다.

"그럼 우리 동물원에 가요."

"동물원에 가 본 적 없어?"

"어렸을 때 엄마 아빠랑 가 본 게 마지막이었어요."

"알았어."

두 사람이 서울대공원에 거의 도착했을 때였다.

진동으로 해 놓은 전화가 온 듯했다.

수연이 주머니에서 휴대전화를 꺼내 번호를 확인했다.

"영미(英美)가 갑자기 왜 전화를 했지?"

수연이 얼른 통화 버튼을 눌렀다.

우건은 영미란 친구를 전에 한 번 본 적 있었다.

영미는 수연의 서울대학교 의과대학 동창이었다. 두 사람은 본과 4년 동안 단짝친구로 지내다가 수연이 영제병원 레지던트로, 영미가 성아병원(成阿病院) 레지던트로 가며 잠시 멀어졌다. 그러나 두 사람이 친구란 사실은 변하지 않았다.

수연이 흉부외과 전문의자격증을, 영미란 친구가 내과 전문의자격증을 취득한 다음에는 다시 만나기 시작했다. 지금은 특별한 일 없으면 한 달에 한 번씩 모임을 갖는 중이었다.

우건은 수연과 함께 두 사람이 만나는 자리에 참석했다가 수연의 거의 유일한 일반인 친구인 영미를 본 적이 있었다.

통화를 마친 수연이 당황한 표정으로 우건에게 물었다.

"진이연 씨와 지금 바로 통화할 수 있을까요?"

8장. 감시자(監視子)

우건은 묻지 않을 수 없었다.

"무슨 일인데 갑자기 경찰을 찾는 거야?"

수연이 걱정스러운 얼굴로 고개를 저었다.

"영미가 이유는 말해 주지 않았어요. 아는 사람들한테 전화를 걸어 당장 경찰을 소개해 줄 수 있는지 물어보는 것 같아요."

우건은 차를 갓길에 세우며 다시 물었다.

"사매는 어떻게 했으면 좋겠어?"

수연이 고개를 들며 물었다.

"무슨 뜻이에요?"

"한영미(韓英美) 소저가 원한 건 경찰의 전화번호였잖아. 다시 말해 한 소저에게 경찰 전화번호를 알려 주면 사매가 할 도리는 다했다는 소리야. 하지만 사매는 그걸로 충분하겠어?"

"충분하지 않다는 말인가요?"

"한 소저는 사매의 친구잖아. 경찰에 급히 연락해야 하는 일이 생겼다는 말은 곤란한 상황에 처했다는 뜻일 텐데, 경찰 전화번호를 알려 주는 것으로 친구에 대한 도리를 다한 걸까?"

잠시 생각해 본 수연이 고개를 끄덕였다.

"사형 말에 일리가 있네요."

수연은 서울대공원 입구를 잠시 쳐다보다가 고개를 돌렸다.

"사형 말대로 지금 당장 영미부터 먼저 만나 봐야겠어요."

두 사람은 차를 돌려 영미가 사는 강북으로 향했다.

한영미는 성아병원 옆에 위치한 오피스텔에 살았다. 성아병원 내과 펠로우로 재직 중이라, 직장과 가까운 위치에 거처를 마련한 듯했다. 다행히 한영미는 출근하지 않은 상태였다.

우건은 오피스텔 정문 인터폰으로 한영미와 이야기하는 수연을 보다가 고개를 돌려 주위를 살폈다. 오피스텔과 인접한 도로에 차들이 몇 대 서 있었다. 우건은 차들을 살펴보다가 수연을 보았다. 한영미가 문을 열어 준 듯 자동문이 열렸다.

한영미는 집까지 찾아온 수연 때문에 조금 당황한 눈치였다.

"수, 수연아."

"갑자기 찾아와서 놀랐지?"

"조금 갑작스럽긴 했지만 놀라진 않았어."

수연이 뒤에 서 있는 우건을 가리켰다.

"사형과 같이 왔는데 괜찮지?"

한영미가 얼른 문을 열어 주며 수연과 우건을 안으로 들였다.

"물론이지. 어서 들어와. 우 사형도 들어오세요."

일전에 한영미와 함께 했던 식사 자리에서 수연이 우건을 사형이라 부르는 통에 그녀 역시 그를 우 사형이라 칭했다. 우건과 수연은 한영미의 오피스텔로 들어갔다. 두 사람에게 의자를 권한 한영미가 주방에 들어가 커피와 과자를 내왔다.

"미안해. 내올 게 별로 없어."

수연이 한영미를 자기 옆에 앉히며 대꾸했다.

"커피와 과자면 손님 접대로 충분하지."

한영미를 자리에 앉힌 수연이 급히 물었다.

"단도직입적으로 물어볼게. 경찰 전화번호는 왜 필요한 거야?"

한영미가 기대감을 드러내며 물었다.

"경찰 중에 아는 사람이 있는 거야?"

수연이 한영미의 손을 잡으며 물었다.

"있기는 한데 그 전에 우선 무슨 일인지부터 알아야겠어. 대체 경찰 전화번호는 왜 필요한 거야? 신고할 일이 생겼어?"

한영미가 입술을 깨물며 우건을 슬쩍 보았다.

우건이 신경 쓰이는 눈치였다. 슬며시 일어난 우건은 커튼으로 가려 놓은 창가에 서서 커튼을 살짝 들춰 밖을 내다보았다.

그때였다.

수연이 한영미의 얼굴을 두 손으로 잡아 자기 쪽으로 돌렸다.

"영미야, 나 믿지?"

"당연히 믿지."

"그럼 사형도 믿어야 해."

한영미는 결심한 듯 고개를 한 차례 끄덕였다.

"내가 경찰 전화번호를 알아내려는 이유는 며칠 전에 입원한 어떤 환자 때문이야. 25세 남환인데 급성중독 증세를 보여서 병리과에 약물테스트를 의뢰했어. 그런데 테스트에서 페로틴, 노를로다노소린, 히오사이이닌, 리코포듐이 검출됐어."

수연의 미간이 찌푸려졌다.

"페로틴, 노를로다노소린은 양귀비 성분이잖아?"

한영미가 고개를 끄덕였다.

"맞아. 그리고 히오사이이닌은 흰독말풀, 리코포듐은 석송(石松)의 성분이야. 알다시피 페로틴과 노를로다노소린, 히오사이이닌은 독성을 가진 마약의 성분이야. 그리고 흡습성이 적은 리코포듐은 살포제로 쓰이기 때문에 이 네 가지 성분으로 만든 마약을 복용하면 기존 마약보다 훨씬 중독성이 강해. 그리고 강한 만큼 인체에 좋지 않은 영향을 줘서 이 마약을 습관적으로 복용하면 사망할 확률이 아주 높아."

수연이 다시 물었다.

"전에 본 적 있는 마약이야?"

한영미가 아니라는 듯 고개를 저었다.

"아니, 이번에 처음 봤어. 헤로인이나 필로폰이라 불리는 메스암페타민을 복용해 실려 온 환자들은 봤지만, 아편에 이런 생약을 추가해 만든 마약을 복용한 환자는 처음이었어."

"원무과에는 알렸어? 원래 이런 환자가 들어오면 알려야 하잖아?"

한영미가 고개를 끄덕였다.

"바로 알렸어. 그런데 그때부터 이상한 일이 일어나기 시작했어. 해독제를 복용해 의식을 회복한 환자가 갑자기 병원에서 사라져 버린 거야. 마약을 복용한 환자가 사라지는 거야 이상한 일은 아니지. 경찰이 오면 바로 체포당할 테니까. 하지만 이상한 건 환자 차트까지 같이 사라졌다는 거야."

한숨을 내쉰 한영미가 말을 이어 갔다.

"더 이상한 일은 그 다음에 벌어졌어. 병리과에 테스트를 맡긴 환자 샘플은 물론이거니와 샘플을 테스트한 기록까지 전부 사라져 버린 거야. 서류야 그렇다 치지만 데이터베이스에 있는 기록까지 사라진 건 정말 이해할 수 없는 일이야."

수연이 눈을 빛내며 대꾸했다.

"누가 조직적으로 은폐하는 중이구나."

"네 말대로 병원 고위 관계자가 직접 나선 것 같았어."

"원무과에 알린 거는 어떻게 되었어?"

한영미가 고개를 절레절레 저었다.

"말도 마. 최악은 원무과였어. 글쎄 내가 그런 신고를 한 적 없다는 거야. 난 분명히 원무과 직원에게 전화를 걸어 응급환자 중에 마약 복용 의심 환자가 있다는 신고를 한 기억이 있는데, 원무과에서는 그런 신고를 받은 적이 없다는 거야. 화가 나서 당장 원무과에 내려가 전화를 받은 직원을 찾았는데, 내가 전화를 건 다음 날 휴직해서 만나 볼 수 없었어."

수연이 한숨을 내쉬며 물었다.

"그래서 지인들에게 연락해 아는 경찰이 있는지 물어본 거야?"

"아니, 처음부터 지인들에게 연락한 건 아니었어. 원무과 직원이 휴직했다는 소리를 듣자마자 바로 경찰서에 찾아가 신고했어. 그런데 경찰은 환자가 도망친 데다 차트와 테스트 결과까지 사라져서 내사에 착수할 수 없다는 답변을 해 왔어."

"그럼 지인들에게 연락한 건 그 다음이야?"

한영미가 고개를 끄덕였다.

"맞아. 좀 더 믿을 만한 경찰에게 신고하면 수사할 수 있을 것 같아서 아는 사람들에게 전화해 번호를 얻으려던 거였어."

수연이 한영미의 손을 다시 잡으며 물었다.

"한 가지만 물어볼게. 그 일에 왜 그렇게 정성을 쏟는 거야?"

한영미가 피식 웃었다.

"역시 넌 내 둘도 없는 친구야."

"그게 무슨 말이야?"

"다른 사람들은 왜 그렇게 그 일에 집착을 하느냐 물었거든."

한영미는 한참만에야 어렵게 입을 떼였다.

"너한테 처음 말하는 걸 거야. 아니, 가족 외의 다른 사람들에게는 처음 말하는 걸지 몰라. 사실 내 아버진 마약중독자셨어. 히로뽕을 하셨지. 지금이야 마약중독자를 무작정 수감하기보단 치료하는 것이 마약 근절에 더 효과적이라는 게 전문가들의 공통된 의견이지만, 몇 년 전까지만 해도 마약사범을 수감하면 안에서 마약을 끊을 수 있을 거라 믿었어."

수연이 안타까운 표정으로 물었다.

"아버님은 마약을 끝내 끊지 못하셨던 거야?"

"응, 맞아. 끊지 못하셨어. 감옥을 들락날락하다가 엄마와 나에게 미안하단 유서를 남긴 다음에 스스로 목숨을 끊으셨지."

그때의 끔찍한 기억이 떠오른 듯 한영미의 눈에 눈물이 맺혔다.

수연은 티슈로 친구의 눈물을 닦아 주며 물었다.

"그럼 내과를 선택한 이유 역시 돌아가신 아버님 때문이었어?"

"맞아. 아버지와 같은 마약중독자를 치료해 주고 싶었어. 흔히 중독은 자기 혼자 몰락하는 범죄란 인식이 있지만, 실상은 그렇지가 않거든. 가족들 역시 엄청난 고통에 시달리니까."

한영미는 결국 감정이 복받친 듯 친구 품에 안겨 오열했다.

우건은 한영미가 마음 놓고 울 수 있게 자리를 피해 주었다.

"난 잠시 화장실 좀."

수연이 알았다는 듯 고개를 끄덕였다.

우건은 화장실과 샤워부스가 붙어 있는 욕실에 들어가 안을 둘러보았다. 오피스텔 욕실이 으레 그렇듯 유리로 만든 샤워부스와 양변기, 욕실 물건을 넣는 작은 서랍장과 손을 씻는 세면대가 좁은 공간에 발 디딜 틈 없이 들어차 있었다.

선령안으로 안을 둘러보았지만 이상한 점은 눈에 띄지 않았다.

우건은 주머니에 넣어 둔 휴대전화를 꺼내 단축번호를 눌렀다.

다행히 번호의 주인은 벨이 두 번 울리기 전에 전화를 받았다.

우건의 전화번호를 알아본 듯 김은이 바로 대답했다.

-예, 주공. 말씀하십시오.

"바쁜가?"

-아닙니다. 사제들이랑 무공 수련 중이었습니다.

"그럼 부탁 하나 하겠네."

우건은 김은에게 몇 가지 일을 부탁한 다음, 전화를 끊었다.

우건이 욕실을 나왔을 때, 수연은 한영미를 위로하는 중이었다.

"하늘에 계신 아버님 역시 훌륭한 내과의사로 성장한 네 모습을 보며 아주 자랑스러워하실 거야. 그러니까 그만 슬퍼해."

울음을 그친 한영미가 티슈로 눈물을 닦으며 물었다.

"수연이 넌 그 사람들이 병원 기록을 없앤 이유가 뭐라 생각해?"

수연은 팔짱 낀 자세로 밖을 응시하는 우건을 보며 대답했다.

"난 두 가지 이유 중에 하나일 거라 생각해."

"두 가지?"

"그래, 두 가지. 첫 번째는 그 응급실에 실려 왔다는 25세 남환이 평범한 마약중독자가 아닌 경우야. 그 사람이 마약을 복용했단 사실이 알려지면 큰일 나는 사람이 있는 거지."

"누가 큰일 나는데?"

"그건 모르겠어. 마약을 복용한 당사자일 가능성과 그

주변 인물일 가능성이 다 있으니까. 하지만 첫 번째 추측이 맞다면 돈이 많거나 권력을 가진 인물일 가능성이 높아. 성아병원은 한국에서 제일 큰 성아그룹의 자회사인데 그런 큰 병원을 위협해 기록을 감쪽같이 조작하려면 힘이 있어야 할 거야."

이해가 간다는 듯 고개를 끄덕인 한영미가 다시 물었다.

"그럼 두 번째는?"

"마약 조직일 가능성이야."

"맙소사, 그럼 마약 조직이 이번 일에 개입했다는 거야?"

"그럴 가능성이 있다는 거야. 그 남환이 복용한 마약은 처음 보는 마약이었잖아? 어쩌면 그 마약을 제조했거나 유통한 마약 조직이 경찰의 추적을 피하기 위해 손을 썼을지 몰라."

소름이 끼친 듯 한영미가 손으로 자기 팔을 문질렀다.

"휴우. 둘 다 겁나는 이야기네."

수연이 고개를 돌려 창밖을 보는 우건에게 물었다.

"사형 생각은 어때요?"

"사매 추측이 맞는 것 같아."

"그럼 두 가지 중에 어느 쪽이 더 맞는 것 같아요?"

"그거야 모르지. 하지만 어느 쪽이 맞는지 곧 밝혀질 것 같군."

수연이 깜짝 놀라 일어섰다.

"그게 무슨 말이에요?"

우건은 대답 대신 한영미의 팔을 움켜쥐어 욕실로 들어 갔다. 한영미가 뭐라 말하려는 순간, 우건이 손가락을 입에 대어 조용히 하라는 신호를 보냈다. 침을 꿀꺽 삼킨 한영미 가 얼른 입을 다물었다. 우건의 표정이 꽤나 심각했던 것이 다.

욕실 샤워기를 세게 틀어 놓은 우건이 한영미에게 급히 물었다.

"택배 올 게 있소?"

한영미가 영문을 모르겠단 표정으로 물었다.

"갑자기 택배는 왜……."

"내 질문에 대답하시오."

"이, 있어요. 떨어진 생필품을 어제 새로 주문했거든 요……."

수연이 욕실 안으로 따라 들어오며 우건에게 물었다.

"무슨 일이에요?"

우건이 욕실에 있는 창문을 가리켰다.

"도로에 있는 택배차가 30분 동안 움직이질 않았어. 내 가 오기 전부터 있었을 테니까 실제론 더 오래 있었단 뜻이 겠지."

수연이 욕실 창문을 통해 오피스텔 앞 도로를 살펴보았다.

우건 말대로 택배회사 차 한 대가 도로 갓길에 세워져 있었다.

수연은 요즘엔 흔한 일이라는 듯 어깨를 으쓱해 보였다.

"이 근처에 배달할 물건이 많은가 보죠. 더욱이 여긴 오피스텔이니까 물건을 사서 택배로 받는 사람들이 많을 거예요."

우건은 고개를 저었다.

"택배차 운전기사의 눈에 정광이 어려 있었어."

수연은 눈에 정광이 어려 있다는 말의 뜻을 금세 간파했다.

"그럼 운전기사가 무공을 익힌 무인이란 거예요?"

"올라올 때 확인했으니까 틀림없어."

수연은 겁에 질린 한영미를 바라보다가 입술을 살짝 깨물었다.

"우연일 가능성은…… 없겠군요."

"없지."

무인이 택배 기사를 하지 말라는 법은 없었다. 무인 역시 심산유곡에 처박혀 무공을 수련하는 게 아니라면 먹고 살 방도가 필요하니까. 더욱이 가정이 있는 가장이라면 매달 월급이 꼬박꼬박 나오는 안정적인 직업이 필수였다. 물론 배운 게 도둑질이라고 배운 무공을 이용해 남의 돈을 빼앗거나 훔치는 방법 역시 있을 테지만, 무공을 이용해 범죄를 저지를 경우 십중팔구 특무대의 추격을 받을 수밖에 없었다.

특무대에게 쫓기지 않으면서 돈을 벌려면 정상적인 직업이 필요한데 택배회사 직원 역시 그런 정상적인 직업에 속했다.

그러나 생업으로 택배 기사를 택한 무인이 본사의 배달 계획에 따라 마약 문제로 골머리를 앓는 한영미의 집에 우연히 택배를 배달하러올 확률은 거의 없는 것이나 마찬가지였다.

수연이 물이 쏟아지는 샤워기를 보며 물었다.

"도청 장치를 걱정해서 일부러 샤워기 물을 틀어 놓은 거예요?"

"한 소저가 어제 택배를 시켰단 것을 알려면 미리 도청 장치를 설치해 뒀거나, 컴퓨터에 스파이웨어를 깔아 둬야 했을 거야."

우건이 막 대답했을 때였다.

거실 인터폰에 불이 들어오며 벨소리가 울렸다.

몸을 흠칫한 한영미가 떨리는 목소리로 물었다.

"두 사람이 말한 택배 기사가 올라온 걸까?"

수연이 한영미를 샤워부스 안으로 밀어 넣었다.

"우리가 나가서 알아볼게. 너는 샤워부스에서 기다려."

한영미를 안전한 장소에 숨겨 둔 두 사람은 욕실 밖으로 나왔다.

우건이 수연에게 전음을 보냈다.

-사매가 한 소저인 것처럼 해서 인터폰을 받아 봐.

-알았어요.

우건의 전음을 들은 수연이 인터폰 통화 버튼을 눌렀다.

"누구세요?"

인터폰에서 굵직한 남자 목소리가 들렸다.

-택배 배달 왔는데요. 701호 맞나요?

"예, 맞아요."

수연은 대답하며 인터폰 화면을 보았다. 화면에는 종이 박스를 손에 든 택배 기사가 서 있었다. 그러나 택배회사 로고가 박힌 모자를 깊이 눌러쓴 탓에 기사의 얼굴은 보이지 않았다.

수연이 열림 버튼을 누르며 말했다.

"문 열었어요. 올라오세요."

-고맙습니다.

인터폰을 끈 수연이 우건을 보며 고개를 끄덕였다.

우건은 수연에게 전음을 보내 한영미가 숨어 있는 욕실을 지키게 했다. 그리고 우건 본인은 현관문을 살짝 열어 놓은 다음, 밖에서 보이지 않는 쪽에 위치한 벽 뒤에 몸을 숨겼다.

우건은 귀혼청을 펼쳤다.

엘리베이터는 그대로 있었다.

아마 엘리베이터 안에 있는 감시 카메라를 피할 목적으로 한영미가 사는 7층까지 계단을 이용해 걸어 올라오려는 듯했다.

그로부터 1분 30초쯤 지났을 때였다.

귀혼청이 아니었으면 듣지 못했을 미세한 발자국 소리가 들려왔다. 그것도 한 명이 아니라 두 명이었다. 우건은 손가락으로 수연에게 두 명이란 표시를 해 보였다. 수연이 고개를 끄덕였다. 두 명 중 한 명이 문을 연 듯 현관문이 스르륵 열렸다. 우건이 미리 현관문을 열어 놓은 덕분에 문을 두드리거나 현관문 옆에 달린 초인종을 따로 누를 필요가 없었다.

만약 저들이 진짜 택배 기사라면 문이 열려 있든 말든 상관없이 주인을 부르기 위해 초인종을 눌렀을 테지만, 저들은 진짜 택배 기사가 아니었다. 택배 기사로 위장한 살수였다.

문이 반쯤 열렸을 무렵, 현관 안으로 들어서는 인기척 두 개를 감지했다. 우건은 급히 일월보로 신형을 감추었다. 무공을 익히지 않은 한영미를 제거하는 일이었던지라 살수두 명은 거리낌 없이 거실 안으로 들어와 주위를 둘러보았다.

둘 중 한 명이 우건 앞을 지나는 순간.

쉬익!

모습을 드러낸 우건은 태을십사수 광호기경으로 살수의
목을 잡아 갔다. 살수는 재빨리 팔을 뻗어 광호기경을 막으
려 했지만 사실 광호기경은 허초였다. 진짜는 왼손으로 펼
친 맹룡조옥이었다. 맹룡조옥에 혈도가 짚인 살수가 축 늘
어졌다.

"제길!"

두 번째 살수는 첫 번째 살수보다 반응이 빨랐다. 첫 번
째 살수가 쓰러지기 무섭게 함정임을 간파한 듯 소매를 휘
둘렀다.

파파팟!

두 번째 살수가 발출한 암기가 우건을 향해 쏘아져 왔다.
그러나 우건이 한발 더 빨랐다. 궁신탄영(弓身彈影)으로 암
기를 피한 우건은 재빨리 현관 앞을 막아서며 퇴로를 차단
했다.

"에잇!"

두 번째 살수가 손에 쥔 비수로 우건의 목을 재빨리 찔러
왔다.

우건은 오른손 손등으로 살수의 비수를 밀어 옆으로 흘
려보냈다. 태을십사수 절초인 노파풍과(蘆把風過)란 초식
이었다.

허공을 친 살수가 발을 헛디뎌 비틀거리는 순간, 우건은

왼손으로 원을 그리며 상비흡주를 펼쳐 갔다. 상비흡주에는 당기는 힘이 들어 있어 발을 헛디딘 살수가 앞으로 휙 쓰러졌다.

우건은 쓰러진 살수의 등을 밟으며 무음무영지로 혈도를 점했다. 살수는 한겨울에 꽁꽁 언 동태처럼 몸이 굳어 버렸다.

잠시 후, 김은이 동생 김동과 함께 오피스텔 문을 두드렸다.

두 사람에게 문을 열어 준 우건은 김동에게 먼저 전음을 보냈다.

-내가 말한 건 가져왔나?

김동이 옆구리에 낀 검은색 가죽 가방을 들어 보였다.

-예, 여기에 들어 있습니다.

-그럼 빨리 확인해 보게.

-알겠습니다.

김동은 검은색 가죽가방 지퍼를 열어 도청 탐지기를 꺼냈다.

김동이 시커먼 기계를 이리저리 움직일 때마다 탐지기에 달린 모니터에 붉은색 알람이 떴다. 도청기가 있단 뜻이었다.

김동은 인터넷 전화, 싸구려 풍경화 뒤, TV 밑에 있는 서랍장에서 도청 장치를 찾아 제거했다. 그리고 에어컨 위에서는 집 안 전체를 감시할 수 있는 초소형 카메라를 찾아냈다.

욕실과 다용도실, 주방까지 전부 훑은 김동이 헤드폰을 벗었다.

"도청 장치와 감시 카메라는 모두 제거했습니다."

"컴퓨터를 살펴보게."

"예."

대답한 김동이 한영미의 데스크톱과 노트북에 전원을 넣었다.

둘 다 패스워드가 걸려 있었지만 위저드급 해커인 김동은 한영미에게 비밀번호를 물어보는 일 없이 바로 풀어 버렸다.

김동이 해킹툴 디텍팅 프로그램으로 하드드라이브와 SSD를 살피는 사이, 우건은 김은을 불러 몇 가지를 물어보았다.

"택배 차는 어떻게 했나?"

"주공 말씀대로였습니다. 택배 차 조수석과 운전석은 비어 있었지만, 택배 물건을 싣는 트레일러에 한 놈이 더 있었습니다."

오피스텔 앞에 세워져 있던 택배 차에 조용히 접근한 김씨 삼형제는 주위를 한 번 둘러본 다음 트레일러 문을 열었다.

헤드폰을 쓴 살수 하나가 멍한 표정으로 앉아 있었다.

그 틈에 안으로 뛰어든 김은은 쾌영산화수로 살수의 정면을 냅다 공격해 갔다. 헤드폰을 집어 던지며 일어난 살수가 김은의 쾌영산화수를 막았다. 실력이 제법 있는지 김은의 기습을 막는 데는 성공했지만, 사각에서 날아든 김동의 구룡각에 등을 얻어맞은 다음에는 비명을 꽥꽥 지르며 쓰러졌다.

김은은 얼른 쓰러진 살수의 목을 밟아 제압했다.

그사이 망을 보던 막내 김철이 안으로 들어와 살수가 걸친 택배회사 유니폼을 벗겨 자신이 걸쳤다. 그리고 옷을 다 갈아입은 다음엔 살수의 마혈과 아혈을 제압해 움직이지 못하게 만들었다. 큰형과 막내가 살수를 제압하는 동안, 둘째 김동은 살수가 앉았던 의자에 앉아 트레일러 벽을 장식한 모니터와 도청 시스템을 살펴보았다. 모니터는 한영미의 오피스텔을 감시하는 감시 카메라 영상을 출력하는 모니터였다.

지금은 현관과 소파 왼쪽에 쓰러져 있는 살수 두 명을 비추는 중이었는데 그 외에 다른 사람의 모습은 보이지 않았다.

오피스텔에 설치해 둔 도청 시스템 역시 정상 작동하는 중이었지만 사람들의 말소리는 들려오지 않았다. 그저 샤워기를 틀어 놓은 것처럼 물소리만 잔잔하게 들려올 따름이었다.

동생 옆에서 트레일러 내부를 조사하던 김은이 감시 장비 옆에 놓여 있던 휴대전화를 집어 통화목록을 보았다. 휴대전화 액정 화면에 전화번호 열한 자리 중에 열 자리가 찍혀 있었다.

"우리가 조금만 늦게 도착했어도 전화를 걸었겠군."

김은의 말대로였다.

삼형제가 1초만 늦게 도착했어도 감시 장비로 오피스텔을 감시하던 살수가 변고가 생겼음을 상부에 보고했을 것이다.

아니, 거기까지 갈 필요조차 없었다. 한영미를 죽이러 간 동료 두 명이 정체를 알 수 없는 적에게 당해 쓰러지는 모습을 목격한 그가 이번 일을 사주한 상부에 바로 전화를 걸어 보고했다면, 백주 대낮에 도심에서 큰 싸움이 벌어졌을 것이다.

막내에게 제압한 살수를 지키라는 지시를 내린 김은과 김동은 트레일러에 있던 이사박스 두 개를 들고 한영미의 오피스텔로 올라갔다. 여기까지가 김은이 말한 자초지종이었다.

고개를 끄덕인 우건이 김은에게 새로운 지시를 내렸다.

"저들을 이사박스에 넣어 택배 차에 실어 두게."

"알겠습니다."

김은이 살수 둘을 이사박스에 담아 택배 차로 나르는 동안, 우건은 한영미의 데스크톱을 조사 중인 김동에게 물었다.

"건진 게 있나?"

"하드에 트로이목마와 비슷한 스파이웨어가 깔려 있었습니다."

"정확히 어떤 종류인가?"

"화면을 통째로 해킹하는 스파이웨어입니다. 즉 이 컴퓨터 주인이 키보드나 마우스로 화면에 무언가를 입력하면, 스파이웨어를 심어 놓은 쪽에서 바로 확인할 수 있는 종류입니다."

"그럼 컴퓨터로 물건을 주문하면 그쪽에서 바로 알 수 있겠군."

김동은 머리 회전이 슈퍼컴퓨터처럼 빠른 사람이었다.

그렇지 못했다면 위저드급 해커로 성장하지 못했을 것이다.

"이런 종류의 고성능 스파이웨어라면 택배 기사로 위장한 살수를 보내기에 충분한 정보를 사전에 빼낼 수 있었을 겁니다."

"컴퓨터에 든 스파이웨어는 다 없애 놓게."

"알겠습니다."

김동은 가져온 삭제 프로그램으로 스파이웨어를 지우기

시작했다. 가장 안전한 방법은 디가우징으로 하드를 완전히 날려 버리는 방법이었지만, 한영미가 몇 년 동안 연구한 내용과 공부한 내용이 아까워 스파이웨어를 지우는 선에서 끝냈다.

우건은 욕실에 들어가 틀어 놓은 샤워기를 잠갔다.

변기에 앉아 있던 한영미와 그녀를 위로하는 중이던 수연이 벌떡 일어나 우건을 보았다. 진행 상황을 묻는 눈빛이었다.

우건은 그 간의 사정을 간단히 말해 주었다.

한영미가 겁에 질린 표정으로 물었다.

"그, 그들이 정말 절 죽이려던 걸까요?"

"틀림없소."

"그, 그럼 전 이제 어떻게 해야 하죠?"

"당분간 사매와 함께 지내는 게 좋겠소."

"그렇게 할게요."

한영미가 욕실을 나가려다가 말고 급히 물었다.

"의원으로 가기 전에 경찰에 신고 먼저 하는 게 좋지 않을까요?"

우건은 고개를 저었다.

"경찰이 개입하면 좋지 않소. 오히려 일이 더 복잡해질 거요."

"그러면요?"

"내가, 아니 우리가 해결해 주겠소."

한영미가 놀란 눈으로 우건을 쳐다보다가 친구에게 시선을 돌렸다. 마치 이게 무슨 뜻인지 넌 아냐는 듯한 눈빛이었다.

수연이 지체 없이 고개를 끄덕이며 물었다.

"미영이 넌 이 상황을 빨리 벗어나길 원하지?"

"그야 당연하지."

"그리고 그 마약 문제 역시 좋은 방향으로 결론이 나길 원하지?"

"그래."

수연이 우건의 어깨를 두드리며 한영미에게 말했다.

"그럼 우리 사형에게 맡겨. 사형이 알아서 다 처리해 줄 거야."

잠시 고민한 한영미가 수연에게 물었다.

"전부터 궁금한 점이 하나 있었는데 물어보면 대답해 줄 거야?"

"음. 무슨 질문이냐에 따라 다르겠지만, 대답하도록 노력해 볼게."

"그럼 물어볼게. 왜 이분을 사형이라 부르는 거야? 그리고 이분은 왜 너를 사매로 부르는 거야? 평범한 호칭은 아닌 것 같아서 물어보는 거야. 대답하기 싫으면 안 해도 괜찮아."

수연이 한숨을 내쉬며 물었다.

"혹시 무공이란 걸 알아?"

"무공? 영화에 나오는 그런 거?"

"맞아."

"무공이 왜?"

"나는 사형에게 무공을 배웠어."

수연은 어리둥절해하는 한영미에게 무공을 설명했다. 그러나 백문이 불여일견이라는 말처럼 직접 보는 게 이해가 빨랐다.

우건은 한영미 앞에서 삼매진화를 선보였다.

우건의 손에 새파란 불꽃이 타오르는 순간, 한영미는 까무러칠 만큼 놀랐다. 처음에는 마술과 같은 눈속임으로 생각한 것 같지만 우건이 삼매진화로 수건 하나를 순식간에 재로 만들어 버리는 모습을 본 다음에는 믿는 도리밖에 없었다.

수연의 설명을 들은 한영미는 오히려 전보다 더 겁에 질렸다.

"그, 그럼 나를 죽이러 온 사람들 역시 무공을 익혔단 거야?"

수연은 겁에 질린 한영미를 진정시키며 대답했다.

"맞아. 그리고 그런 이유로 이번 일을 경찰에 알릴 수 없는 거야. 무인이 개입한 일은 무인이 해결할 수밖에 없으니까."

수연은 대충 이해한 한영미와 함께 오피스텔을 나와 수연의원으로 출발했다. 우건은 수연에게 김은을 딸려 보냈다. 살수의 동료가 근처에 있다가 두 사람을 추적하면 본진이 발각당할 위험이 있었다. 둘째가라면 서러울 눈치와 운전 실력을 보유한 김은이라면, 혹시 있을지 모르는 적의 추적을 따돌리며 수연과 한영미를 무사히 데려갈 수 있을 것이다.

우건은 김동에게 오피스텔 경비 시스템을 해킹해 그들이 들어왔다가 나갔다는 사실을 아무도 모르게 하란 지시를 내렸다.

작업을 마친 김동이 택배 차에 합류하기 무섭게 일행은 강북 오피스텔을 나와 북쪽으로 올라갔다. 택배 차에 추적 장치가 달려 있을 수 있었다. 수연의원과 최대한 먼 곳으로 가는 게 안전했다. 차는 일산을 지나 파주 인근 들판에 도착했다.

주변을 둘러본 우건은 조수석을 나와 트레일러 안으로 들어갔다. 차를 운전한 김동이 우건을 따라 트레일러로 들어왔다.

한영미의 오피스텔에서 생포한 살수 세 명은 아혈과 마혈이 제압당한 상태에서 트레일러 바닥에 뻣뻣하게 누워 있었다.

강북에서 파주까지 오는 동안, 트레일러 의자에 앉아 세 사람을 감시한 김철이 이상한 점이 없었음을 우건에게 보고했다.

파파팟!

우건은 파금장으로 세 살수의 단전부터 파괴했다.

앞으로 다시는 무공을 펼칠 수 없는 몸으로 만들어 버린 것이다.

우건은 그들의 눈빛에 담긴 분노를 읽을 수 있었다.

그러나 냉정을 찾는 순간, 분노는 곧 공포로 바뀌기 시작했다. 그동안 익힌 무공이 아깝기는 하지만 목숨보다 아깝지는 않았다. 그들의 목숨은 여전히 풍전등화에 놓여 있었다.

우건은 무음무영지로 세 사람의 마혈과 아혈을 동시에 풀었다.

"모두 일어나 앉으시오."

무공을 잃은 세 사람은 즉시 고통을 참아 가며 우건 앞에 무릎을 꿇었다. 지금은 살아서 빠져나가는 게 가장 중요했다.

우건은 그들을 둘러보며 선언하듯 말했다.

"나는 셋이나 필요 없소. 진실을 말할 한 명이면 충분하니까."

우건의 말에 세 사람은 동료의 얼굴을 힐끔 쳐다보았다.

그리고 누가 먼저랄 거 없이 트레일러 바닥에 머리를 박았다.

"아, 아는 걸 다 말씀드리겠습니다. 제발 목숨만 살려 주십시오."

우건은 세 사람을 보며 질문을 던졌다.

"가장 대답하기 쉬운 질문부터 하겠소. 당신들 소속이 어디요?"

그들은 질문이 끝나기 무섭게 앞다투어 대답했다.

"호, 홍살문(紅殺門)입니다."

"도, 독령단(毒靈團)입니다."

"제, 제천회입니다."

우건은 미간을 찌푸렸다.

"세 명의 대답이 다 다르군."

화들짝 놀란 세 명은 자기 대답에 부연설명을 하느라 바빴다.

"아, 아닙니다. 세, 세 명 모, 모두 맞는 말을 했습니다."

"왜 그렇소?"

"저, 저희들은 제천회 독령단의 홍살문 소속이니까요."

우건은 고개를 끄덕였다.

"독령단이면 제천회 칠성좌의 하나요?"

우건의 입에서 칠성좌의 이름이 나올 줄 예상 못 한 듯했다.

그들은 멍한 얼굴로 우건을 보다가 황급히 대답했다.

"마, 맞습니다. 치, 칠성좌의 개양좌(開陽座)를 맡고 있습니다."

세 사람은 누가 먼저랄 거 없이 자신들이 아는 정보를 털어놓았다. 독령단은 제천회 칠성좌 중 하나인 개양좌를 맡고 있었다. 또 독령단이란 조직 이름에서 예상할 수 있듯 주로 독을 취급했는데, 그 독이란 게 대부분 마약을 의미했다.

이 세 살수의 소속인 홍살문은 독령단 휘하에 있는 독령삼문(毒靈三門) 중의 하나로 무력개입이 필요한 일을 담당했다.

우건이 다시 물었다.

"독령단이 성아병원 의사인 한영미를 죽이려 한 이유가 뭐요?"

세 명은 서로의 얼굴을 잠시 바라보다가 고개를 저었다.

"모, 모릅니다. 저희는 그저 상부의 지시에 따랐을 뿐입니다."

우건은 몇 가지 더 물어보았지만 홍살문 졸개에 불과한 그들이 독령단이나 제천회 상부에 대한 정보를 알 턱이 없었다.

우건은 김철에게 세 명 중 한 명을 트레일러 밖으로 끌어내게 했다. 동료가 끌려 나가는 모습을 본 두 사람은 겁에 질려 우건이 물어보는 질문에 대답하려 노력했지만, 마른 수건의 물기를 짜내는 것처럼 힘만 들지 소득이 별로 없었다.

우건은 김동에게 두 번째 살수를 트레일러 밖으로 끌어 내게 했다. 혼자 남은 마지막 살수는 오줌까지 지려 가며 우건의 질문에 대답하려 애썼지만 역시 전과 달라진 점이 없었다.

얻어 낼 수 있는 정보를 다 얻어 낸 우건이 살수의 눈을 보았다.

"앞서 끌려 나간 동료들의 생사가 궁금하지 않소?"

살수가 재빨리 고개를 저었다.

"아, 아닙니다. 구, 궁금하지 않습니다."

"그럼 당신의 생사 역시 궁금하지 않겠군."

살수가 우건의 발목을 붙잡았다.

"사, 살려 주십시오. 저, 전 시키는 대로 아는 걸 다 말했 습니다."

"살려 주면?"

"사, 사람들의 눈에 띄지 않는 곳에서 조, 조용히 살겠습 니다."

우건은 일어나며 조용히 읊조렸다.

"그래야 할 거요. 독령단, 아니 제천회 전체가 눈에 불을 켜고 회를 배반한 당신을 찾아내 지독한 복수를 하려 들 테 니까."

우건은 트레일러 문을 열었다.

"가시오. 그리고 다신 무림에 발을 들여놓지 마시오."

"가, 감사합니다. 이, 이 은혜는 절대 잊지 않겠습니다."

우건에게 절한 살수는 눈앞의 들판으로 미친 듯이 내달렸다.

9장. 천망회회(天網恢恢)

살수가 사라진 직후였다.

김동과 김철이 트레일러 옆에서 은신을 풀며 모습을 드러냈다.

우건이 그들을 일견하며 물었다.

"시킨 대로 했는가?"

김철이 킥킥거리며 대답했다.

"흐흐. 살려 준다니까 걸음아 날 살려라 도망치더군요."

김철에게 그만하란 눈짓을 준 김동이 조심스레 물었다.

"그런데 왜 세 명을 따로따로 보내신 겁니까?"

"혼자일 때는 홍살문에 돌아갈 용기가 생기지 않겠지만,

세 명일 땐 혹시 모르기 때문이네. 없던 용기가 갑자기 생겨 홍살문으로 돌아가려 할 수 있네. 변수는 적을수록 좋으니까."

대답한 우건은 휴대전화를 꺼내 단축번호를 눌렀다.

곧 상대방이 전화를 받았다.

"쾌영문주요?"

-예, 주공. 접니다.

"김은에게 이곳 소식 들었소?"

-어떤 빌어먹을 놈이 주모님 친구를 노린단 말을 들었습니다.

"그 빌어먹을 놈의 정체는 제천회 독령단이었소."

우건은 살수를 심문해 알아낸 정보를 원공후에게 알려주었다.

다 들은 원공후가 바로 물었다.

-제가 가서 도울까요?

"아니오. 쾌영문주는 규정문주와 함께 수연의원을 지켜주시오. 놈들이 한영미 소저의 뒤를 추적해 수연의원의 위치를 알아낼 위험이 있소. 도움이 필요하면 내 다시 연락하겠소."

-그럼 큰놈을 그쪽으로 다시 보내겠습니다.

"고맙소."

전화를 끊은 우건이 김동에게 지시했다.

"김은에게 우리가 있는 위치를 알려 주게."

"알겠습니다."

김동이 큰형에게 연락하는 동안, 우건과 김철은 택배 차에 불을 질렀다. 살수들이 보유한 각종 감시 장비와 휴대전화까지 같이 불 질러 적이 추적해 올 가능성을 원천봉쇄했다.

흔적을 말끔히 없앴을 때, 김은이 승합차를 운전해 도착했다.

한데 김은 혼자가 아니었다.

규정문도 남영준이 같이 있었다.

우건을 발견한 남영준이 부리나케 달려와 머리를 꾸벅 숙였다.

"사부님이 주공의 일을 도와 드리라 해서 왔습니다."

"잘 왔네."

"저는 어떤 일을 하면 됩니까?"

"자네는 지금부터 김 씨 삼형제의 일을 도와주게. 이런 일에는 그들이 선배일세. 옆에서 돕다 보면 배우는 게 있을 것이야."

"알겠습니다."

김은이 가져온 승합차에 탑승한 일행은 불길을 본 사람들이 몰려오기 전에 서둘러 남쪽으로 차를 몰았다. 그러나 도심으로 들어가지는 않았다. 도심은 감시 카메라가 많은 탓에 서울 변두리에 위치한 낡은 모텔에 임시 지휘소를 차렸다.

김동은 새로 합류한 김은과 남영준에게 살수들을 취조해 알아낸 정보를 가르쳐 주었다. 살수들의 지위가 낮은 탓에 많은 정보를 빼내지는 못했지만 그들이 속한 홍살문에 대한 정보는 충분히 얻을 수 있었다. 지휘소에 모인 일행은 책사 역할을 겸하는 김동의 주도로 작전을 수립하기 시작했다.

김동이 먼저 운을 띄웠다.

"제천회 독령단 소속 홍살문은 독령단의 구린 일을 도맡아 처리하는 무력조직입니다. 살수들을 추궁해 본 결과, 홍살문의 본문은 성남시 외곽에 있는 전자 부품 공장에 있었습니다."

김은이 얼른 물었다.

"진짜 공장이야?"

김동이 고개를 저었다.

"아닙니다. 간판만 부품 공장입니다."

큰형의 질문에 대답한 김동이 말을 이어 갔다.

"이번 작전의 목표는 크게 두 가지입니다. 첫 번째는 독령단에 대한 정보 수집, 그리고 두 번째는 독령단이 한영미 선생을 죽이려는 이유를 알아내는 것입니다. 마약과 관련된 일이겠지만, 어쨌든 정확한 이유를 알아 둘 필요가 있을 겁니다."

설명을 마친 김동이 인터넷으로 다운받은 위성사진을 꺼냈다.

"홍살문이 위장한 전자 부품 공장의 이름은 현건전자(現建電子)입니다. 위성사진에서 보다시피 산 중턱을 깎아 만든 부지에 세워져 있습니다. 그리고 공장 정문 앞에는 국도와 이어진 진입로가 있어 경기 서부와 동부, 남부로 언제든 빠져나갈 수 있습니다. 작전은 이렇습니다. 우선 이 진입로를……."

우건 일행은 김동이 세운 작전에 따라 움직였다.

우선 차로 현건전자가 있는 성남시 외곽을 찾았다.

우건은 승합차를 적당한 곳에 세우게 한 다음, 김은과 남영준 두 명을 먼저 보내 현건전자를 상세히 정찰하게 하였다.

위성사진은 위성사진일 뿐이었다.

공간 감각이 우건처럼 뛰어나다면 위에서 밑을 내려다보며 찍은 부감(俯瞰)샷 하나로 평면도와 측면도를 머릿속에서 바로 떠올릴 수가 있을 테지만 대부분은 그렇지가 못했다.

정찰하러 간 김은과 남영준은 1시간이 지나서 다시 차로 돌아왔다. 두 사람은 현건전자를 정찰하며 촬영한 사진과 영상이 든 메모리카드를 김동에게 건넸다. 김동은 바로 메모리카드를 노트북에 연결해 모니터에 사진과 영상을 출력했다.

일행은 사진과 영상을 통해 지형을 숙지했다. 해가 아직 서쪽에 떠 있는 관계로 작전시간까지는 여유가 있는 상황이었다.

우건은 점점 어두워지는 풍경을 바라보며 깊은 생각에 잠겼다.

우건의 목표는 제천회의 완벽한 말살이었다.

그러나 그 혼자서는 이루기 힘든 목표였다.

우건의 실력이 떨어져서라기보다는 제천회가 한국 사회 곳곳에 수십 년 동안 뿌리를 내린 탓에 그들을 다 제거하려면 얼마만큼의 시간과 노력이 필요할지 알 수 없기 때문이었다.

우건은 새로 얻은 삶을 제천회 말살에 바칠 생각이 없었다.

물론, 그는 지금 혼자가 아니었다. 그 옆에는 원공후의 쾌영문과 최욱의 규정문이 있었다. 그러나 과장을 좀 보태면 제천회에는 그 정도 수준의 고수가 발에 채일 만큼 많았다.

그렇다면 결론은 하나였다.

다른 세력을 이용해 제천회를 공격할 수밖에 없다는 결론이었다.

그 세력에 우건이 가진 전력을 더하면 제천회를 충분히 상대할 수 있었다. 그러나 상대하는 것과 말살하는 것은 차원이 달랐다. 상대하기는 쉽지만 이기기는 어렵다는 뜻이었다.

그 이유는 제천회가 가진 엄청난 전력에 있었다.

우건은 그동안 장린이 이끌던 망인단과 성만식이 이끌던 범천단, 그리고 거령신곤 진태가 이끌던 음월당을 제거했다.

그러나 우건이 그동안 파악한 제천회의 전력에 따르면 이는 최소 2할, 많이 잡아 봐야 3할에 불과한 전력이었다. 최소 7할에 이르는 전력은 아직 멀쩡한 상태로 남아 있는 것이다.

거인이라 할 수 있는 제천회를 한 방에 거꾸러트리려면 제천회의 전력을 최소 6할까지는 줄여 놓을 필요가 있었다. 그래야 다른 세력과 공조해 제천회를 한 방에 무너트릴 수 있었다.

결론을 내린 우건은 원공후의 혼사를 마치는 대로 특무대를 재건 중인 진이연을 만날 계획이었다. 전국에 깔린 경찰 정보망을 이용해 제천회 정보를 얻어 낼 생각이었던 것이다.

한데 생각지 못한 방향에서 돌파구가 찾아왔다. 처음엔 수연의 친구인 한영미를 도와줘야겠다는 가벼운 마음에서였다.

우건은 수연의 인간관계가 극도로 좁아지는 상황을 원하지 않았다. 무공에 심취한 수연은 요즘 들어 쾌영문도, 규정문도, 그리고 사형인 그와 대부분의 시간을 보내는 중이었다.

그러나 수연은 우건을 만나기 전에 이미 20여 년에 이르는 세월을 살며 평범한 사람들과 평범한 인간관계를 맺어 왔다.

한데 우건이 나타나는 바람에 그런 평범한 인간관계는 점점 설 자리를 잃어 갔다. 그리고 그 빈자리를 무인들이 채워 갔다.

우건은 수연이 인간관계에서 균형을 잡길 원했다. 한쪽으로 크게 치우친 인간관계는 좋지 않은 영향을 줄 위험이 있었다.

우건은 그런 이유에서 수연이 친구인 한영미를 적극적으로 돕길 원했다. 수연에게 거의 마지막 남은 일반인 친구라 할 수 있는 한영미와의 관계를 계속 유지하길 원했던 것이다.

한데 그런 한영미가 우건의 가려운 부분을 긁어 주었다.

한영미 개인에게는 불행한 일이지만 전체적으로 보면 행운에 가까운 일이었다. 독령단이 한영미를 제거하려 한 덕분에 우건은 별다른 노력 없이 제천회 꼬리를 찾아낼 수 있었다.

진이연을 통해 제천회를 추적할 필요가 없어진 것이다.

한영미를 노리는 놈들이 제천회 칠성좌 중 하나인 독령단이라면 일거양득을 노릴 수 있었다. 우선 한영미 개인에 가해지던 위협을 제거해 수연의 친구를 도울 수 있었다. 그리고 독령단을 없애 제천회 전력을 전보다 감소시킬 수 있었다.

지금은 제천회 쪽으로 균형추가 완전히 내려가 있는 상태지만, 독령단을 없애면 어느 정도는 균형을 맞출 수 있을 것이다.

한영미의 사정을 들어 보기 전에는 도화지에 스케치만 해 둔 상태였다. 그러나 한영미의 사정을 들어 본 다음에는 스케치한 그림에 어떤 색을 입히는 게 좋을지 떠오르기 시작했다.

가장 먼저 칠할 색은 독령단의 완전한 말살이었다.

우건이 상념에 빠져 있을 때였다.

옆에 앉아 우건의 기색을 살피던 김동이 조심스레 말을 걸었다.

"주공, 시간이 되었습니다."

"알겠네. 각자 정해진 위치로 이동하도록 하게."

"예!"

대답한 김 씨 삼형제와 남영준은 승합차에서 내려 현건전자가 자리한 산 중턱으로 올라갔다. 그러나 현건전자를 둘러싼 시멘트 담을 바로 넘지는 않았다. 그들은 혹시 있을지 모르는 산사태에 대비해 쌓아 둔 북쪽 방벽 너머로 사라졌다.

그로부터 5분쯤 지났을 때였다.

-도착했습니다.

정해진 위치에 도착했다는 김은의 목소리가 이어셋을 통해 들려왔다. 한 차례 크게 숨을 들이마신 우건은 김은과 남영준이 쾌영문을 떠날 때 수연에게 말해 받아 온 청성검을 등 뒤에 비껴 찬 다음, 얼굴에 검은색 가죽 가면을 착용했다.

드르륵!

승합차 문을 연 우건은 늦더위가 기승을 부리는 어둠 속으로 천천히 발걸음을 옮겼다. 곧 싸구려 알루미늄으로 만든 것 같은 현건전자 간판이 눈에 들어왔다. 그리고 그런 간판 옆에는 관계자 외 출입금지라 적힌 두꺼운 철문이 있었다.

우건은 철문을 향해 파금장을 날렸다.

퍼엉!

강력한 장력이 두꺼운 철문을 통째로 찢어발기며 폭음이 울렸다. 그리고 그 폭음의 여운이 채 가라앉기 전에 건장한 체격을 지닌 사내 두 명이 튀어나와 우건 앞을 막아섰다.

"멈춰라!"

그러나 우건은 멈출 생각이 전혀 없었다.

우건은 앞을 막아선 두 사내를 향해 빠르게 거리를 좁히며 두 팔로 태을십사수 광호기경과 맹룡조옥을 동시에 펼쳤다.

콰직!

광호기경은 첫 번째 사내의 목을 단숨에 꺾어 버렸다.

두 번째 사내는 첫 번째 사내보다 반응이 훨씬 빨랐다.

보법을 밟아 자신을 향해 날아드는 맹룡조옥을 피하며 왼쪽 소매를 흔들자, 독을 묻힌 철침 10여 개가 허공을 갈랐다.

부우웅!

우건은 비원휘비로 바람을 일으켜 철침을 막음과 동시에 맹룡조옥을 다시 한 번 펼쳤다. 이번에 펼친 맹룡조옥은 전보다 속도가 훨씬 빨라 두 번째 사내의 목을 틀어쥐었다.

두둑!

우건은 지체 없이 두 번째 사내의 목을 꺾었다.

혀를 빼문 채 즉사한 두 번째 사내의 시신을 바닥에 던진 우건은 눈앞에 있는 3층짜리 콘크리트 건물을 향해 달려갔다.

철문이 박살 나는 소리가 워낙 컸던 탓에 현건전자 공장에 있던 홍살문 문도 대부분이 밖으로 나와 우건 앞을 막아섰다.

우건은 선령안을 펼쳤다.

이기어검 초입에 들어선 덕분인지 선령안의 위력이 전보다 훨씬 강해져 있었다. 이젠 무인이 뿜어내는 무형의 기세가 눈에 확연히 들어와 누가 강하고 약한지를 알 수 있었다.

우건의 시선이 부하들에게 둘러싸인 40대 중년 사내에게 향했다.

마치 변발한 것처럼 정수리가 휑한 중년 사내였는데 검은색이어야 할 눈동자가 엷은 초록색에 가까웠다. 지독한 독공을 수련한 고수란 뜻이었다. 그리고 그 중년 사내가 뿜어내는 무형의 기세는 주위에 있는 부하들보다 두 배는 강했다.

중년 사내가 바로 살수들이 말한 홍살문 문주 녹안마군(綠眼魔君) 추인경(鄒仁經)이었다. 추인경은 독공의 일종인 녹안독장(綠眼毒掌)을 익혀 녹안마군이란 별호가 붙었는데, 장력을 쏟아 내면 주위가 죽음의 지대로 변한단 말을 들었다.

많은 정보를 캐내려면 당연히 많은 정보를 아는 사람을 인질로 잡아야 했다. 홍살문에서는 추인경보다 적격인 자가 없었다.

추인경이 막 입을 떼려 할 때였다.

우건은 등에 빗겨 찬 청성검을 뽑아 생역광음을 찔러 갔다.

새파란 섬광이 어둠을 가를 때마다 핏물이 사방으로 튀었다.

"쳐라!"

"놈을 죽여라!"

"놈에게 홍살문의 무서움을 알려 줘라!"

홍살문 문도들 또한 지체 없이 반격에 나섰다.

곧 독을 묻힌 암기들이 사천(四川) 당문(唐門)의 비기라
는 만천화우(滿天花雨)를 연상시키며 사방팔방에서 날아들
었다.

우건은 일검단해와 대해인강을 펼쳐 암기를 막아 냈다.
우건이 펼친 검광이 어찌나 촘촘하던지 홍살문 문도들이
던진 수십 개의 암기가 검광에 걸리는 족족 박살이 나 흩어
졌다.

우건은 천지검법의 방어초식으로 단단히 방비한 상태에
서 안으로 뛰어들어 왼손을 휘둘렀다. 태을십사수의 절초
가 펼쳐질 때마다 홍살문 문도들이 비명을 지르며 나가떨
어졌다.

홍살문 문도들은 주로 독을 묻힌 암기를 사용했다.

그 말은 적과의 거리가 멀수록 그들이 유리하다는 뜻이
었다.

홍살문 문도들이 뒤로 물러서며 계속 암기를 던졌다.

암기를 가진 자들을 먼저 해치우지 않으면 녹안마군 추
인경에게 접근할 방법이 없었다. 우건은 섬영보로 거리를

좁혔다.

홍살문 문도들이 기다렸다는 듯 암기를 다시 발출했다.

독을 묻힌 철침과 비도 등이 우박처럼 쏟아져 내렸다.

우건은 청성검의 긴 검 자루를 양손으로 잡으며 검신을 돌렸다.

고오오!

검신이 회전하는 순간, 마치 고출력 청소기가 빨아들이는 것처럼 우건을 향해 날아오던 암기가 한곳으로 모여들었다.

천지검 조옹조락이 만든 묘기였다.

우건은 검 자루를 앞으로 힘껏 찔러 갔다.

그 순간, 한곳에 모여 있던 암기들이 되돌아 날아갔다.

조옹조락에 이어 선인지광이 펼쳐진 것이다.

"으악!"

"피, 피해!"

던진 암기가 자기에게 다시 날아올 줄 전혀 예상치 못한 홍살문 문도들은 메뚜기 떼가 사방으로 도망치듯 흩어졌다.

그러나 이는 우건이 의도한 결과였다.

우건은 홍살문의 진형이 흐트러지는 순간, 재빨리 접근해 유성추월, 선도선무, 성하만상, 오검관월을 차례대로 펼쳤다.

청성검이 만든 새파란 검광이 메뚜기 떼처럼 도망치는 홍살문 문도들을 좇아가 기어코 숨통을 끊었다. 문도들이 죽어 갈 때 내지른 단말마(斷末魔)의 비명이 쉼 없이 들려왔다.

시멘트를 발라 만든 회색빛 바닥에 피가 강물처럼 흐를 무렵.

쉬이익!

공처럼 둥글게 뭉친 녹색 연기가 우건의 얼굴로 날아들었다.

재빨리 섬영보로 피해 낸 우건은 생역광음을 찔러 갔다.

파앗!

생역광음에 관통당한 녹색 연기가 찢어져 사방으로 날아갔다.

우건이 녹색 연기가 날아온 방향으로 고개를 돌렸을 때였다.

"이 개새끼, 넌 기필코 내 손으로 죽인다!"

녹안마군 추인경이 분노를 쏟아 내며 우건을 향해 몸을 날렸다.

그런 추인경의 양손에는 방금 전에 우건의 얼굴을 갑자기 찔러 왔던 녹색 연기가 권투선수의 글러브처럼 뭉쳐 있었다.

추인경은 우건 앞에 이르기 무섭게 팔을 휘둘러 장력을

쏟아 냈다. 녹색 연기가 유성처럼 긴 꼬리를 매달며 날아들었다.

우건은 섬영보와 비응보로 피했다. 그리고 피할 수 없을 때는 대해인강과 일검단해, 후량추전과 같은 초식으로 막아 냈다.

파파파팡!

녹색 연기가 검광과 부딪칠 때마다 풍선이 터지듯 폭발했다.

독공으로 연성한 녹안독장은 폭발할 때 버섯의 포자(胞子)처럼 얇은 알갱이를 사방에 퍼트렸다. 포자에 닿을 때마다 옷이 역한 냄새를 풍기며 타들어 갔다. 일부는 살갗까지 침투했지만 우건이 익힌 천지조화인심공의 방어를 뚫지 못했다.

추인경이 쏟아 내는 녹안독장의 위력이 점점 강해졌다.

처음에는 연녹색에 가깝던 독장의 연기가 초여름에 무섭게 성장하는 들풀처럼 짙은 녹색으로 변한 것이 그 증거였다.

우건과 추인경 주위에 녹안독장이 만든 독기(毒氣)가 가득해 홍살문 문도들은 다가올 엄두를 내지 못했다. 그저 긴장한 눈빛으로 승부의 추가 어디로 기우는지 살필 따름이었다.

눈 깜짝할 사이에 추인경과 30여 합을 겨룬 우건은 확실히 느낄 수 있었다. 추인경은 약하지 않았다. 이곳에 와서 상대한 수십 명의 고수들 중 중간은 가는 실력이었다. 한데 추인경을 상대하는 우건은 버겁단 생각이 전혀 들지 않았다.

추인경이 약한 게 아니라, 우건이 전보다 강해진 것이다.

우건은 특무대 제로팀 팀장이던 낙일마도 곽윤을 상대할 때 이기어검을 처음으로 사용했다. 비록 입문 단계에 불과했지만, 이기어검을 쓰지 못하는 것과 쓸 수 있는 것의 차이는 엄청났다. 이는 무공의 경지가 한 단계 높아졌단 뜻이었다.

우건은 독령단 산하단체인 홍살문의 문주를 상대로 심력을 낭비할 생각이 없었다. 그러기에는 해야 할이 너무 많았다.

우건은 왼손으로 태을진천뢰를 펼쳐 갔다.

은은한 뇌성이 장내를 가르는 순간.

퍼어엉!

엄청난 폭음과 함께 추인경이 쏟아 낸 녹안독장의 장력이 순식간에 흩어져 버렸다. 마치 짙은 안개가 걷히는 것 같았다.

역시 독을 태우는 데는 양강한 장력보다 좋은 게 없었다. 더욱이 그 양강한 장력이 양강한 기운 중에서도 가장 세다는 뇌전의 기운이라면 더할 나위 없었다. 태을진천뢰는 마치 거센 폭풍처럼 장내를 가득 채운 독기를 순식간에 흩어 버렸다.

"이, 이럴 수가."

당황한 추인경은 믿을 수 없다는 눈으로 우건을 쳐다보았다. 고작 장력 한 방에 녹안독장으로 쏟아 낸 지독한 독기가 흔적조차 없이 사라질 줄 전혀 예상하지 못했던 얼굴이었다.

우건은 추인경에게 여유를 줄 생각이 없었다.

발을 한 번 구르는 순간, 우건은 그야말로 총알처럼 날아갔다.

태을문 최강 신법인 일보능천이었다.

갑자기 거리를 좁힌 우건은 추인경을 생포하기 위해 왼손으로 광호기경을 펼쳐 갔다. 정신을 차린 추인경은 미꾸라지처럼 몸을 비틀어 광호기경의 날카로운 공세를 피하려 했다.

그러나 광호기경은 허초였다.

손을 거두어들인 우건은 오른손의 청성검을 앞으로 찔러 갔다.

청성검 검봉에 맺힌 짙푸른 검광이 추인경의 혈도를 찔러 갔다.

검법을 수련한 검객이라면 누구나 바라마지 않는 경지인 검기불혈진맥(劍氣拂穴震脈)이 눈앞에서 펼쳐지는 순간이었다.

"마, 맙소사."

추인경은 급히 녹안독장의 최강 절초를 펼쳐 혈도를 찔러 오는 검광을 막아 보려 했지만 소가 도망친 외양간을 고치는 것과 진배없었다. 검광이 혈도를 찌르는 순간, 작살에 맞은 물고기처럼 몸을 부들부들 떨다가 뻣뻣하게 굳어 쓰러졌다.

홍살문 문주가 맥없이 쓰러지는 순간.

"고, 고수다!"

겁에 질린 홍살문 문도들이 공장 북쪽으로 도망치기 시작했다.

추인경에게 충성하는 몇몇 문도는 문주를 구하기 위해 용감하게 달려들었지만 섶을 진 채 불에 뛰어드는 행동과 같았다.

그들은 우건의 가벼운 손짓 몇 번에 바닥을 나뒹굴었다.

우건은 도망치는 홍살문 문도들을 쫓지 않았다.

김동이 홍살문을 상대하기 위해 세운 작전은 아주 간단했다.

이는 마치 흙탕물 속에서 물고기를 잡는 방법과 비슷했다. 촘촘한 그물을 지닌 우건이 한쪽으로 몰아가면 겁에 질린 물고기는 당연히 반대 방향으로 도망칠 수밖에 없었다.

그때, 반대편에 매복해 있던 또 다른 어부들이 그물로 물고기를 잡아들이는 것이 바로 김동이 세운 작전의 주요 골자였다.

물론 반대편에 매복한 어부들은 김 씨 삼형제와 남영준이었다.

원공후에게 쾌영문 진산절예를 배운 김 씨 삼형제와 규정문주 최욱에게 철산벽 오의를 전수받은 남영준이면 홍살문 문도처럼 실력이 떨어지는 하류잡배쯤은 쉽게 요리가 가능했다.

10여 분 후, 북쪽에 매복한 김 씨 삼형제와 남영준은 도망친 홍살문 문도 전원을 포박해 현건전자 앞마당으로 압송했다.

우건은 검기불혈진맥에 당해 이미 혈도가 굳기 시작한 추인경을 현건전자 본관 안으로 데려가며 일행에게 지시를 내렸다.

"문도들을 취조해 최대한 많은 정보를 알아내게. 그리고 알아낸 다음에는 단전을 폐쇄해 더 이상 무공을 익히지 못하게 만들게."

김은이 두 동생과 남영준을 대표해 대답했다.

"말씀대로 조치해 놓겠습니다."

김은은 동생들과 남영준을 지휘해 우건이 지시한 사안을 처리하기 시작했다. 그사이, 우건은 추인경을 건물 안으로 데려가 취조했다. 물론 그는 일반 문도보다 훨씬 질겼다.

추인경이 퉤하며 우건의 얼굴에 가래침을 뱉었다.

우건은 옆으로 살짝 움직여 가래침을 피해 냈다.

무공 중에는 내력을 이용해 마치 입 안에 머금은 술이나 침을 암기처럼 쏘아 보내는 무공이 존재했지만, 검기불혈진맥에 당해 혈도가 굳은 추인경은 일반인과 별다른 차이가 없었다.

추인경이 상처 입은 짐승처럼 으르렁거렸다.

"넌 나에게서 우리 조직에 대한 어떤 정보도 알아내지 못한다!"

우건은 고개를 저으며 한숨을 쉬었다.

"당신처럼 말하는 사람들이 많았소. 그러나 그들 중 끝까지 버틴 사람은 전무하오. 당신이 예뻐서 해 주는 충고가 아니오. 난 귀찮은 일을 덜고 당신은 고통을 겪는 수고를 더는 유일한 방법은 아는 것을 모두 솔직하게 털어놓는 것이오."

추인경이 콧방귀를 뀌었다.

"넌 독공을 익힌다는 게 얼마나 고통스러운 행위인지 모를 것이다. 난 수십 년 동안 끔찍한 고통을 겪으며 독공을 수련해 왔다. 그런 나에게 그따위 협박이 통할 거라 생각했나?"

"방금 그 말 후회하지 않을 자신 있소?"

"흥. 마음대로 해 봐라."

그로부터 1분이 지났을 때였다.

"그, 그만해. 아, 아니 그만해 주십시오. 워, 원하시는 정보를 다 마, 말씀드리겠습니다. 그러니까 제, 제발 그만해 주십……."

우건은 추인경에게 가한 천사대를 풀었다.

마치 마른 걸레를 쥐어짤 때처럼 비틀려 있던 온몸의 살과 근육, 그리고 핏줄이 그제야 원래 상태로 돌아가기 시작했다.

그러나 그 후유증까지 다 사라진 건 아니었다.

마치 사람을 포대자루에 넣은 다음 몽둥이로 정성들여 마사지한 것처럼 온몸, 심지어는 귀까지 시커먼 멍이 들어 있었다.

이것이 바로 천사대의 위력이었다.

천사대는 추인경보다 훨씬 지독한 심성을 지닌 대마두(大魔頭)를 고문하거나 형벌을 가하기 위해 만든 무공이었다.

추인경 본인은 독공을 익히기 위해 온갖 고생을 다했다지만, 중원의 한 성을 제패할 정도의 힘과 권력을 가진 대마두에 비할 바는 아니었다. 추인경은 그릇이 작았다. 그리고 그릇이 작기에 천사대에 걸리는 순간, 앓는 소리부터 나왔다. 방금 전에 보여 준 자신만만한 모습은 온데간데없었다.

우건은 추인경의 의식이 흐려지기 전에 서둘러 물었다.

"독령단이 어떻게 구성되어 있는지 말해 보시오."

"도, 독령단은 크게 자양문(自養門), 등선문(登仙門), 그리고 홍살문으로 이루어져 있습니다. 그, 그리고 독령단주가 직접 거느리는 도, 독령대(毒靈隊)라는 조직이 따로 있습니다."

"자양문과 등선문은 어떤 조직이오?"

추인경은 자꾸 내려오는 눈꺼풀을 애써 끌어올리며 대답했다.

"자, 자양문에 대해서는 자, 잘 모릅니다. 도, 독령단주가 직접 관리하기 때문에 사, 삼문의 문주인 저조차 그, 그들이 어디에 있으며, 어떤 일을 하는지 아, 알 방법이 없습니다."

"그럼 등선문은?"

"드, 등선문은 강원도 가, 강릉(江陵)에 있습니다……."

추인경은 강릉에 있다는 등선문의 위치를 자세히 말해 주었다.

우건은 추인경의 대답이 끝나기 무섭게 다시 물었다.

"등선문은 어떤 일을 하는 조직이오?"

"제, 제천회의 이, 인맥을 관리하는 조직으로 알고 있습니다."

"어떤 인맥이오?"

"버, 법조계, 어, 언론계, 과, 관료들입니다······."

"그런 사람들을 등선문이 어떠한 방식으로 관리한다는 거요?"

"그, 그게······."

추인경은 정신을 차리기 위해 노력했지만 소용없었다.

검기불혈진맥에 혈도를 짚이는 순간, 검기가 혈도를 타고 혈맥을 돌아다니는 바람에 거의 반폐인 상태나 다름없었다.

우건은 급히 몇 가지 질문을 더 해 보았지만 소용이 없었다.

추인경의 사혈을 짚어 고통을 덜어 준 우건은 삼매진화로 시신을 불태워 흔적을 말끔히 없앴다. 먼지로 화해 사라지는 추인경을 잠시 바라보다가 밖으로 나온 우건은 곧장 김은을 불러 바깥 상황을 물었다. 그러나 김은 등이 취조한 홍살문 문도들은 트레일러 안에서 취조했던 살수들처럼 아는 게 많지 않았다. 당연한 일이었다. 정보는 곧 힘이었다.

세상에 말단에게까지 중요한 정보를 오픈하는 조직은 없었다. 더욱이 불법을 저지르는 조직은 그런 경향이 더 강했다.

그때, 김은이 은근한 목소리로 말을 걸어왔다.

"말단에게까지 정보를 오픈하는 조직은 없을 겁니다."

"무슨 말을 하려는 건가?"

"하지만 그 말단 역시 사람인 이상 눈과 귀가 있지 않겠습니까?"

"흠. 오다가다 주워들은 게 있다는 말이군."

"그렇습니다. 특히 추인경의 옆에서 수발을 들던 놈들은 주워들은 게 꽤 많았습니다. 더 이상 무인으로서 살 수 없다는 생각에 자포자기했는지 건질 만한 정보를 몇 개 주더군요."

"말해 보게."

김은의 설명에 따르면 독령단이 홍살문에게 수연의 친구인 한영미를 죽이라 지시한 이유는 역시 마약과 관련이 있었다.

즉 성아병원에 실려 온 남자환자가 마약을 복용했는데, 다음 날 그 환자의 흔적이 은밀히 사라졌다는 사실을 한영미가 경찰이나 언론에 폭로하면 다칠 사람이 있다는 뜻이었다.

"한 소저가 담당했다는 남자 환자의 정체는 알아냈는가?"

김은이 고개를 저었다.

"검찰 쪽 인물인 것만 알아냈습니다."

"스물다섯이면 검찰 고위 관계자의 아들이겠군."

"제 예상 역시 그렇습니다."

"한국에서 가장 큰 그룹의 자회사인 성아병원에 압력을

넣어 기록을 지울 수 있는 위치의 검찰 쪽 사람이 누가 있을까?"

김은이 지체 없이 대답했다.

"최소 검사장급 아니겠습니까?"

"그렇겠지."

김은이 우건을 보며 슬쩍 운을 띄웠다.

"검사장급 이상을 한번 싹 다 뒤져 볼까요?"

"가능한가? 뒤져야 할 숫자가 많을 텐데."

김은이 포로들을 정리하는 김동을 가리켰다.

"우리에겐 무적의 카드인 둘째가 있지 않습니까? 둘째가 언젠가 말해 준 적이 있는데, 지금은 옛날과 달라서 웹에 모든 게 다 있답니다. 개인 신상부터 금융거래, 통화기록까지 다 말입니다. 몇 년 전까지는 인터넷이 웹을 가리키는 말이었지만 전 국민이 스마트폰을 사용하기 시작하면서부터는 온라인이 가능한 모든 플랫폼이 웹 카테고리에 들어간답니다."

"뒤지기 시작하면 뭔가 나올 거라는 말이군."

"그렇습니다."

동생의 실력을 믿는 김은이 자신 있게 대답했다.

그러나 우건은 고개를 저었다.

"복잡하게 진행할 필요 없네."

"예?"

"홍살문주가 등선문에 대해 말해 줬네."

우건은 김은에게 추인경이 죽기 전에 한 말을 가르쳐 주었다.

김은이 바로 수긍했다.

"등선문이 관리하는 법조계 인맥은 거의 다 검찰 쪽의 인사들일 겁니다. 주공의 말씀대로 검사장급 수십 명을 뒤지는 것보다 등선문에 잠입해 알아보는 것이 더 빠를 듯합니다."

우건은 전화로 진이연을 불렀다.

그로부터 1시간 후, 연락을 받은 진이연이 허겁지겁 달려왔다. 그녀는 혼자 오지 않았다. 우건의 부탁대로 대형 호송차 한 대와 간수를 책임질 특무대 대원들과 같이 도착했다.

현건전자 앞마당에 꿇어앉아 있는 홍살문 문도 10여 명을 바라보며 놀라운 기색을 보이던 진이연이 이내 미간을 살짝 찌푸렸다. 격전 중에 사망한 홍살문 문도들의 시신은 김은 등이 화골산을 부어 없앴지만, 바닥에 떨어진 암기와 핏자국, 뭉텅 떨어져 나간 살점 등을 통해 무슨 일이 있었는지 알아내는 게 그리 어렵지 않았다.

"이게 다 무슨 일이에요?"

우건은 대답 대신 다른 질문을 던졌다.

-요즘 검찰은 어떻소?

갑작스런 전음에 놀란 진이연이 다시 질문으로 질문을 받았다.

-갑자기 검찰 상황은 왜 물어보는 거죠?

-대통령에게 해가 되는 일은 아닐 것이오.

한숨을 쉰 진이연이 고개를 절레절레 저었다.

-저번 청와대 습격 사건을 수습하는 과정에서 이곽연합에 줄을 댄 검사들은 옷을 벗길 수 있었어요. 하지만 그 바람에 검찰 전체가 제천회 손에 들어간 거나 마찬가지예요. 그동안 이곽연합이 줄을 댄 검찰과 제천회가 줄을 댄 검찰이 균형을 맞춰 왔는데, 한쪽 줄이 끊어졌으니 제천회에 줄을 댄 사람들이 검찰을 장악하는 게 별로 어렵지 않았을 거예요.

우건은 그제야 그가 알아낸 제천회 독령단 정보를 말해 주었다.

설명을 들은 진이연이 눈을 반짝이며 물었다.

-이 문제를 어떻게 처리할 거죠?

-우선 등선문이란 곳이 어떤 데인지 알아봐야겠소.

-그럼 저에게 부탁할 일이라는 게?

-등선문에 대해 알아보는 동안, 특무대는 살아남은 홍살문 문도들이 등선문에 연락해 산통을 깨지 못하게 해 주시오.

입술을 살짝 깨문 진이연이 물었다.

-홍살문 문도들을 맡아 달란 뜻이군요.

　-그렇소.

　진이연은 쉽게 승낙했다.

　-어렵지 않은 일이니까 그렇게 할게요. 단, 조건이 하나 있어요.

　-조건?

　진이연이 배시시 웃었다.

　-겁먹지 말아요. 어렵지 않은 조건이니까.

　-말해 보시오.

　-독령단 제거에 참여할 수 있는 기회를 주세요.

　우건은 고개를 저었다.

　-특무대는 힘을 좀 더 기르시오. 이런 일에 힘을 빼면 몸통을 칠 때 힘에 부칠 수 있소. 이번 일은 내가 처리하겠소.

　-몸통이라면······.

　-내 예감이긴 하지만 멀지 않아 그런 날이 올 것이오.

　잠시 고민한 진이연이 고개를 끄덕였다.

　-알았어요. 당신 말대로 특무대는 힘을 기르는 데 집중할게요.

　부하들을 지휘해 살아남은 홍살문 문도들을 호송차에 실은 진이연이 차에 오르기 직전, 우건에게 마지막으로 물었다.

　-윗분들에겐 뭐라 말씀드려 놓을까요?

─운이 좋다면 발목을 잡는 놈들을 한꺼번에 제거할 수 있을 것이라고 전해 주시오. 대통령의 발목을 잡는 놈들 말이오.

─알았어요. 그렇게 전할게요.

대답한 진이연은 호송차에 탑승해 서울로 돌아갔다.

한편, 그사이 흔적을 말끔히 지운 우건 일행은 강원도 강릉으로 출발했다. 홍살문과의 연락이 끊어졌다는 사실을 아는 순간, 놈들은 바짝 경계할 것이다. 그 전에 먼저 쳐야 했다.

10장. 잠입작전(潛入作戰)

　　지금까지 알아낸 정보에 따르면 독령단은 수직적인 조직
체계로 이루어져 있었다. 맨 위에 독령단 단주가 직접 지휘
하는 독령대란 조직이 있었다. 그리고 그 밑에 차례대로 독
령삼문이라 불리는 자양문, 등선문, 홍살문이 자리해 있었
다.

　　한데 독령삼문 역시 지위에 차등이 있었다.

　　자양문이 꼭대기에, 등선문이 중간에, 그리고 홍살문이
마지막에 위치해 상하 관계를 형성했다. 즉 자양문이 등선
문에 지시하면 등선문이 그 지시를 홍살문에 전달하는 식
이었다.

그러나 그 반대는 존재하지 않았다.

홍살문이 먼저 등선문에 연락할 방법이 없는 것이다.

이는 하나가 무너지는 바람에 조직 전체가 무너지는 상황을 사전에 막기 위한 방책 중 하나였다. 그러나 빛이 있으면 그림자가 따라오기 마련이었다. 이런 하향식 조직 체계는 조직이 쉽게 무너지지 않는다는 장점이 있지만, 반대로 조직이 처한 상황을 파악하는 데 시간이 걸린다는 단점이 존재했다.

우건은 그 단점을 집요히 파고들 생각이었다.

등선문은 홍살문이 전멸했단 소식을 바로 파악하기 어려웠다.

그렇다면 시간을 어느 정도 벌 수 있었다.

물론 그 시간이 무한정을 의미하진 않았다.

등선문은 곧 한영미의 일을 궁금해할 것이다.

즉 우건은 등선문이 한영미 일을 궁금해하기 전에 쳐야 했다.

그런 생각을 하는 사이, 차는 어느새 강원도 강릉에 도착해 있었다. 평일 야간이라 강원도까지 가는 도로가 뻥 뚫려 있는 덕분이었다. 우건은 대시보드에 있는 시계를 확인했다.

새벽 2시였다.

동이 트려면 4시간쯤 남았다.

우건은 김은에게 추인경이 말한 등선문으로 차를 몰게 했다.

내비게이션을 확인한 김은이 손가락으로 창밖을 가리켰다.

"저기가 말씀하신 그곳입니다."

우건의 시선이 김은이 가리키는 방향으로 향했다.

등선문은 밤바다가 내려다보이는 절벽 위에 자리해 있었다. 돈이 썩어 나는 어느 재벌 회장님이 돈지랄을 하기 위해 세워 놓은 별장처럼 보였는데, 그 일대 전체가 사유지인 듯했다.

별장을 포함한 주위 수 킬로미터에 나무로 막든 목책이 세워져 있었다. 그리고 목책 너머엔 목초지가 펼쳐져 있었는데, 군데군데 축사가 있는 모습을 봐서는 농장으로 쓰는 듯했다.

"저기가 좋겠습니다."

눈치 빠른 김은이 농장 너머에 별장을 내려다볼 수 있는 거의 유일한 지점으로 차를 운전했다. 별장과 가장 가까운 곳은 해변이지만 가깝다는 말은 곧 상대에게 발각당할 위험 역시 올라간다는 뜻이어서 함부로 접근하기 어려웠다.

별장을 내려다볼 수 있는 지점에 도착한 우건 일행은 차에서 나와 김동이 준 고성능 망원경으로 별장 주위를 관찰했다.

새벽 2시였지만 별장 1층과 2층에 있는 창문에서 희미한 빛이 새어 나오는 중이었다. 우건은 김동이 건넨 망원경으로 별장 근처를 살폈다. 김동이 건넨 망원경은 적외선 감시가 가능해 별장을 지키는 등선문 문도 10여 명을 어렵지 않게 찾아냈다. 그러나 10여 명이 전부는 아닐 거라는 생각이 들었다. 적외선 감시가 불가능한 위치에 숨어 있는 문도까지 다 합치면 별장을 지키는 숫자가 수십 명에 육박할 것이다.

별장을 감시하던 김은이 별장 왼쪽을 가리켰다.

"저쪽에 뭔가 있는 것 같습니다."

우건은 김은이 가리킨 방향으로 망원경을 돌렸다.

별장 왼쪽에 지하로 내려가는 시커먼 구멍이 하나 뚫려 있었다.

망원경을 조작하던 남영준이 고개를 갸웃거렸다.

"지하 주차장 입구 같은데, 제가 본 게 맞습니까?"

김은과 김동이 동시에 고개를 끄덕였다.

"남 사제가 본 게 맞는 것 같군."

선령안을 쓰는 우건은 그들보다 훨씬 자세히 볼 수 있었다.

"주차장이 맞네. 그리고 그 안이 얼마나 넓은지는 모르겠지만 꽉 차 있는 것 같군. 별장을 찾은 손님이 있는 모양이야."

김은이 히죽 웃었다.

"저희가 운 좋게 장날을 고른 모양이군요."

정찰을 마친 일행은 다시 차에 돌아와 작전을 논의했다.

김동이 별장을 촬영한 위성사진을 다운받아 일행에게 건넸다.

"작전을 시작하기 전에 지형을 미리 숙지해 두는 게 좋겠습니다."

일행은 김동의 말대로 위성사진을 머리에 숙지했다.

숙지가 끝난 다음에는 김동이 작전을 설명했다.

이번 작전의 목표는 명확했다.

바로 정보 수집이었다.

등선문을 없애는 것은 식은 죽 먹기보다 쉬웠다.

그러나 등선문이 가진 정보를 빼내는 것은 그리 쉽지 않았다.

우건이 진이연에게 한 약속, 즉 대통령의 발목을 잡는 놈들을 깡그리 처리해 버리겠단 약속을 지키려면 등선문이 가진 정보가 필요했다. 지금은 홍살문을 칠 때와는 다른 작전이 필요했다. 좀 더 은밀한, 그리고 예상하기 어려운 작전이.

우건은 김철과 함께 가장 먼저 차에서 내려 등선문 별장이 있는 해안으로 향했다. 우건은 삼미보의 일월보를, 김철은 쾌영문 최강절기라 할 수 있는 분영은둔으로 신형을 감췄다.

그로부터 1분쯤 지났을 때였다. 세 번째로 차에서 내린 김동이 분영은둔을 펼친 상태에서 목책 감시 카메라에 접근했다.

주위를 슬쩍 둘러본 김동은 완력만을 이용해 감시 카메라가 달려 있는 나무 기둥 위로 올라갔다. 내력을 쓰면 분영은둔이 풀리는 탓에 지금은 육체가 가진 힘만 쓸 수 있었다.

감시 카메라가 매달려 있는 지점까지 올라간 김동은 카메라로 감시 중인 등선문 문도들이 눈치 채지 못하게 조심하며 드라이버를 꺼내 카메라 뒤에 있는 케이스를 천천히 열었다.

케이스를 다 연 다음에는 조끼에 넣어 둔 장비의 잭을 꺼내 조심해서 연결했다. 제대로 연결됐는지 살펴보기 위해 장비 모니터를 확인한 김동은 만족스러운 미소를 지었다. 모니터에 감시 카메라가 촬영 중인 영상이 그대로 출력되었던 것이다.

가져온 장치를 감시 카메라 안에 설치한 김동은 케이스를 다시 조립한 다음 밑으로 내려와 승합차로 조용히 돌아갔다.

승합차 문을 닫기 무섭게 노트북을 꺼낸 김동이 프로그램을 몇 개 돌리는 순간, 노트북에 수십 개의 영상이 떠올랐다.

뒷자리에 앉은 남영준이 좀이 쑤시는 표정으로 물었다.

"성공한 겁니까?"

"응."

건성으로 대답한 김동은 재빨리 해킹 상황을 점검했다.

등선문은 한 장소에서 감시 상황 전반을 한눈에 파악할 목적으로 별장 어딘가에 컨트롤센터를 설치해 둔 것처럼 보였다.

그러나 그게 다였다.

해킹한 외곽 감시 카메라 한 대로 시설의 중추라 할 수 있는 컨트롤센터까지 침입하는 데는 한계가 있었다. 컨트롤센터를 마음대로 주무르기 위해서는 안에서 해킹하는 수밖에 없었다. 물론 시간이 충분하다면 약점을 파고들 수 있을 테지만, 날이 밝기 전에 마치는 게 그들이 세운 계획이었다.

김동은 알아낸 사실을 우건에게 바로 전달했다.

우건은 김동의 목소리를 내비게이션 삼아 농장으로 접근했다.

김동의 목소리가 이어셋을 통해 계속 들려왔다.

-놈들이 감시 시스템을 아주 꼼꼼하게 만들어 둔 것 같습니다.

-그런가?

-예, 일반 감시 카메라, 야간용 적외선카메라, 열적외선

카메라, 심지어는 지뢰에 사용하는 시스템인 센서까지 있습니다.

–지뢰에 사용하는 센서?

–그렇습니다. 지뢰란 게 그 위로 하중이 전해지면 폭발하는 무기이지 않겠습니까? 놈들은 그런 지뢰에 사용하는 센서를 곳곳에 깔아 두었습니다. 센서에 하중이 가해질 때마다 중앙에 있는 컨트롤센터에서 바로 확인할 수 있게 말입니다.

–그럼 센서가 없는 곳은 어딘가?

–별장까지 어이진 메인 도로입니다.

–사람과 차량이 계속 지나다니는 탓에 센서를 깔지 못했겠군.

–그렇습니다.

–그럼 도로로만 움직이면 들키지 않는다는 건가?

김동은 노트북으로 무언가를 확인하는지 잠시 말이 없었다.

10초쯤 지났을 때, 김동이 질문에 대답했다.

–일반 카메라와 적외선카메라는 신경 쓰실 필요 없습니다. 둘 다 주공과 막내가 펼친 은신술을 파훼하지 못하니까요.

–그럼 우린 뭘 조심해야 하는 건가?

–조심해야 할 건 열적외선카메라입니다.

―열적외선이라면 체온을 추적한다는 뜻인가?

　―그렇습니다. 놈들은 은신술을 펼친 자객이 센서를 피해 도로로 잠입하는 상황을 차단할 목적으로 곳곳에 열적외선카메라를 설치해 두었습니다. 이건 피할 방법이 없습니다.

　김동의 대답을 들은 우건을 뒤를 힐끗 보았다.

　분영은둔으로 모습을 감췄지만 선령안을 익힌 우건에게는 김철이 드럼통 같은 몸통에 비해 짧기 그지없는 두 다리를 열심히 놀리는 모습이 한눈에 들어왔다. 우건은 체온을 조절할 수 있었다. 그러나 김철은 아니었다. 아직 그런 수준에 이르지 못한 그는 열적외선카메라에 걸릴 위험이 높았다.

　―열적외선카메라의 위치를 계속 알려 주게.

　―예. 제가 비콘(Beacon)으로 주공과 막내의 위치를 확인 중이니까, 열적외선카메라가 보이면 바로 연락을 드리겠습니다.

　우건은 김동이 알려 주는 정보대로 움직이며 가장 까다로운 감시 장비인 열적외선카메라를 피했다. 등선문의 문주가 누구인지는 모르겠지만 효율성에 집착한다는 느낌을 받았다.

　물건이든, 저택이든, 보물이든 무언가를 지키는 확실한 방법은 실력이 뛰어난 경비원을 고용하는 것이었다. 그보다 더 확실한 방법은 실력이 뛰어난 경비원 옆에 훈련받은 경비견을 같이 두는 방법이었다. 그러나 경비원과 경비견을 유지하려면 돈이 많이 들었다. 등선문의 주인은 몇 평인지 감조차 잡히지 않는 자신의 영지를 수호하기 위해 돈을 많이 쓸 생각이 없는 듯 첨단장비에 의존하는 모습을 보였다.

등선문 문주는 값나가는 각종 첨단장비가 영지를 철통같이 지켜 줄 거라 기대했을 테지만 뛰는 놈 위에 나는 놈이 있기 마련이었다. 세계 최고 수준의 해커와 은신술을 연마한 고수가 합심하면 등선문 문주가 철석같이 믿는 첨단장비를 별다른 고생 없이 무용지물로 만들 수가 있었다.

별다른 제지 없이 수백 미터에 달하는 위험지역을 빠져나온 우건과 김철은 조경을 위해 심어 놓은 관목 숲에 들어가 별장 근처를 살펴보았다. 무기를 소지한 등선문 문도들이 독일산 경비견과 함께 별장 주위를 계속 순찰하는 중이었다.

등선문에 농장 전체를 감시할 여력은 없는 것 같았지만, 핵심이라 할 수 있는 별장 주위엔 문도와 경비견을 배치해 두었다.

김철이 전음으로 물었다.

-순찰 중인 놈을 하나 때려눕혀 데려올까요?

우건은 고개를 저었다.

－순찰하는 놈이 갑자기 사라져 버리면 놈들이 눈치 챌 것이네.

　김철이 얼굴을 붉혔다.

　－죄, 죄송합니다. 생각해 보니까 제가 바보 같은 말을…….

　－괜찮네. 머리 쓰는 건 자네 특기가 아니지 않나.

　－헤헤. 그렇긴 하죠.

　우건은 그들이 숨은 관목 숲에서 30미터 쯤 떨어진 곳에 위치한 바닥을 가리켰다. 별장 구석에 있는 외진 곳이었지만 별장 정면과 왼쪽을 한 번에 감시 가능한 좋은 자리였다.

　－저기 숨어 있는 놈을 데려오게.

　김철이 통방울만 한 눈을 깜박거리며 물었다.

　－제 눈에는 풀과 흙바닥밖에 안 보이는데요?

　－내가 뒤에서 도와주겠네. 걱정하지 말게.

　김철은 시키는 대로 분영은둔으로 신형을 감춘 상태에서 우건이 가리킨 지점을 향해 접근했다. 은신술은 단순히 신형만 감춘다고 해서 감시자의 눈을 피할 수 있는 게 아니었다.

　호흡, 체향, 맥박, 발걸음 소리까지 완벽하게 감춰야 진짜 은신술이라 할 수 있었다. 다행히 분영은둔은 최고 수준의 은신술인 덕분에 소리와 냄새까지 완벽히 없앨 수가 있었다.

우건이 말한 위치에 김철이 도착했을 때였다.

우건은 무음무영지를 발출해 문도가 숨어 있는 곳 근처를 살짝 가격했다. 땅속에 숨어 있던 문도는 갑자기 들려온 소리에 깜짝 놀라 자라가 머리를 내밀듯 고개를 살짝 들었다.

그제야 우건이 도와준다는 말의 의미를 깨달은 김철은 기다렸다는 듯 몸을 날려 고개를 든 문도의 마혈과 아혈을 동시에 제압했다. 우건처럼 선령안으로 사람들이 보지 못하는 곳을 보는 능력을 갖추진 못했지만, 실력이 떨어지는 등선문 문도 하나쯤은 잡음 없이 깨끗하게 제압할 능력이 있었다.

무공을 쓰는 바람에 분영은둔이 풀리며 신형이 잠시 드러났다. 흠칫한 김철은 동작을 멈춘 상태에서 조용히 주위를 둘러보았다. 다행히 그의 존재를 눈치 챈 적은 없는 듯했다.

곧바로 분영은둔을 펼쳐 신형을 감춘 김철은 제압한 문도를 천천히 끌어낸 다음, 우건이 있는 곳으로 다시 돌아왔다.

우건은 김철이 작업하는 동안, 선령안으로 주위를 감시했다.

다행히 눈치 챈 적은 없는 듯했다.

교대 시간이 언제인지는 모르겠지만 당분간은 그곳에

숨어 있는 문도가 누군가에게 제압을 당했다는 사실을 모를 것이다.

우건은 우선 등선문 문도와 옷을 바꾸어 입었다. 그리고 귀에 찬 헤드셋 역시 벗겨 내 본인 머리에 착용했다. 마지막은 우건의 얼굴을 등선문 문도의 얼굴로 위장하는 작업이었다.

우건이 이 위험한 임무에 김철을 동반한 이유는 그가 원공후의 인피면구 기술을 전수받은 유일한 제자였기 때문이었다.

김철이 등선문 문도와 우건의 얼굴을 비교하며 전음을 보냈다.

-체격이 비슷해 얼굴만 같으면 발각당하지 않을 것 같습니다.

-자신 있나?

김철이 조금 긴장한 목소리로 대답했다.

-이렇게 급조하는 건 처음이지만 해 보는 데까지 해 보겠습니다.

-알았네.

김철은 지닌 분장도구로 우건의 얼굴을 분장하기 시작했다.

그로부터 10여 분이 흘렀을 때였다.

손을 뗀 김철이 자기 작품을 이리저리 살펴보며 전음을

보냈다.

　-제 느낌이긴 하지만 등선문 문도와 거의 흡사한 것 같습니다.

　우건은 거울을 꺼내 얼굴을 살펴보았다.

　휘어진 코와 왼쪽 눈 옆에 난 검상, 그리고 살집이 두둑한 아랫볼이 보였다. 우건은 제압당한 등선문 문도의 얼굴과 거울에 비친 본인의 얼굴을 비교해 보았다. 김철 말대로 거의 비슷했다. 자세히 보지 않으면 구별하기 쉽지 않을 듯했다.

　그때였다.

　헤드셋 주파수를 바꾸는 순간, 김동의 다급한 목소리가 들렸다.

　-교대 시간인 것 같습니다. 놈들이 슬슬 움직이기 시작합니다.

　우건은 재빨리 등선문 문도가 숨어 있던 곳에 들어가 대기했다.

　잠시 후, 그가 숨어 있는 곳으로 누군가가 걸어왔다.

　"이봐, 교대."

　우건은 교대하기 위해 온 문도와 그가 위장한 문도의 관계를 전혀 알지 못하는 탓에 말없이 비트를 빠져나와 한쪽으로 비켜섰다. 별로 친한 사이는 아닌 듯 우건을 힐끔 본 문도가 우건이 빠져나온 비트 안으로 들어가 뚜껑을 덮었다.

우건은 고개를 돌려 별장 쪽을 보았다. 야간근무를 마친 문도들은 휴식을 취하기 위해 별장 안이나 그 뒤에 있는 건물로 걸어갔다. 우건은 그들 틈에 섞여 별장 쪽으로 걸어갔다.

그러나 불이 켜진 곳, 그리고 등선문 문도들이 많은 곳에는 갈 생각이 없었다. 김철의 솜씨를 믿지 못하는 건 아니지만 조명이 환한 곳에서 등선문 문도를 대면할 생각은 없었다.

교대를 마친 문도들과 적당히 섞여 걸어가던 우건은 조용히 빠져나와 입구가 닫혀 있지 않은 주차장 안으로 들어갔다.

주차장은 지하 3층으로 이루어져 있었다. 예상보다 훨씬 넓어 자동차 수백 대를 수용 가능한 규모였다. 지금은 지하 3층을 제외한 지하 1층과 지하 2층에 차들이 가득해 발 디딜 틈이 없을 지경이었다. 한데 이상한 점이 한 가지 있었다.

지하 1층 주차장에 있는 차들이 전부 젊은 사람들이 몰법한 차라는 점이었다. 물론 나이 지긋한 사람이 이탈리아의 유명 스포츠카 제작업체에서 제작한 노란색 슈퍼카를 몰지 말라는 법은 없지만, 그런 차들이 주차장에 가득하다는 말은 등선문을 방문한 사람들의 연배가 그리 많지 않다는 뜻이었다.

주차장을 감시하는 카메라를 재빨리 확인한 우건은 카메라가 비추지 못하는 사각에 들어가 일월보를 펼쳤다. 우건이 위장한 말단 문도처럼 신분이 낮은 자가 비싼 차가 가득한 지하 주차장 주위를 계속 기웃거리면 컨트롤센터에서 이 장면을 지켜볼 다른 문도들이 의심을 가질 게 틀림없었다.

그들은 손님이 몰고 온 비싼 외제차에 우건이 눈독을 들이는 줄 알 것이다. 우건은 의심을 피하기 위해 신형을 감췄다.

그때, 김동의 목소리가 헤드셋을 통해 들려왔다.

–주변에 전자기기가 있습니까?

우건은 주위를 둘러보았다.

지하 주차장과 별장 1층을 잇는 엘리베이터가 눈에 들어왔다.

–엘리베이터가 있네.

–엘리베이터 개폐 버튼 근처에 전자 회로 기판이 있을 겁니다.

우건은 김동의 설명을 들으며 회로 기판 케이스를 뜯어냈다.

김동의 설명이 계속 이어졌다.

–제가 드린 장치를 연결하신 다음, 케이스를 다시 닫으십시오.

우건은 주머니에서 김동이 건넨 장치를 꺼내 엘리베이터 전자 회로 기판에 있는 잭에 연결한 다음 케이스를 다시 닫았다.

잠시 후, 김동이 한숨을 쉬며 보고했다.

-좋은 소식과 나쁜 소식이 하나씩 있습니다.

-나쁜 소식부터 말해 보게.

-놈들이 내부 인트라넷을 사용 중입니다. 중요한 정보를 빼내려면 컨트롤센터에 들어가 해킹하는 방법밖에 없습니다.

-그럼 좋은 소식은?

-지금부터 별장의 모든 감시 장비를 제가 조작할 수 있습니다.

단지 엿보기만 할 수 있는 것과 조작은 의미가 아예 달랐다.

김동은 별장 외곽 감시 카메라에 해킹 장비를 심어 컨트롤센터에서 보는 영상을 김동 역시 실시간으로 받아 볼 수 있었다.

그러나 조작은 그보다 높은 차원의 해킹이었다.

조작이 가능하다는 말은 컨트롤센터로 들어가는 영상을 편집해 우건과 김철을 아예 없는 사람처럼 만들어 줄 수 있다는 뜻이었다.

우건은 주위를 둘러보며 물었다.

-별장 구조는 알아냈나?

-예. 감시 장비를 통해 어느 정도 파악했습니다.

-그럼 나에게 컨트롤센터로 가는 길을 안내해 주게.

-예.

우건은 김동이 알려 주는 대로 움직였다.

별장 안쪽 역시 감시 장비가 곳곳에 설치되어 있었다.

감시 카메라와 열적외선카메라는 발에 채일 정도로 많았다.

심지어 중요해 보이는 장소엔 레이저 감시 시스템이 달려 있었다.

이런 곳은 도둑들이 가장 싫어하는 장소일 것이다.

사람은 속일 수 있지만 기계는 속이지 못한다.

그러나 이는 그 도둑이 평범한 도둑일 때나 통하는 말이었다.

김동처럼 위저드급 해커를 동반한 도둑이라면 오히려 사람보다 기계가 보안을 담당하는 이런 곳이 더 수월한 법이었다. 해킹으로 보안장치를 한 번에 무력화시킬 수 있는 것이다.

심지어 해킹으로 보안장치를 입맛에 맞게 조작이 가능했다.

김동이 지금 하는 작업이 바로 그런 작업이었다.

일반 감시 카메라는 우건이 펼친 일월보를 절대 풀지 못했다.

인간이 눈으로 직접 본 영상과 카메라로 촬영한 영상 모두 인간이 뇌로 분석해 이해한다는 점에서는 큰 차이가 없었다.

영상을 플레이하는 플랫폼에 상관없이 분석을 맡은 뇌만 동일하다면 우건이 펼친 은신술을 풀 방법이 아예 없는 것이다.

그와 달리 인간의 체온을 쫓는 열적외선카메라는 조금 귀찮았지만 역시 체온을 낮추는 방법으로 속여 넘길 수 있었다.

그러나 문은 속일 수가 없었다.

감시 카메라 화면에는 분명 텅 빈 복도인데 문고리를 돌려야 열리는 문이 제멋대로 열린다면 누구나 의심을 가질 것이다.

김동은 이 문제를 자기 스타일대로 해결했다.

텅 빈 복도를 촬영한 5초짜리 영상을 복사한 다음, 복사한 영상을 앞뒤로 계속 붙여 1시간짜리 영상을 새로 만들었다.

그리고 그 1시간짜리 영상을 대신 내보냈다.

감시 장비를 제어하는 컨트롤센터 오퍼레이터들은 김동이 내보낸 1시간짜리 영상에 속아 복도에 사람이 없다고 믿었다.

김동은 인트라넷을 사용하는 데이터베이스에 접근만 못

했을 뿐이지, 컨트롤센터의 감시 장비는 이미 완벽히 장악해 두었다. 우건 일행의 힘은 당연히 우건에게서 나온다. 그러나 그 힘을 한계까지 끌어올려 주는 건 다름 아닌 김동이었다.

김동이 알아낸 바에 따르면 등선문이 있는 농장은 개미집을 닮아 있었다. 아니, 어쩌면 빙산이라는 표현이 더 맞아 보였다.

밖으로 드러난 것은 해안가 절벽에 고즈넉이 자리해 있는 2층짜리 호화 별장이 다였지만 진짜는 지하에 위치해 있었다. 겉으로 드러난 별장은 빙산의 일각(一角)이나 다름없었다.

우건은 지하 주차장 반대편에 있는 계단으로 내려갔다.

그리고 계단을 내려와 기역자 복도를 몇 개 통과했다.

－그 앞에 있는 철문이 바로 컨트롤센터입니다.

－열 수 있나?

－열 순 있지만 안에 있는 놈들이 눈치 챌 겁니다.

우건은 시계를 보았다.

새벽 3시였다.

해가 뜨기까지 두 시간밖에 남지 않았다.

다른 사람이라면 초조함을 견디지 못해 문을 강제로 열 것이다. 그러나 부동심을 익힌 우건은 초조함을 억누를 수 있었다.

우건은 컨트롤센터 앞에서 일월보로 신형을 감춘 채 30분을 기다렸다. 분침이 31분으로 향하는 순간, 컨트롤센터로 들어가는 유일한 출입구인 육중한 철문이 열리기 시작했다.

철문이 다 열렸을 때, 등선문 문도로 보이는 30대 사내가 밖으로 나왔다. 그는 문을 다시 닫은 다음, 우건이 숨은 복도로 걸어왔다. 우건은 일월보를 품과 동시에 무음무영지를 날려 문도의 마혈을 제압했다. 어차피 이곳 복도를 비추는 카메라는 김동이 해킹한 덕분에 무용지물과 다름없었다.

신형을 드러낸 우건은 마혈이 제압당해 뻣뻣하게 굳은 문도를 옆구리에 낀 상태에서 철문으로 걸어가 문도의 목에 걸려 있는 출입카드를 보안장치에 슬쩍 대었다. 그러나 보안장치는 이중 구조였다. 출입카드 다음에는 홍채가 필요했다.

문도의 머리를 잡아 눈이 보안장치 앞으로 가게끔 자세를 바꿨다.

철컥!

문이 열리는 소리가 들렸다.

우건은 통나무처럼 뻣뻣하게 굳은 문도를 앞세워 안으로 들어갔다. 벽면에 수십 대의 모니터가 있는 널찍한 방에서 오퍼레이터 몇 명이 키보드와 조그셔틀로 만든 콘솔

을 조작해 수상한 점이 있는지 눈에 불을 켜고 찾는 중이
었다.

문이 닫히는 소리를 들은 듯했다.

얼굴이 새카만 문도 하나가 고개를 뒤로 젖히며 물었다.

"오줌 싸러 간 새끼가 왜 이렇게 빨리 돌아왔……."

문도는 말꼬리를 늘일 수밖에 없었다.

그가 말을 건 동료가 통나무처럼 뻣뻣하게 굳어 있었던
것이다.

그때였다.

파파파팟!

통나무처럼 굳어 있던 동료 뒤에서 금빛 광채가 폭죽처
럼 터져 나왔다. 고개를 젖히며 말을 걸었던 문도가 가장
먼저 미간에 구멍이 뚫려 즉사했다. 뒤이어 모니터를 보느
라 정신없던 문도들이 차례차례 금빛 광채의 희생양으로
전락했다. 마지막 문도는 엉거주춤한 자세로 일어나 콘솔
가운데 있는 붉은색 버튼으로 손을 가져가며 입을 한껏 벌
렸다.

문도가 누르려는 붉은색 버튼은 등선문 전체에 경고를
발하는 용도일 터였다. 그리고 입을 한껏 벌린 행동은 인간
의 가장 기본적인 본능 중 하나일 터였다. 불이 났을 때 소
리를 지르는 것처럼 다른 사람들에게 경고를 발하려는 것
이다.

물론 금선지는 문도가 하고 싶은 대로 하게끔 놔두지 않았다.

손이 붉은색 버튼에 닿기 직전, 금선지가 문도의 벌린 입으로 들어가 뒤통수를 아예 박살 내 버렸다. 살점과 뇌수가 콘솔 위에 후드득 쏟아졌지만 붉은색 버튼은 그대로 있었다.

우건은 바로 김동에게 연락했다.

-컨트롤센터에 들어왔네.

-안에 있는 서버를 찾으실 수 있겠습니까?

우건은 고개를 돌려 컨트롤센터 안을 둘러보았다.

김동이 말한 서버를 모아 놓은 공간이 보였다.

우건은 그쪽으로 걸어가 다시 연락했다.

-찾았네.

-그럼 제가 하라는 대로 하십시오.

우건은 김동의 지시대로 인트라넷 서버에 김동이 직접 코딩한 해킹 프로그램을 심어 두었다. 그 다음에는 폐쇄형 시스템인 인트라넷에 김동이 잠입할 수 있도록 콘솔을 몇 개 조작했다. 우건은 곧 메인컴퓨터 모니터에서 자료를 다운받는 중임을 표시하는 선명한 그래픽을 볼 수 있었다.

-얼마나 걸릴 것 같은가?

-얼추 잡아 30분이면 끝날 겁니다.

-알았네.

　메인컴퓨터 모니터 전원을 끈 우건은 제압한 문도의 사혈을 누른 다음, 빈 의자 중 하나에 앉혀 놓았다. 증인과 증거를 없앤 우건은 컨트롤센터를 나와 위로 올라가기 시작했다.

　우건은 주머니에서 김동이 준 초소형 카메라를 꺼내 가슴에 달았다. 기술 발전 속도가 얼마나 빠른지 지우개만 한 카메라가 해상도 높은 영상을 촬영해 무선으로 송출할 수 있었다.

　물론 배터리 문제로 인해 촬영 가능한 시간이 1시간을 넘지는 못했다.

　즉 1시간 안에 원하는 영상을 얻어야 한다는 뜻이었다.

　예전에는 무언가를 폭로하는 데 글자와 숫자로 이루어진 텍스트를 이용했다. 물론 텍스트는 언제든 조작이 가능해 사람들에게 완벽한 믿음을 주지 못했다. 그러나 지금은 달랐다.

　지금은 무언가를 폭로하는 데 사진과 영상, 그리고 음성을 이용했다. 물론 이 역시 텍스트처럼 조작이 가능했다. 정교한 편집 프로그램을 이용하면 추녀를 세계에서 가장 아름다운 미녀로 만들어 줄 수 있었다. 그리고 영상과 음성을 적절히 편집해 의도와는 전혀 다른 내용으로 조작할 수 있었다.

그러나 범죄 형태가 고도화, 지능화할수록 이를 잡아내는 기술 역시 같이 발전하기 마련이라 전문가의 눈을 피하지 못했다.

어쨌든 우건은 지체 없이 초소형 카메라의 전원 버튼을 눌렀다.

-작동하는가?

-예. 선명하게 보입니다.

-음성은?

-음성 역시 잘 들립니다.

-녹화 중이겠지?

-예. 혹시 몰라 백업까지 해 두면서 녹화 중입니다.

-그럼 지금부터 날 보안이 가장 철저한 곳으로 안내해 주게.

-보안이 가장 철저한 곳이라면?

-등선문의 이름이 왜 등선문인지 확인해 봐야겠네.

-알겠습니다.

자료를 찾은 김동이 바로 연락해 왔다.

-찾았습니다.

-설계도를 통해 알아낸 건가?

-예. 주공께서 내부 인트라넷을 뚫어 주신 덕분에 그 안에 잠자고 있던 등선문 전체 설계도를 빼낼 수 있었습니다.

우건은 등선문 가장 깊숙한 곳으로 들어갔다.

아니, 가장 은밀한 곳이라는 표현이 더 맞을 듯했다.

가장 깊다는 뜻은 가장 은밀하다는 말과 같으니까.

한데 우건이 잘못 생각한 듯했다.

은밀해야 할 공간에서 시끄러운 음악 소리가 쿵쾅거리며 들려오는 중이었던 것이다. 계단을 내려온 우건은 정신을 차릴 틈이 없었다. 김은이 가끔 차에서 듣는 EDM 음악이 엄청나게 큰 스피커에서 웅웅 울리며 나오는 동안, 젊은 남자들과 옷을 거의 다 벗은 젊은 여자들이 한데 어울려 춤을 추는 중이었다. 좀 더 정확히 말하면 한데 어울린다기보다는 서로에게 착 달라붙어 몸을 애무한다는 게 맞을 듯했다.

그뿐만이 아니었다.

작은 원형 무대가 곳곳에 솟아 있었는데 그 무대 위에서 옷을 다 벗은 여자들이 야한 폴 댄스를 추거나, 아니면 여자 두 명이 옷을 벗은 상태에서 레슬링을 하듯 서로 뒤엉켜 있었다.

술에 잔뜩 취한 젊은 남자들은 무대의 여자들에게 5만 원짜리 지폐나 수표를 다발로 던져 주며 연신 환호성을 질러 댔다.

우건은 목소리를 낮춰 김동에게 물었다.

－여긴 대체 뭐 하는 덴가?

－클럽 같습니다. 젊은 사람들이 모여 춤추는 장소 말입니다.

김동은 자기가 한 대답이 마음에 들지 않는 듯 얼른 덧붙였다.

−물론 흔히 보는 클럽은 아닙니다만.

−그럼?

−사람보단 짐승들이 어울려 노는 클럽 같습니다.

김동은 우건이 전송하는 화면을 보며 한 대답이었지만 우건의 생각 역시 김동과 크게 다르지 않았다. 이건 사람들이 노는 모습이 아니었다. 본능만 남은 수컷과 암컷이 체면을 생각하지 않은 채 본능이 시키는 대로 움직이는 광경이었다.

우건은 한숨을 쉬며 물었다.

−한 소저가 진료했다는 25세 남자 환자의 얼굴은 찾아냈는가?

−검찰과 관련 있다는 그 남자 말씀이십니까?

−그렇네.

−성아병원 원무과 직원들이 멍청한 덕분에 쉽게 찾을 수 있었습니다. 감시 카메라 영상은 지웠지만 영상을 자동 저장하는 데이터베이스까지 지워야 한다는 생각은 못 한 듯합니다.

−휴대전화로 그 남자 환자의 얼굴을 보내 주게.

−마약을 복용해 병원 신세를 진 환자가 그런 데를 다시 갔을까요?

-중독을 괜히 중독이라 부르는 게 아니네.

-알겠습니다. 바로 보내 드리겠습니다.

우건은 구석진 장소에서 휴대전화 액정 화면의 빛이 밖으로 새어 나가지 않도록 조심하며 김동이 보낸 사진을 확인했다.

머리스타일이 독특한 젊은 남자의 사진이었다.

운동선수처럼 옆머리를 바짝 쳐 숱만 남긴 상태에서 윗머리를 장발처럼 길게 기른 독특한 스타일이었다. 얼굴은 평범했지만 머리스타일이 특이해 한 번 보면 잊기가 어려웠다.

우건은 카메라에 사람들의 얼굴이 잘 찍히도록 천천히 걸음을 옮겼다. 일월보를 펼친 덕에 그를 알아보는 이는 없었다.

우건은 눈살을 찌푸렸다.

담배 냄새, 술 냄새, 구토한 냄새, 지린내 등이 한데 뒤섞여 역한 냄새를 풍겼다. 담배 냄새에는 처음 맡는 냄새가 섞여 있었다.

유학파들이 들여와 피운다는 대마초 냄새 같았다.

술을 잔뜩 마신 젊은 남자 하나가 구석으로 달려가 구토했다.

고개를 저은 우건은 이내 젊은 남자 하나가 벌거벗은 여자두 명을 양옆에 낀 채 들어가는 복도 쪽에 관심을 가졌다.

복도 옆에는 천장에 붉은색 조명이 달려 있는 방이 죽 늘어서 있었다.

우건은 복도로 이동했다.

첫 번째 방에 도착한 우건은 주렴을 살짝 걷어 보았다.

방 안쪽에 놓인 호화스러운 침대 위로 벌거벗은 남자 하나와 여자 두 명이 뒤엉켜 짐승처럼 정사를 즐기는 중이었다.

주렴을 내린 우건은 반대편 방의 주렴을 걷어 보았다.

이번에는 침대 위에 여자 두 명이 뒤엉켜 있었다.

그리고 남자는 침대 옆에서 침을 흘리며 여자들을 지켜보다가 승마에 쓰는 채찍으로 여자들의 등과 가슴, 엉덩이를 후려갈겼다.

주렴을 내린 우건은 복도 안으로 걸어가며 방 안을 들여다보았다. 살펴본 10여 개 방 모두에서 남자 하나와 여자두 명이 벌이는 낯 뜨거운 추태(醜態)가 계속 벌어지고 있었다.

한데 복도 중간쯤에 이르렀을 때였다.

천장에 달려 있는 붉은색 조명이 갑자기 푸른색으로 바뀌었다.

마치 여기서부터는 용도가 다르다는 것을 알려 주는 듯했다.

호기심이 인 우건은 주렴을 살짝 걷어 푸른색 조명이 달린 방의 내부를 슬쩍 들여다보았다. 예상대로 푸른색 조명은 다른 것을 의미했다. 붉은색이 성(性)이라면 푸른색은 마약이었다.

우건은 푸른색 조명이 있는 공간을 계속 둘러보았다.

약에 잔뜩 취해 몽롱한 눈빛으로 누워 있는 자들이 있는가 하면, 다른 사람들이 지켜보는 앞에서 정신이 혼미한 여자를 덮치는 놈들까지 있었다.

우건은 푸른색 조명이 달린 마지막 방의 주렴을 걷었다.

그 안에는 한 쌍의 남녀가 자리하고 있었다. 남자 앞엔 젊은 여자 하나가 완전히 눈이 풀린 상태에서 자기가 토한 토사물에 얼굴을 박은 채 쓰러져 있었다.

우건이 보기에 여자는 이미 살아 있는 사람이 아니었다. 마약 과다 복용으로 죽은 게 분명했다.

그러나 마약에 정신이 팔린 젊은 남자는 죽은 여자를 거들떠보지 않았다. 이곳에선 이런 일이 비일비재로 일어나는 듯했다. 주렴을 걷어 방 내부를 촬영하기만 하던 우건이 처음으로 방 안에 직접 들어가 젊은 남자 앞에 신형을 드러냈다.

젊은 남자가 눈을 게슴츠레하게 뜨며 물었다.

"뭔데 내 앞을 가로막고 지랄이야?"

우건은 손바닥을 펼쳐 젊은 남자의 얼굴을 틀어쥐었다.

"널 지옥으로 인도할 죽음의 사자다."

우건은 손바닥에 힘을 주어 젊은 남자의 얼굴을 찌그러트리기 시작했다.

젊은 남자의 정체는 바로 홍살문 살수들이 한영미를 찾아가게 만든 장본인인 25세 젊은 남자 환자였다.

〈9권에 계속〉